Provocante

MADELINE HUNTER

Série As Flores Mais Raras – livro 2

Provocante

Traduzido do inglês por
Ana Sofia Pereira

QuintaEssência

Título original: *Provocative in Pearls*

Diretor editorial: Pascoal Soto
Editora executiva: Maria João Costa
Produção editorial: Pamela J. Oliveira, Renata Alves, Maitê Zickuhr
Assistentes editoriais: Marcelo Nardeli e Maria Luiza Almeida
Diretor de produção gráfica: Eduardo dos Santos
Gerente de produção gráfica: Fábio Menezes

Preparação de texto: Marcia Maria Men
Revisão: Carolina Serra Azul
Diagramação: Abreu's System
Adaptação da capa original: Ideias com peso

Dados Internacionais de Catalogação na Publicação (CIP)
Angélica Ilacqua CRB-8/7057

Hunter, Madeline
Provocante / Madeline Hunter; tradução de Ana Sofia Pereira. – Rio de Janeiro: LeYa, 2014.
400 p.

Título original: *Provocative in Pearls*
ISBN 978-85-441-0040-0

1. Literatura americana 2. Romance erótico 3. Amor 4. Casamento I. Título II. Pereira, Ana Sofia

14-0393 CDD 813.6

Índices para catálogo sistemático:
1. Literatura americana

2014
TEXTO EDITORES LTDA.
[Uma editora do Grupo LeYa]
Rua Desembargador Paulo Passaláqua, 86
01248-010 – Pacaembu – São Paulo – SP
www.leya.com.br

Capítulo 1

Um bom amigo deixa outro dar asas a seu mau gênio, ainda que considere isso chato. E foi dessa forma que Grayson, Lorde Hawkeswell, se aproveitou da amizade de Sebastian Summerhays enquanto viajavam na carruagem deste último naquela manhã luminosa de agosto.

– Maldito o dia em que a minha prima me apresentou àquele velhaco. – Ouviu a sua voz rosnar de fúria. Jurara a si próprio, *jurara*, que não faria aquilo, mas ali estava ele, soltando fogo pelas ventas com a imbecilidade da vida e despejando sua desgraça nos ouvidos de Summerhays.

– Thompson não se mostrou disposto a cooperar? – perguntou Summerhays.

– Claro que não! Mas o administrador dos bens dela concordou em juntar-se a mim para insistir na abertura de um novo inquérito e, com a ajuda da Providência e dos tribunais, ficarei livre deste complicado desastre no final do ano.

– Não faz sentido algum interferir no inquérito. O cara não será nem um pouco racional se tentar isso.

– Ele quer a ligação de parentesco. Ou melhor, a mulher dele quer. Ela está explorando a situação o quanto pode, na esperança de que os novos laços se mantenham mesmo que a ligação em si seja extinta. Ele também se sente confortável com o jeito que as coisas estão. Detém o controle do negócio, que era o que ele queria. Se pusermos um fim neste impasse, ele se arrisca a perder isso.

– Então, é bom que você passe algum tempo no campo. Um pouco de paz lhe fará bem.

Summerhays sorriu como o amigo bom e compreensivo que era. A sua expressão exibia algo semelhante à compaixão de um médico, como se receasse pela saúde do homem que tentava apaziguar.

Lorde Hawkeswell viu o seu ressentimento espelhado na reação do amigo e a raiva transformou-se em humor amargo.

– Sou uma figura caricata, não é? É esse o castigo por me vender em casamento por um pouco de prata, creio eu.

– Esse tipo de união é feito com frequência. Você apenas foi vítima de uma circunstância incomum, nada mais.

– Esperemos que essas circunstâncias se alterem em breve. Estou enterrado em dívidas até o pescoço e já vendi tudo o que podia. Creio que terei de passar o inverno a mingau de aveia.

A conversa enveredou por outros assuntos, mas parte da mente de Hawkeswell permaneceu focada na espinhosa questão matrimonial que o atormentava há dois anos. Verity se afogara no rio Tâmisa, mas seu corpo nunca tinha sido encontrado. Como ela conseguiu chegar lá no dia do casamento e por que motivo decidira sequer sair de casa permanecia um mistério. Havia quem quisesse culpá-lo por isso.

Sua velha reputação como dono de um péssimo gênio alimentou tais especulações, mas qualquer idiota podia ver que ele não tinha interesse em que Verity desaparecesse naquele dia. Um casamento não consumado era um casamento ambíguo, como o administrador dos bens dela lhe explicara de forma bastante clara quando se recusou a entregar-lhe os rendimentos do fundo fiduciário. A Igreja teria de decidir se existira de fato um casamento caso ela fosse declarada morta. Enquanto isso...

Enquanto isso, o marido dela, ou talvez o não marido, podia esperar. Todavia, ele não podia voltar a se casar enquanto Verity ainda estivesse oficialmente viva. O dinheiro que o levara até ao altar, contudo, estava fora de seu alcance. Ele encontrava-se num limbo.

Esse sentimento de impotência o enfurecia. Ficava ressentido com o fato de ser um peão nas mãos do destino. Pior, aquilo podia arrastar-se durante anos.

– Agradeço a sua companhia, Summerhays. Você é gentil demais para me dizer que estou sendo maçante. Foi generoso de sua parte sugerir que eu o acompanhasse nesta viagem antes de prosseguir a cavalo para o Surrey.

– Você não é maçante. Está num dilema difícil e lamento não ter uma solução para oferecer. Uma vez que não aceita que eu lhe empreste...

– Não quero mais uma dívida, muito menos com um amigo. Não vejo perspectiva alguma de conseguir devolver aquilo que já foi gasto.

– Compreendo. Porém, se o mingau de aveia se tornar uma realidade, talvez aceite minha oferta em deferência a sua prima e a sua tia.

– Não posso aceitar. – Mas a verdade era que podia, é claro. Se as coisas ficassem assim tão ruins, provavelmente iria aceitar. Uma coisa era o sofrimento ser exclusivo dele; outra, muito diferente, era ver a situação afetar aqueles pelos quais era responsável. Ele já carregava uma culpa considerável, não só pela sua tia e prima, mas também pela boa gente que vivia nas terras que faziam parte da sua propriedade e que mereciam mais atenção e generosidade do que ele podia oferecer.

– Você avisou sua mulher que chegaria um dia mais cedo? – perguntou ele. Summerhays casara-se na primavera e sua mulher visitava as amigas em Middlesex com alguma frequência. As suas estadias naquele verão estavam muitas vezes se prolongando, no intuito de evitar o calor da cidade.

– Concluí meus afazeres tão tarde ontem à noite que não fazia sentido avisá-la. Farei uma surpresa. Audrianna não se irá importar.

Hawkeswell admirou a segurança com que o amigo dizia aquelas palavras. Via de regra, as mulheres se importavam, e muito, quando os maridos interferiam em seus planos. Se Summerhays fosse outro tipo de homem, e a mulher outro tipo de mulher, aparecer inesperadamente, um dia mais cedo, numa visita social na província podia levar a algumas explicações constrangedoras.

O coche avançou ao longo da estrada principal da aldeia de Cumberworth, com o seu cavalo negro castrado a trotar preso pelas rédeas. Teria de visitar a tia assim que chegasse a Surrey, presumia, e lhe dizer que em breve seria obrigado a se desfazer da casa dela da cidade. Não seria um encontro agradável.

Ainda pior do que isso seria a reunião com o administrador, que iria novamente aconselhar o processo de cercar e fechar as terras comunais da propriedade. Hawkeswell resistira muito tempo a seguir as práticas modernas a esse respeito, procurando evitar as privações que esse processo traria às famílias cujas vidas dependiam dessas terras.

Pessoas que não viam os tetos sobre as suas cabeças serem mantidos adequadamente pelo senhorio não deveriam agora sofrer outras privações, e piores. Porém, suas finanças tinham atingido um ponto terrível e, a não ser que melhorassem em breve, todos acabariam sofrendo de qualquer jeito.

A carruagem virou na saída do conjunto de casas. Pouco menos de um quilômetro depois, virou novamente muito devagar para um caminho privado. Um letreiro assinalava a propriedade: AS FLORES MAIS RARAS.

O cocheiro parou depois do arvoredo, diante de uma casa de pedra aprazível rodeada por um bonito jardim de plantas perenes em estilo livre e rústico. Summerhays abriu a porta do coche.

– Você tem de entrar e conhecer as senhoras. Audrianna vai ficar feliz em vê-lo.

– Eu vou pegar meu cavalo e seguir viagem. Ela vai ficar feliz em ver você.

– O cavalo precisa descansar. Insisto em ter sua companhia. A Sra. Joyes lhe dará alguma coisa para comer e beber antes de seguir viagem e assim já ficará conhecendo o jardim dos fundos. Está entre os mais belos de Middlesex.

Uma vez que os deveres que o aguardavam em Surrey não incitavam uma pressa especial, Hawkeswell acompanhou o amigo e caminharam até a porta. Uma mulher magra a abriu e fez uma mesura quando viu Summerhays.

– Lady Sebastian não o esperava hoje, senhor. Não está com as malas prontas e encontra-se no jardim.

– Não tem importância, Hill. Não me importo de esperar. Sei onde fica o jardim, se estiver ocupada.

Hill fez outra mesura, mas os acompanhou até o interior da casa. Passaram por uma sala de estar e por uma pequena e acolhedora biblioteca, repleta de poltronas. Hill os deixou em outra sala de estar, mais informal, nos fundos.

– Venha comigo – disse Summerhays. Ele seguiu na dianteira ao longo de um corredor que dava para uma grande estufa. – A Sra. Joyce e as outras têm um negócio aqui chamado As Flores Mais Raras. Você já pôde ver a maestria das mãos delas em meu casamento e em muitas festas da última temporada social. Aqui é onde elas executam sua magia.

A estufa era enorme e impressionante. Arbustos de cidreira e samambaias, plantas e trepadeiras enchiam-na de folhagens e odores. As janelas do topo tinham sido abertas e uma brisa cruzada balançava folhas e pétalas.

Avançaram até ao fundo da estufa, onde uma videira carregada de cachos de uvas estava suspensa sobre algumas cadeiras de ferro e uma mesa de pedra.

Hawkeswell olhou pela parede de vidro. O padrão ondulado dos painéis retangulares distorcia o cenário exterior, mesclando e borrando as cores, tornando-o mais parecido com uma aquarela difusa do que com uma pintura a óleo renascentista. Mesmo assim, era possível identificar quatro mulheres debaixo do que parecia ser um caramanchão junto a um muro de tijolos no extremo da propriedade.

Summerhays abriu uma porta e as imagens ficaram mais claras. O caramanchão era coberto de botões de rosas brancas. Audrianna estava sentada num banco de jardim sob a cobertura, ao lado da pálida e perfeita Sra. Joyes de olhos cinza escuro. Hawkeswell conhecera Daphne Joyes no casamento de Summerhays.

Duas outras mulheres estavam sentadas na relva, de frente para o banco. Uma era loira, exibindo um penteado muito elaborado. A outra usava um chapéu de palha simples cuja aba larga obscurecia seu perfil.

A Sra. Joyes reparou nos cavalheiros que saíam da estufa e ergueu o braço num cumprimento.

As duas mulheres no chão viraram as cabeças para ver quem a Sra. Joyes tinha saudado. Em seguida, aquele chapéu virou-se para frente e a mulher que o usava concentrou-se em Audrianna.

Uma sensação estranha vibrou dentro de Hawkeswell, como o ressoar de uma corda de um instrumento sem som. Aquela parte do gramado estava à sombra e aquele chapéu aprofundava as sombras ainda mais. E, no entanto...

Ele examinou com atenção o chapéu, imóvel agora. Ela não tornou a se virar, mesmo quando Audrianna e a Sra. Joyes chamaram Summerhays para se juntar a elas. A inclinação da cabeça, todavia, fez aquela corda ressoar de novo.

Ele caminhou na direção delas com Summerhays, ao longo de caminhos de areia que serpenteavam entre milhares de flores.

– Quem são as outras? – perguntou. – As que estão sentadas no chão.

– A loira é a Srta. Celia Pennifold. A outra é a Srta. Elizabeth Smith. Elas a chamam de Lizzie.

– Você já as tinha visto antes?

– Ah, sim. Conheço pessoalmente cada uma das Flores Mais Raras.

Hawkeswell respirou fundo. É claro que Summerhays já as conhecia. O sinal de alarme emitido por seus instintos não fazia sentido.

– Bom, não Lizzie, agora que você perguntou. Nunca me dei conta disso, mas embora a tenha visto no jardim, através do vidro da estufa ou até passando de chapéu, creio que nunca fomos apresentados.

Eles aproximaram-se das senhoras. A parte de trás do chapéu permaneceu resolutamente virada para eles. Mais ninguém pareceu reparar nisso, ou considerar o gesto grosseiro, na troca caótica de cumprimentos e apresentações que se seguiu.

Da mesma forma, ninguém pareceu se dar conta de que Lizzie nunca fora apresentada ao marido de Audrianna, assim como o próprio Summerhays confessara há pouco. Mas um conde tinha entrado no jardim pela primeira vez e a imobilidade daquela cabeça não podia durar para sempre nas cortesias que se seguiram. Em certo momento, Audrianna começou a fazer a apresentação oficial a Lizzie.

A moça de chapéu se ergueu quando Lizzie se levantou. O sangue começou a martelar ruidosamente dentro da cabeça de Hawkeswell à medida que aquele corpo ágil, envolto em musselina azul simples se voltou. Com a cabeça recatadamente baixa e a aba larga a obscurecer seu rosto, Lizzie fez uma mesura.

O martelar dentro da cabeça dele se abrandou. Não, tinha se enganado. E, no entanto, a memória dos pormenores era tão vaga... Tão escandalosamente vaga. Mas não, sua mente pregara-lhe uma peça, ponto final.

– Vou pedir a Hill para trazer refrescos – disse Lizzie baixinho. Muito baixo. Quase num sussurro.

Ela fez uma nova mesura e se afastou. O círculo de mulheres, no burburinho da conversa, não prestou muita atenção à sua partida.

De novo, a inclinação daquela cabeça. O jeito de caminhar. O martelar enlouquecido recomeçou.

– Pare!

Todos ficaram imóveis à ordem dele e fitaram-no fixamente. Exceto Lizzie, que continuou a caminhar sem olhar para trás. O seu andar, porém, se modificou. Ela parecia pronta para desatar a correr.

Ele avançou a passos largos atrás dela e agarrou-lhe o braço.

– Lorde Hawkeswell, *francamente*! – repreendeu-o a Sra. Joyes, com uma expressão de surpresa aturdida, olhando depois com uma curiosidade apreensiva para Summerhays.

– Hawkeswell... – começou a dizer Summerhays.

Ele ergueu uma mão para silenciar o amigo. Fixou o olhar no nariz delicado que estava visível sob o perfil das abas do chapéu.

– Olhe para mim, por favor. Agora. Exijo que olhe.

Ela não olhou para ele de imediato mas, após uma longa pausa, finalmente voltou-lhe o rosto. Sacudiu o braço para se libertar da mão que a agarrava e o encarou. Seus cílios longos, espessos e negros quase tocavam as maçãs de rosto brancas como a neve.

Um tremor pareceu atravessá-la. Seria fúria? Medo? Ele nunca tinha sentido antes o espírito de alguém reagir tão intensamente como naquele momento.

Os cílios se ergueram. Não foi o rosto que lhe deu a certeza. Tampouco sua forma oval, o cabelo escuro ou o botão de rosa que se formava em sua boca. Foi antes a resignação, o pesar e a ponta de rebelião presentes naqueles olhos azuis.

– *Maldição*, Verity. Os meus olhos *não* me enganaram.

Capítulo 2

— Se ela não estiver aqui em baixo daqui a dois minutos, eu subo. Juro que arraso esta casa com as minhas próprias mãos se for preciso e...

– Acalme-se, meu senhor. Tenho certeza de que houve um mal-entendido.

– Me acalmar? *Me acalmar*? A minha mulher desaparecida, presumivelmente morta há dois anos, tem levado uma vida agradável aqui no campo, a poucos quilômetros de Londres, sabendo perfeitamente que o mundo estava à procura dela, e a senhora diz para *me acalmar*? Deixe-me relembrá-la, Sra. Joyes, que o seu papel nisso tudo pode quase ser considerado criminoso e que...

– Não vou ouvir ameaças, Lorde Hawkeswell. Quando tiver se recomposto o suficiente para manter uma conversa cortês, mande me avisar. Enquanto isso, estarei no topo das escadas, com a minha pistola, se resolver recorrer à brutalidade. – A Sra. Joyes flutuou com sua elegância etérea e pálida para fora da sala de estar.

Summerhays, que estava espreitando nos armários, disse:

– Ah, encontrei vinho do Porto. Pare com esse andar infernal de um lado para o outro e controle esse seu mau gênio, Hawkeswell. Está correndo o risco de fazer um imperdoável papel de imbecil.

Ele não conseguia parar de andar de um lado para o outro. Ou de olhar para o teto, na direção em que *aquela mulher* se refugiara.

– Se alguma vez na história do mundo um homem teve desculpa para fazer esse papel, Summerhays, é essa vez. Ela já me fez de bobo de qualquer jeito, por isso não tenho nada a perder interpretando esse papel.

– Não há copos. Isso aqui terá de servir. – Ele pegou numa delicada xícara de chá e serviu o vinho do Porto. – Agora beba e conte até cinquenta. Como nos velhos tempos, quando você ficava assim.

– Vou parecer ridículo bebendo nisso... Ah, que se dane. – Ele agarrou a xícara e entornou o conteúdo. Não o ajudou muito.

– Agora, comece a contar.

– O diabo que me carregue se...

– Comece a contar. Ou vou acabar tendo que incutir algum bom senso em você à força e já se passaram muitos anos desde que o seu mau humor me obrigou a isso. Um, dois, três...

Rangendo os dentes, Hawkeswell começou a contar. E a andar de um lado para o outro. A fúria sanguinária desvaneceu-se na sua cabeça, mas a ira pouco esmoreceu.

– Não acredito que a Sra. Joyes não sabia quem ela era. Ou que a sua mulher não soubesse.

– Se você se atrever a insinuar novamente que a minha mulher mentiu ao dizer que desconhecia esse fato, só me darei por satisfeito quando você tiver de voltar para a cidade carregado na carroça – disse Summerhays em tom de ameaça.

– Já que falou nos velhos tempos, não se esqueça de que eu dava tanto quanto levava, ou mais ainda. – Hawkeswell engoliu a sua fúria e mediu com os passos a sua contagem. – Mas que diabo de lugar é este? – perguntou ele quando chegou aos trinta. – Quem é que acolhe uma desconhecida e nem sequer lhe pergunta qual é a sua história? É insano. Uma loucura.

– É uma regra daqui, não perguntar. Aparentemente, a Sra. Joyes sabe que existem com frequência bons motivos para que as mulheres escondam suas histórias de vida e deixem seus passados completamente para trás.

– Não consigo imaginar o porquê.

– Não?

Hawkeswell parou de andar e lançou um olhar furioso a Summerhays.

– Se está insinuando que ela tinha razões para ter medo de mim, juro que o desafiarei para um duelo. Com mil diabos, ela mal me conhecia!

– Só esse fato já pode deixar algumas mulheres receosas, imagino eu.

– Não diga disparates.

Summerhays encolheu os ombros.

– Chegou apenas aos quarenta e cinco.

– Já estou bem.

– Sejamos perfeccionistas.

Hawkeswell deu mais cinco passos pesados.

– Pronto. Agora estou perfeitamente calmo. Vá dizer à Sra. Joyes que *exijo falar com a minha mulher, raios!*

Summerhays cruzou os braços e examinou-o cuidadosamente.

– Mais cinquenta, acho.

Lizzie estava sentada na cama, escutando os brados indignados que vinham lá de baixo. Teria de descer em breve. Podia ser desculpada por tirar alguns minutos para se preparar e se acostumar à ideia da prisão antes de a porta do cárcere se encerrar de fato diante dela, pensou.

Havia sido uma pateta sentimental. Devia ter partido assim que Audrianna concordara em se casar com Lorde Sebastian na primavera passada. Ou, quando muito, na semana passada, depois de ter completado vinte e um anos. Sempre soubera que teria de enfrentar uma guerra assim que ela que atingisse a maioridade. Agora, talvez nem conseguisse disparar um único tiro.

Hawkeswell acabaria por encontrá-la quando ela regressasse ao mundo. Não haveria forma de evitar esse fato. Contudo, ela planejara estar na companhia de pessoas que a conheciam e que poderiam ajudá-la. Além disso, estaria preparada para enfrentá-lo. Agora, o fato de ter se demorado naquela casa dera origem a uma catástrofe e ela podia acabar presa naquele casamento depois de todo seu esforço para evitar justamente isso.

Parou de se penitenciar. Não tinha sido um mero devaneio sentimental que a fizera retardar a partida. Na realidade, ela não era uma pateta. O amor a mantivera ali – o maior amor que conhecera em muitos anos. Podia ser perdoada por se render à tentação de passar uma última semana com suas queridas amigas, todas juntas uma última vez. A notícia de que Audrianna lhes faria uma visita chegara precisamente no dia em que havia planejado dizer adeus e fora o suficiente para subjugar sua frágil determinação e seu medo crescente.

Os passos ruidosos ressoavam por toda a casa. Uma nova blasfêmia atravessou as tábuas do assoalho. Hawkeswell estava a todo vapor.

Era o que se podia esperar de qualquer homem que fizesse uma descoberta tão inesperada, mas ela sempre suspeitara que ele possuísse mais daquela fúria masculina do que a maioria. No momento em que se conheceram, ela concluíra de imediato que não combinavam um com o outro. E agora, jamais combinariam, isso era certo. Ele fora conivente com Bertram em tudo o que se passara, é claro. E ela o humilhara ao fugir e não morrer de verdade.

Uma batida delicada na porta chamou sua atenção. Não queria enfrentar as amigas, da mesma forma que não queria enfrentar o homem que vociferava lá embaixo, mas nenhuma das situações podia ser evitada, por isso convidou-as a entrar.

Elas entraram com as expressões que ela imaginara. Audrianna estava de olhos arregalados de espanto sob o cabelo acastanhado elegantemente arranjado; ela era bondosa demais para imaginar que uma mulher se atreveria a fazer algo assim. Celia, que provavelmente pensava que as mulheres eram capazes de toda a espécie de coisas, parecia apenas muito curiosa. E Daphne... bem, Daphne estava encantadora, pálida e serena como sempre e não parecia nem um pouco surpresa.

Daphne sentou-se ao lado dela na cama. Celia sentou-se do outro lado. Audrianna ficou à frente dela.

– Lizzie... – começou Audrianna, interrompendo-se assim que proferiu o nome, e corou.

– Tenho pensado em mim como Lizzie durante dois anos. Creio que agora deveriam me chamar de Verity. É melhor voltar a me habituar a esse nome.

O rosto de Audrianna se fechou, como se ela tivesse se agarrado à convicção de ser tudo um engano.

– Então, ele tem razão – disse Daphne. O seu tom de voz indicava que ela preferira esperar tratar-se de um engano. – Não houve nenhum erro. Você é a noiva desaparecida do Lorde Hawkeswell.

– Você nunca suspeitou, Daphne? – perguntou Verity.

– Não. Talvez eu não tenha querido ver. Essa tragédia parecia muito distante, num outro mundo. Nunca pensei que a jovem com quem cruzei perto do rio naquele dia fosse a moça desaparecida.

– Eu suspeitei. Ou melhor, fiquei me perguntando – afirmou Celia. – Passou pela minha cabeça uma ou duas vezes.

Audrianna ficou de boca aberta, olhando para a bela Celia de cabelos loiros. Por sua vez, Celia tomou a mão de Verity nas suas, dando umas palmadinhas leves.

– Mas depois dizia a mim mesma, não, não pode ser. Aquela moça com certeza está morta. Lizzie não pode ser ela, a não ser que tenha perdido a memória. Uma mulher não foge no dia do casamento para viver de modo frugal e obscuro. Especialmente se for uma herdeira e o seu novo marido, um lorde.

Seguiu-se um silêncio. Havia uma regra naquela casa. Ninguém se intrometia. Ninguém exigia explicações. Esse tinha sido o motivo pelo qual ela fora capaz de ficar ali. Agora, sabia ela, a necessidade de explicações estava bem presente na mente de todas.

– Por quê? – deixou escapar Audrianna.

– Estou certa de que houve uma boa razão – disse Daphne, vindo em sua defesa.

Verity levantou-se da cama. Foi até ao espelho e observou os estragos que o chapéu fizera a seu cabelo. Deveria se arrumar apropriadamente antes de descer e enfrentar Hawkeswell? Seria a atitude mais cortês. Contudo, temia que o gesto a colocasse numa posição mais desvantajosa ainda.

Tal conjectura a fez sorrir. Suspeitava que todas as mulheres estivessem em desvantagem com Hawkeswell e que ele tomava esse desequilíbrio como certo. Não era somente o seu título de nobreza que fazia pender a balança. Ele era um homem bonito, alto, esguio, de ombros largos, com uma presença física quase divina. Mesmo sem o rosto esculpido robustamente, bastariam aqueles olhos azuis para deixar a maior parte das mulheres balbuciando.

Foram aqueles olhos que lhe disseram que ela fora descoberta quando ele entrou no jardim. No olhar de relance que lhe lançara, isso era tudo o que ela tinha visto e reconhecera-o de imediato. Mesmo no outro extremo do jardim num dia de sol, era impossível deixar de reparar em olhos da cor de safiras.

– Eu não escolhi este casamento. – Ela endireitou o coque escuro que ficara torto. Celia aproximou-se, afastou-lhe as mãos e executou melhor a tarefa. – O meu primo Bertram me enganou. Primeiro, tentou me obrigar, mas eu não concordei. No final, conseguiu me enganar. Descobri logo após a cerimônia o que ele havia feito, e como a promessa que ele fez para obter o meu consentimento não passou de uma mentira.

– Que tipo de promessa faria você dar um passo tão irrevogável? – perguntou Daphne.

Dois anos de discrição tinham criado um hábito e ela hesitou em lhes contar. Não queria causar mais problemas a Daphne. Porém, também temia que elas reavaliassem o seu caráter e se questionassem se a promessa havia sido uma coisa insignificante e pateta.

– Perto da minha casa vive uma mulher de quem gosto como uma mãe. Bertram ameaçou fazer com que o filho dela fosse deportado, ou coisa pior, por suas crenças políticas. O meu primo tem alguma influência no condado e amigos com ainda mais influência. Não tenho dúvidas de que ele poderia prejudicar aquela mulher e seu filho se assim desejasse. Logo após o casamento, fui informada de que Bertram prejudicara de fato o filho e, por meio do filho, a sua mãe.

Um eco da série de choques que sentira naquele dia provocou-lhe novamente tremores por todo o corpo. E parte da mesma ira rebelde invadiu-lhe as veias em reação a isso.

Celia deu um passo para trás. O espelho exibia agora um cabelo transformado por uma artista e uma jovem mulher de olhos azuis receosos tentando manter a compostura.

Verity virou-se para as amigas emudecidas.

–Vocês acham que eu deveria ter ficado? Aceitado o meu destino? Eu fui abominavelmente usada. Meu consentimento foi obtido por meio de uma trapaça da pior espécie e acredito que Lorde Hawkeswell estava sabendo de todo o plano. Pior do que isso, a decepção afetou muito mais do que apenas o meu estado civil. Fiquei tão zangada que mal conseguia pensar. Decidi que não iria deixar que fizessem aquilo comigo. Não permitiria que esse engodo me transformasse em mera propriedade. Por isso, fugi.

Audrianna encostou ambas as mãos ao próprio rosto. Os seus olhos verdes encheram-se de lágrimas.

– O Sebastian deveria ter vindo amanhã, não hoje. Você os teria evitado se ele tivesse seguido o plano, não é? Ele me disse lá embaixo que esteve presente no seu casamento e teria reconhecido você. Foi por isso que sempre evitou uma apresentação. Ele nunca havia percebido isso antes, tão inteligente foi a forma com que você sempre conseguiu passar despercebida. – Ela fitou um ponto indefinido, ainda assombrada. – Eu também não tinha reparado. Lamento muito que a minha presença aqui e a chegada inoportuna dele tenham provocado isto. Eu deveria ter…

– Ficarei eternamente grata que tenha feito esta visita – disse Verity, abraçando-a. – Esta última semana, com todas nós juntas de novo, foi uma das melhores da minha vida. Nunca a esquecerei.

– O que você vai fazer? – perguntou Celia.

Verity retirou o longo avental que cobria o seu vestido azul simples.

– Vou descer e esperar que o desconhecido com o qual me casei não esteja tão zangado para ouvir o que tenho a dizer.

Capítulo 3

Audrianna surgiu à porta da sala de estar e chamou o marido. Summerhays aproximou-se e eles tiveram uma conversa particular aos sussurros.

Em seguida, Audrianna saiu e Summerhays regressou para junto do amigo.

– Verity vai descer. Peço que a ouça até ao fim. Ela pode ter uma razão muito boa para tudo isso.

Hawkeswell podia pensar em várias razões e não havia nada de bom em qualquer uma delas.

– Prometo escutar tudo aquilo que ela disser.

Summerhays não parecia confiante que a tempestade tivesse passado. Porém, as senhoras deviam ter concluído que a situação estava suficientemente segura, porque de repente puderam-se ouvir ruídos de passos leves nas escadas. Verity desceu e entrou no seu campo de visão. O avental tinha desaparecido. O vestido azul simples e sem adornos devia tê-la feito parecer assaz comum, mas ela comportava-se com tal graça e confiança que envergonharia muitas duquesas.

Ela deteve-se à entrada da sala de estar. Summerhays anunciou a intenção de se retirar.

– Por favor, feche a porta quando sair – disse Hawkeswell.

Summerhays olhou para Verity, aguardando o seu assentimento. Ela acenou com a cabeça.

Era a primeira vez que Hawkeswell olhava direito para sua mulher em dois anos. Deu-se novamente conta de como apenas um punhado de pormenores havia sobrevivido em sua memória. As particularidades da sua aparência, assim como as do seu caráter, tinham rapidamente se desvanecido até se tornarem meras impressões.

Dócil e encantadora, pensara quando a conheceu. Jovem e inocente, também. Com exceção da segunda, estas não eram as qualidades que ele procurava nas mulheres, mas também nunca procurara uma esposa antes e, é claro, era necessário levar em consideração requisitos diferentes.

Ela não parecia particularmente dócil agora. Encantadora, sim. Mais do que antes. Um pouco mais de maturidade lhe fez bem. O cabelo continuava escuro, o rosto, pálido, os olhos igualmente azuis, mas uma definição sutil realçava-lhe a suavidade. A expressão dela pareceu-lhe ousadamente confiante para alguém apanhado naquela situação. Isso trouxe a tona o mau gênio e ele se concentrou para não reagir às ferroadas.

– Peço-lhe para que não culpe Daphne ou qualquer uma das outras por terem me abrigado. Elas não sabiam quem eu era. Gostaria de obter sua promessa de que não fará nada que possa lhes causar problemas.

– O meu interesse está no seu comportamento, não no de suas amigas. Porém, essa é uma conversa que é melhor termos mais tarde, depois de regressarmos à nossa casa.

– Posso não ter escolha a não ser acompanhá-lo, mas não irei de livre e espontânea vontade.

Ela não hesitava em desafiá-lo, ainda que seu comportamento permanecesse plácido e sereno. Não lhe deixava outra opção além de ser razoável e persuasivo, o que não parecia justo, visto que ele estava isento de culpa. A alternativa seria usar a força e ser o bruto que a Sra. Joyes insinuara que podia ser.

Nem mesmo a sua ira poderia justificar isso. Tampouco Summerhays concordaria em ajudá-lo a arrastá-la para fora. Verity avaliara as limitações que a situação lhe colocava e estava preparada para explorá-las. O que significava que ela não era nem um pouco dócil, afinal. Ou pelo menos, não mais.

Ele apontou para uma poltrona.

– Não quer se sentar? Se vamos falar sobre esse assunto agora, melhor ficar confortável.

Ela acedeu ao convite, mas não se sentou na poltrona. Em vez disso, optou por uma cadeira de madeira.

– Deixou todos nós pensando que uma tragédia havia lhe ocorrido, Verity. Nunca pensou no sofrimento que os seus atos iriam causar aos outros?

– Estou bem certa de que o meu primo e a mulher não sofreram por mim. Quanto a você... Chorou a minha morte, Lorde Hawkeswell? O nosso convívio foi breve e formal e não se tratava de uma união de amor.

Ele sentiu-se enrubescer. Não, ele não chorara a morte dela. A perícia imperturbável com que ela o colocava em desvantagem aumentava as ferroadas do seu mau gênio.

– Posso não ter chorado a sua morte, Verity, mas fiquei preocupado. E muito.

– Peço desculpa por isso. Pensei que seria dada como morta depois de alguns meses, uma vez que as provas de que eu caíra no rio Tâmisa eram significativas. Nunca pensei que mesmo após dois anos ainda me considerariam, em termos legais, apenas desaparecida.

– Fala dessas provas com uma confiança incrível. Acredito que as tenha forjado, não?

– Ah, sim. Não queria que você ou Bertram viessem à minha procura, por isso achei melhor que pensassem durante algum tempo que eu estava morta.

Sim, eu fingi. Deliberadamente. Lamento muito se o fiz passar por um inferno.

– Existem algumas pessoas que creio terem chorado de fato a minha morte – disse ela, exibindo finalmente algum remorso. – Lamento o sofrimento que possa ter lhes causado.

– Uma falha no seu plano, então.

– Sim. Esse é o meu único consolo por ter sido prematuramente descoberta aqui. Agora poderei me certificar de que elas saibam a verdade em breve.

Ele caminhou de uma ponta à outra da sala, decidindo como abordar as muitas perguntas que lhe preenchiam a cabeça. Sentiu que ela o observava e pressentiu nela uma estranha mistura de cautela e ressentimento. Este último não ajudou nada a acalmar seu estado de espírito.

– Está tentando encontrar as palavras adequadas para inquirir a respeito do estado da minha virtude, Lorde Hawkeswell? Imagino que seja essa a questão mais premente em seus pensamentos.

A franqueza dela o espantou.

– É uma das minhas muitas dúvidas, Verity.

– Permita-me que lhe tranquilize essa preocupação desde já. Não houve um grande caso amoroso, nem sequer um ordinário. Continuo virgem.

Ele ficou contente em ouvir isso, independentemente dos termos da resposta. A virgindade de Verity não eliminava o cerne da questão. Ainda podia existir outro homem envolvido com a fuga. Era a explicação mais lógica, mas tudo isso podia esperar por outro dia.

– E o senhor, Lorde Hawkeswell? Uma vez que estamos falando desse tema... Como tem estado sua virtude durante a minha ausência?

Ela conseguiu surpreendê-lo de novo. Os olhos dela faiscaram, zombeteiros, perante sua reação aturdida.

– Eu li todos os jornais e folhetins sensacionalistas – disse ela. – A minha proximidade a Londres permitiu que obtivesse notícias de todo o país e me mantivesse a par dos acontecimentos na alta sociedade. Creio que, se formos comparar virtudes, você vai concordar que tem pouquíssimo direito em especular a respeito da minha.

Como diabos ele acabara numa posição de inferioridade?

– Eu pensei que a minha *esposa* estava morta. Você sabia que *eu* não estava.

As pálpebras dela se baixaram.

– Nenhum tribunal me declarou morta, logo, estava apenas desaparecida. Sei tudo sobre seus casos amorosos, é só isso que estou dizendo. Não me importo, mas espero que não seja tão hipócrita a ponto de questionar minha palavra com respeito a isso, ou de querer discuti-la mais tarde.

Ele lutou consigo mesmo para dominar a profunda irritação advinda do fato de ela já ter levado a melhor duas vezes numa luta na qual ela não deveria sequer ter o direito de empunhar uma arma. A exasperação venceu. Ele cruzou os braços e fuzilou-a com um olhar tão furioso que ele próprio sentiu estender-se até a sua nuca.

– Vai me dizer por que motivo fez isso tudo? Creio ter o direito de saber.

A calma imperturbável dela pareceu vacilar. Os olhos azuis cintilaram sob as pestanas leves como plumas. Não havia nada de contrito em sua expressão e pouquíssimo temor. Todavia, ela ergueu-se, como se tivesse concluído que a atitude dele exigia que ela respondesse de uma altura menos submissa.

– Eu fui embora porque já não era mais necessária para o grande plano do meu primo e seu também. Todos tiveram o que queriam durante estes dois anos; a cerimônia de casamento cuidou disso. O senhor obteve o dinheiro que procurava, Bertram continuou a controlar os negócios do meu pai e Nancy conseguiu a ligação social que almejava. O dote de casamento era a única coisa que interessava a todos vocês. Manter ou não o casamento durante este tempo era irrelevante.

A satisfação presunçosa dela quase o fez perder a compostura.

– Posso lhe garantir que as coisas não funcionaram como presumiu. A lei neste tipo de situação é muito mais complexa do que imagina.

As palavras alarmaram-na o suficiente para fazer vacilar sua maldita postura. *Ótimo*.

– O que quer dizer com isso?

– O dote não foi pago, por assim dizer. Tudo permanece num limbo. – *Assim como eu, raios*.

– Está dizendo que não recebeu *nada*? Que não teve acesso ao dinheiro mantido em reserva pelo fundo fiduciário? Nem sequer aos rendimentos relativos a esses dois anos?

– Não recebi um maldito tostão sequer.

Uma expressão de preocupação contorceu o rosto dela.

– Então, sua descoberta da minha presença aqui foi ainda mais infeliz do que supus. Se lhe foi negada até a menor parcela do meu dote durante todo este tempo, temo que nunca aceite ser razoável sobre este assunto.

– Estou sendo bastante razoável. E igualmente paciente. A maioria dos maridos reagiria de forma muito diferente.

Ela ficou tensa, como se aquelas palavras tivessem sido uma ameaça, muito embora essa não fosse a intenção dele. Verity parecia estar se preparando para um golpe, o que o insultou e irritou ainda mais.

– O que eu quis dizer é que é pouco provável que escute o meu plano, que aliás é bem razoável, sobre o que fazer a partir de agora – disse ela cuidadosamente.

– A única coisa possível agora é regressar a Londres, deixar que o mundo veja que você está viva e tentar, de alguma forma, colocar a sua aventura caprichosa para trás, ao mesmo tempo que embarcamos finalmente nesta união.

– Eu *não* fui caprichosa. E, além disso, o senhor está errado. Essa não é a única possibilidade.

– Não consigo pensar em nenhuma outra opção.

Agora era ela quem caminhava de um lado para o outro, como um animal encurralado. Movia-se à frente dele, franzindo o cenho numa expressão de angústia.

– Pode requerer uma anulação. É possível obter uma. Nunca tivemos uma noite de núpcias e segundo me informaram...

– Por que motivo deveria solicitar uma anulação?

Ela deteve-se diante dele. Já não desempenhava mais o papel da esposa plácida e sossegada, revelando-se antes como um adversário. A emoção endurecia-lhe a expressão e tensionava sua postura.

– Porque *eu nunca quis este casamento* – disse ela. – E o senhor também não se importa nem um pouco se permanece casado ou não.

– Claro que me importo. Eu dei o meu consentimento. Eu assinei os papéis. Eu proferi os votos. *Assim como você.*

– Com isso quer dizer que se importa com *o dinheiro*. Descobrirei uma forma de entregá-lo a você. A vida que esse casamento exige de mim não é aquela que eu deveria ter.

– Não posso acreditar que está sugerindo uma ideia tão absurda, Verity. A Igreja não concede anulações por meros caprichos.

– Eu não fugi naquele dia para satisfazer a um capricho passageiro.

– Então por que o fez? Começamos com essa pergunta e agora voltamos a ela.

Ela endireitou os ombros e olhou-o diretamente nos olhos.

– Eu não dei meu consentimento de livre e espontânea vontade.

Isto o apanhou de surpresa. A Igreja *de fato* concedia anulações por essa razão.

– Uma sala repleta de pessoas escutou-a consentir. Uma dessas testemunhas encontra-se nesta casa neste momento.

– Descobri que meu consentimento foi obtido de maneira ignóbil e traiçoeira.

– Não por mim.

– É o que você diz.

A desconfiança dela contaminou o ar juntamente com sua angústia e sua rebelião. Aquela mistura não prometia nada de bom para o futuro.

Ele obrigou-se a apelar a uma nova calma. A sua intenção era restaurar a confiança dela e tranquilizá-la.

– Ah, pois digo, sim. Quando ficou sabendo desse engano?

– Logo após a recepção do casamento.

– Conte-me o que aconteceu.

Ela o examinou como se estivesse indecisa se ele era merecedor desse esforço.

– Eu me opus à união. No final, proferi os votos apenas para ajudar uma família da minha terra natal, pela qual sinto uma grande estima. Bertram ameaçou prejudicá-la se eu não concordasse com o casamento.

Ela contou a história com toda a franqueza, mas com pouca convicção de que o marido ligasse minimamente para o que ela estava dizendo. Ou talvez ela não ligasse para o que ele pensaria. Ele não conseguia dizer para que lado pendia a opinião de Verity.

– Em outras palavras, você pôs de lado suas objeções por causa dessas pessoas, para protegê-las de Bertram.

Ela assentiu com a cabeça.

– Logo após a receção, Nancy veio falar comigo. Em particular. Disse que Bertram já havia violado o nosso acordo. Que ele fizera o que prometera não fazer se eu me casasse com você.

– Lamento que acredite que foi ludibriada por seu primo. Porém, o casamento se realizou, Verity. É pouco provável que a sua atual reivindicação de que não ter consentido de livre vontade consiga uma audiência no tribunal. Você não possui nenhuma prova. Se reivindicações desse tipo fossem aceitas prontamente, seria uma escapatória muito simples dos casamentos, porque as pessoas iriam mentir. Chegou o momento de aceitar que o casamento manterá sua validade.

– Não temos como saber com toda a certeza se a minha reivindicação não conseguiria uma audiência justa em tribunal. O senhor é que não quer descobrir isso. Não quer se arriscar a perder o dinheiro.

Tinham voltado ao dinheiro. Ele dificilmente podia contestar esse argumento. Fora a base do casamento, no fim das contas.

– É assim que são feitas as uniões matrimoniais. Sua revolta é compreensível, mas, com o tempo, irá encontrar alguma felicidade, se permitir-se fazê-lo. Agora precisamos tratar do nosso regresso a Londres.

Os pequenos punhos dela se fecharam e os olhos arderam.

– Você não ouviu nada do que eu disse!

– Escutei todas as suas palavras com atenção. E elas não mudam nada. Você é minha esposa perante a lei e isso não pode ser desfeito.

– Apenas porque não concorda em me ajudar a tentar.

– Não, não concordo.

– E se eu não concordar em regressar a Londres?

– Por favor, não faça isso. Não me faça obrigá-la a vir comigo. Mesmo que arranjasse uma forma de impeder que isso ocorra agora, iria acabar por ter de fazê-lo. Sabe disso. Na qualidade de seu marido, eu tenho direitos. É assim que as coisas são.

– Eu não fui criada por um homem que pensava que *é assim que as coisas são*. E também não penso assim. Isto, mais do que todo o resto, prova que não combinamos um ao outro.

– Há dois anos concordamos que combinávamos perfeitamente um com o outro. Não nos é permitido mudar de opinião. Nem eu mudei a minha.

– O senhor e eu não concordamos *em coisa nenhuma*. Ora, esta é a primeira conversa privada que temos. Se tivesse exigido a oportunidade de me conhecer naquela época, teria ficado sabendo o quanto não conbinamos um com o outro e as razões pelas quais me opus inicialmente à sua proposta de casamento.

O mau gênio dele agitou-se perigosamente, mas ele o manteve sob controle, apesar da teimosia exasperante dela.

– Você deixou muito claro que parte do princípio de que este casamento será uma espécie de inferno, Verity. Em resposta, só posso lhe aconselhar a descobrir uma forma de sobreviver às labaredas, porque o que está feito, está feito, e agora foi descoberta e não pode desfazer nada. Escutei o que tinha a dizer e compreendo muito bem sua posição. Não obstante, irei até Cumberworth tratar do aluguel de uma carruagem e regressaremos a Londres em seguida.

O queixo dela se ergueu e os olhos faiscaram de raiva.

– Não irei de livre vontade. Este casamento nunca devia ter existido. *O senhor* nunca devia ter existido.

– Fala como se eu me importasse com isso – disparou ele rudemente. – É melhor fazer as malas, ou irá apenas com as roupas do corpo.

Ela observou-o da cabeça aos pés, medindo-o. Sua determinação abalou-se um pouco, mas não desmoronou.

– Imagino que tenha a força necessária para me obrigar a entrar na carruagem. Pois então, que assim seja. No entanto, vou me retirar para os lugares nesta casa onde desfrutei de uma paz rara e aguardarei o exercício dos seus direitos por via da força.

Capítulo 4

O novo gerânio híbrido parecia um pouco ressecado. Uma linha amarelada circundava duas das folhas.

– Pegou sol demais. Precisa me prometer que vai levá-la lá para trás durante a tarde até o final de setembro – disse Verity a Celia. – Nunca se sabe o que esperar de plantas híbridas novas.

– Vou me lembrar de dizer isso a Daphne.

Elas continuaram o passeio pelo longo do corredor entre as mesas que exibiam uma série de vasos de plantas e as experiências horticultoras de Verity.

Tinha sido sorte ou desígnio do destino que fosse Daphne a encontrá-la naquele dia, acabando por lhe oferecer uma casa para viver com estufa contígua. Embora ela sempre tivesse gostado de flores, nunca se dedicara à jardinagem até chegar ali. Agora o fazia com paixão, e sentia-se mais feliz quando estava junto a suas plantas, examinando-as e observando o milagre do crescimento dia após dia.

– Lorde Sebastian estava tentando convencer Lorde Hawkeswell a não agir precipitadamente quando passei pela sala de estar – afirmou Celia.

– Duvido que Lorde Sebastian tenha muito sucesso nessa missão. E, se as coisas chegarem a esse ponto, duvido que vá se colocar contra Hawkeswell e a meu favor. Estou prestes a perder qualquer tipo de liberdade que esperava vir a ter. Posso até nunca mais voltar a esta casa.

– Você há de convencer Lorde Hawkeswell a permitir que nos visite, como Audrianna fez com Sebastian.

– Lorde Hawkeswell é um conde, e um conde que se orgulha de seus privilégios e seu legado. Ele casou-se abaixo da sua posição social, mas não vai permitir que eu mantenha o que me é familiar, pois isso se refletiria nele. Foi você que me ensinou tudo isso em relação aos que têm berço nobre, Celia, por isso não tente dourar a situação para me fazer sentir melhor. Ambas sabemos que aquele homem não me autorizará a visitar vocês nem qualquer outra pessoa do meu passado.

O que piorava ainda mais as coisas para estas amizades que lhe eram tão queridas, suspeitou ela, era o fato de o tempo que passara naquela casa ter sido um insulto para ele, algo que iria embaraçá-lo imensamente. Ele culpava Daphne por tê-la acolhido, embora Daphne ignorasse a sua história.

Perguntou-se o que diria ou pensaria Lorde Hawkeswell se soubesse daquele encontro inicial junto ao rio Tâmisa entre Daphne e ela.

O dia já havia esfriado quando a carroça na qual ela implorara uma carona desde Surrey cruzara a ponte. Ela viajava há tempo suficiente para que o choque passasse e sua raiva amenizasse, e ela delineara um plano simples. Iria prender pedacinhos do véu e do vestido nos arbustos perto do rio e confiar que as autoridades os considerassem como provas da sua morte. Isso impediria quem quer que fosse de procurá-la com afinco excessivo.

Desfizera-se rapidamente de ambos e estava observando o rio, absorta, quando um cabriolé passou. Era conduzido por uma mulher encantadora, com talvez vinte e cinco anos de idade, pálida como o luar. O cabriolé deteve-se por alguma razão.

Talvez Daphne pressentisse o desânimo que inundara Verity após a ponta daquele véu se afundar na água. Seria extremamente simples fugir de toda a culpa, dever e indignidade e mergulhar atrás dele.

Ela gozara de tão pouca felicidade após a morte do pai, tão pouco amor. Se tivesse crescido sempre assim, podia tê-lo suportado melhor, mas a sua infância fora muito feliz, tornando o contraste com os últimos anos mais difícil de suportar.

A perfídia de Bertram fora o último de muitos insultos, a derradeira injúria após anos delas. Não se lembrava de ele ser tão cruel quando era mais nova, e seu pai não o teria nomeado tutor se ele tivesse revelado essa face. Talvez Nancy o tivesse mudado, ou encorajado o lado negro de um temperamento, lado que seria combatido se ele tivesse se casado com uma mulher diferente.

Nancy tinha ambições sociais, assim como Bertram, agora. E ela, Verity, fora o meio perfeito para alcançar o que ambos procuravam. Basta acenar uma herdeira com uma enorme fortuna por Londres e inevitavelmente algum fidalgo empobrecido acabará caindo no engodo. Ao engolir essa isca, ele deverá engolir também o orgulho; mas se a refeição for suficientemente suculenta, quer em beleza, quer em riqueza, ele conseguirá tolerá-la se for obrigado.

Ela devia ter ficado feliz por ter sido Hawkeswell a morder a isca. Eles esperavam que ela ficasse tão deslumbrada que ignorasse a forma como o casamento iria interferir com seus planos pessoais e a vida que ela deveria ter.

Quantas vezes Nancy a repreendera a respeito disso? *Ele podia ser velho, gordo e cheirar a morte,* bradava ela. *Só uma imbecil rejeitaria um homem com a aparência dele. Uma mulher mal consegue pensar quando olha para aqueles olhos. Você é uma estúpida e uma ingrata por não dar o devido valor ao enorme serviço que lhe prestamos.*

Sendo dez anos mais velho do que ela, ele não era velho. E possuía de fato olhos maravilhosos, mas não eram somente para ela. Qualquer mulher serviria, Verity percebeu. Ela fora apenas a plebeia aceitável, dona de uma grande fortuna obtida através da astúcia e do comércio que iria resolver-lhe os problemas financeiros.

– Pelo menos ele é bonito. Isso pode ser uma fonte de consolo, creio eu – disse Celia, como se tivesse lido seus pensamentos. – É bem verdade que ele é apreciado pelas senhoras; logo, provavelmente não é inepto no leito, se é que isso ajuda em alguma coisa.

– Duvido que ele esteja muito inclinado a aplicar tal habilidade comigo agora. Infelizmente, também não está suficientemente zangado para se querer ver livre de mim. – Ela inclinou-se para cheirar uma frésia. Nunca se cansava do seu perfume. – Tinha esperança que ficasse. Foi disparatado de minha parte, creio eu.

Celia raramente se surpreendia com alguma coisa, mas agora exibia uma expressão de espanto.

– Esperava que ele quisesse se divorciar de você? Ele tem motivos para isso?

– Não fui corajosa o bastante para lhe dar um motivo. Agora desejaria muito ter sido. Não, tinha esperanças que ele se revelasse receptivo à ideia de apoiar minha petição para uma anulação quando eu revelasse que não dei meu consentimento de livre vontade. Atingi a maioridade, sabia? Por isso, se conseguir me libertar deste casamento, já não precisarei me submeter à autoridade do meu primo. Serei independente.

– Imagino que ele tenha recusado porque seria um assunto muito público e embaraçoso. Tão ruim quanto um divórcio. Para ele, ainda pior, na verdade.

– Creio que a preocupação dele esteja mais relacionada ao dinheiro. Calculei mal esse ponto. Pensei que Lorde Hawkeswell tivesse recebido o dinheiro do fundo fiduciário que foi se acumulando enquanto eu era menor de idade. Era uma fortuna bastante vultosa, à espera que eu me casasse ou que atingisse os vinte e um anos. Com tal quantia em sua carteira, acreditei que a ideia de me manter vinculada a ele seria menos atraente. Infelizmente, ele afirma não ter recebido nada até este momento.

– Se o casamento fosse anulado, talvez ele tivesse de devolver tudo o que recebera. Ainda pode ter de fazer isso, mesmo que o receba agora – disse Celia. – Apenas um homem excepcional concordaria com tal coisa.

– Disse a ele que me asseguraria que ele recebesse o dinheiro de qualquer forma. Eu tinha a intenção de explicar como faria isso, porém a conversa não progrediu até esse ponto.

Se conseguisse explicar de maneira mais clara, talvez ele visse as coisas de outra maneira. A ideia de que nem tudo estava perdido animou-a um pouco, mas não o suficiente para eliminar a forma como os nervos a afetavam, tornando seu estômago amargamente indisposto.

Elas passaram por um grupo de grandes vasos no chão que continham um pé de murta habilmente aparada.

– Tenho lamentado o fato de que vai nos deixar, mas creio que você pretendia partir em breve de qualquer jeito – declarou Celia. – Estava simplesmente se escondendo aqui até completar vinte e um anos, não é?

Verity parou de caminhar e tomou ambas as mãos de Celia nas suas, apertando-as com força.

– Todas nós estamos aqui apenas temporariamente, não? Sim, eu pretendia partir muito em breve. Esperava sinceramente que você e a Daphne compreendessem isso.

– É claro que teríamos compreendido. Mas para onde é que você teria ido?

– Para o norte. Planejava ir para casa, longe de Londres e de Lorde Hawkeswell, e de lá requerer uma anulação. Quero viver na companhia das pessoas de minha juventude, Celia, e tentar salvar o legado do meu pai. Gostaria de utilizar a minha fortuna da forma que deveria ser usada, não para sustentar os privilégios de um aristocrata empobrecido. E preciso descobrir exatamente o que Bertram fez para prejudicar as pessoas de quem mais gosto e se posso corrigir essa crueldade. – Ela piscou para afastar as lágrimas. – Isto tudo pode não passar de um sonho infantil, mas foi o que me deu alento durante dois anos.

Celia inclinou-se para a frente e beijou-lhe o rosto.

– Eu compreendo, minha querida Lizzie. Todas nós aqui temos segredos e sonhos, mas nunca imaginamos que os seus fossem tão grandes. Não duvido que tenha projetado grandes e importantes planos para você enquanto se escondia aqui, trabalhando tranquilamente com as flores. Todavia, pode ter de alterá-los agora.

– Temo que tenha razão. Porém, creio que ainda possa convencê-lo de que sua melhor opção é deixar-me para trás.

– Ele se casou por dinheiro. Resolva convenientemente essa questão com ele e ainda poderá ter tudo o que deseja.

Verity esperava que assim fosse. Porém, mesmo que Hawkeswell não a libertasse dos seus votos, pelo menos ela podia se mover pelo mundo de novo, de maneira até então impossível enquanto se mantivera escondida naqueles dois anos. Podia tentar executar alguns daqueles planos. Tentou retirar algum consolo desse pensamento, mas seu coração continuava a carregar um grande e pesado temor.

– Acho que devia dizer a Daphne que este enxerto de limoeiro não vingou, Celia. A experiência valeu a pena, mas não tem a força necessária para prosseguir. – Ela avançou até uma laranjeira. – Estique o seu avental e deixa-me apanhar algumas. Podemos levá-las à Sra. Hill para que as utilize no molho do jantar.

Ela colheu três laranjas da árvore.

– Imagino que a carruagem alugada esteja aqui muito em breve – disse Celia suavemente. – Vai mesmo fazê-lo levar você à força?

A antecipação daquele momento lançara uma sombra no tempo que tinham passado juntas. O estado de espírito naquele passeio pela estufa havia sido semelhante ao de um velório.

– Obrigá-lo a fazer-me sair à força pode ser dramático demais e não servirá para muita coisa, além de reafirmar uma posição que julgo já ter tornado clara.

– Temo que, se o fizer, Daphne acabe usando a pistola. Ela está muito inquieta. Acha que você tem medo dele e que tem motivos para isso. Ela já viu isso antes, sabe.

Ouvir falar dos instintos de Daphne fez com a que náusea sutil de Verity se intensificasse. Perguntou-se igualmente se haveria motivos para temer Hawkeswell e o seu mau gênio, embora ele o tivesse mantido sob controle durante o encontro privado de ambos naquele dia.

– Eu partirei com ele pacificamente. Não quero causar problemas a Daphne. Irei agora mesmo dizer-lhe isso.

Celia voltou a cabeça para a casa e suas janelas visíveis através do vidro da estufa.

– Pode falar com ela agora mesmo. Ela está vindo para cá, juntamente com Audrianna.

Pouco depois, Daphne e Audrianna entraram na estufa, caminhando, resolutas, na direção de Verity.

– Lizzie, você precisa escutar nosso plano – anunciou Audrianna. – Sebastian crê que Lorde Hawkeswell se mostrará favorável a ele, se você fizer o mesmo.

Verity utilizou sua pequena verruma para furar a terra ao redor da base das árvores de citrinos em vasos, para arejar o solo.

Ouviu a porta abrir na extremidade do corredor que ligava a estufa à sala de estar nos fundos. A seguir, escutou passos pesados de botas. Hawkeswell viera propor o plano engendrado por suas amigas.

Aquilo não representava uma salvação, apenas um período de purgatório para lhe dar algum tempo e aceitar seu destino. Era o melhor que todos podiam fazer, por isso era óbvio que ela havia concordado. Porém, esperava alterar ligeiramente os termos.

As botas detiveram-se e ela teve de reconhecer a presença dele. Olhos maravilhosos, nos quais todas as mulheres reparavam. Se aqueles olhos não tivessem brilho ou profundidade, a cor não seria tão hipnótica, mas, pelo contrário, refletiam um sem-número de coisas. Inteligência, confiança e, em dias melhores, humor e talvez algum traço da habilidade à qual Celia aludira. Mostravam igualmente uma sombra da arrogância que era natural a um homem com seu berço e sua aparência.

Ela era uma mulher como todas as outras e não era imune àqueles olhos e àquele rosto. Ele a intimidara há dois anos quando, quase subjugada pelo tratamento de Bertram, praticamente se encolhera de medo na presença do conde.

Pessoas como ela não se casavam com pessoas como ele. Não porque não fosse merecedora, nem por já ter escolhido um tipo diferente de homem e de futuro. Qualquer possibilidade de felicidade estaria condenada por eles terem conhecido dois mundos diferentes, duas Inglaterras diferentes e quase não terem pontos ou afinidades em comum.

A única coisa a respeito dele que sentira como familiar fora o comando patente em seu comportamento. O pai dela também tinha sido assim. Mas o pai não fora um homem tão fisicamente grande e, por esse motivo, seu comando não possuía as implicações de poder que o conde possuía. A sua intuição a respeito de tal poder não havia sido boa e a presença dele fizera com que tivesse vontade de se encolher... recuar... desaparecer.

O rosto dele, porém, fora para ela uma estranha fonte de consolo. Belo, sem dúvida, mas não classicamente bonito. Não era liso e quase feminino como o de alguns fidalgos elegantes. Era uma beleza extremamente masculina, do tipo que podia ser vista sobre uma forja ou num estábulo. A ossatura forte apresentava uma perfeição que parecia mais acidental do que cuidadosamente gerada, sem a sombra de desdém que haveria em outros rostos, mais suaves.

– Summerhays e Audrianna sugeriram que fôssemos para Essex com eles – disse Hawkeswell. – A ideia é que algum tempo lá poderá ajudá-la a se sentir mais à vontade comigo e com seu futuro.

– Isso é amável da parte deles. Assim como de sua parte, se aceitou esse plano.

– Não me sinto completamente desprovido de compaixão pelo choque que sentiu ao ser descoberta. Se alguns dias em Essex talvez aliviem sua ansiedade, podemos retardar nosso regresso a Londres.

Ele estava sendo muito solícito. Ela não tinha certeza se isso era bom. Se ele fosse amável demais, tudo seria mais difícil.

– Ficarei grata por essa estadia temporária antes de ser ressuscitada, Lorde Hawkeswell. A curiosidade pública não será agradável e não me importo de adiá-la. Contudo, posso fazer um pedido a respeito dessa visita? Uma vez que será breve, talvez possa fazer minha vontade durante esses poucos dias.

Os olhos dele foram invadidos pela suspeita, assim como por uma ponta de ressentimento. Sem dúvida, ele julgava já ter satisfeito seus caprichos muito além do que lhe era exigido.

– De que forma?

– Visto que foi tudo efetivamente inesperado, ficaria grata se adiássemos a noite de núpcias até o fim da visita. Talvez possamos utilizar esse tempo para nos conhecermos, de forma a... – Ela encolheu os ombros e esperou que ele compreendesse as mulheres tão bem como Celia garantia.

– Está fazendo uma jogada astuta, tendo em conta o fato de não ter nenhum trunfo na mão. Não me importo de adiar esses direitos durante alguns dias, como me pede. Depois de esperar dois anos, isso tem pouca importância. Mas se julga que vai me convencer a pedir uma anulação, isso não vai acontecer.

Que típico de um homem pensar que era capaz de prever o futuro e que sabia naquele momento como se sentiria dali a quatro dias a respeito de uma questão tão importante. Assim que ele a conhecesse melhor, e assim que ouvisse a sua proposta a respeito do dinheiro, seguramente teria outra opinião.

– Peço-lhe também que não informe ninguém de me ter encontrado até deixarmos Essex – disse ela. – Se conseguirmos adiar as fofocas por alguns dias, serei capaz de me preparar melhor.

– Cederei a ambos os pedidos se concordar com os meus – disse ele. – Em primeiro lugar, tem de prometer não fugir e desaparecer de novo esta noite.

Aquilo era fácil de aceitar. Não fazia qualquer sentido fugir com ele tão próximo a seu rastro. Além disso, ela tinha coisas a fazer e não poderia concretizá-las se tornasse a se esconder. Tinha planejado partir de As Flores Mais Raras, não desaparecer da face da Terra.

Ele aproximou-se dela e fitou-a de cima para baixo. A proximidade acentuava sua força e a desvantagem dela de um modo quase visceral.

– Exijo que aceite mais uma condição neste acordo, Verity. Não farei valer os meus direitos conjugais, desde que aceite de livre e espontânea vontade três beijos por dia.

Ele a surpreendeu. Seria muito melhor se não fizessem isso.

– Que tipo de beijos?

– Do tipo que permitir.

– Muito breves, nesse caso.

– Não esperarei mais nada além dos beijos.

– Terão de ser privados. Não quero beijá-lo diante de Audrianna. – Eles não iriam querer testemunhas que pudessem ser interrogadas se esses beijos tinham uma implicação mais profunda ou não. Já seria difícil o bastante obter uma anulação se passassem muito tempo juntos na mesma casa, mesmo na qualidade de hóspedes.

– Prometo que serão privados. – Ele sorriu um pouco ao dizê-lo, como se compreendesse perfeitamente o motivo. Ela considerou isso um bom sinal. Era igualmente o primeiro sorriso do dia e tinha de admitir que ele tinha um sorriso agradável, que iluminava seus olhos e suavizava a expressão de seu rosto.

– Se forem privados e breves, concordo com os três beijos. Contudo, não sei por que razão os quer tão cedo, e todos os dias.

– Talvez porque você seja encantadora e é minha mulher. – Aquele sorriso vago permanecia, com olhos agora envoltos numa avaliação aprovadora.

Então era assim que as coisas seriam. Ao mesmo tempo que ela tentaria convencê-lo a não contestar uma anulação, ele tentaria convencê-la de que seu destino inevitável era a cama dele.

– Então, estamos decididos – disse ela. – Quando Lorde Sebastian pensa em partir para Essex? Hoje? Se assim for, terei de empacotar meus pertences. Não precisarei de muito tempo.

– Amanhã. Ele e eu ficaremos numa estalagem em Cumberworth esta noite e traremos a carruagem dele de manhã.

Uma noite mais, então, com suas queridas amigas. Prometia ser uma noite repleta de nostalgia.

Ela assentiu com a cabeça e retomou a tarefa de perfurar o solo ao redor de um limoeiro com a verruma. Ele não se retirou como ela esperava, mas deixou-se ficar ali, a meio metro de distância, observando-a.

– Verity, quero um desses beijos agora.

Ela endireitou-se e voltou-se para ele.

– Ainda não estamos em Essex.

– Eu não disse que eles iriam esperar por Essex. Estou certo de que pode me entregar um hoje. Este não foi um encontro destinado a colocar-me de bom humor; você é esperta o bastante para saber que eu não precisava concordar com este plano e podia ter muito mais do que um beijo, se assim o desejasse.

Ali estava de novo, aquela declaração franca de seus direitos e da ausência de poder da parte dela. Um arrepio de medo antigo percorreu-lhe o corpo antes que ela conseguisse se controlar. Provavelmente, seria sempre assim. Uma mulher deveria pelo menos consentir de modo genuinamente livre e possuir um conhecimento honesto do que a esperava antes de ser colocada sob a autoridade total de um homem e sujeita aos caprichos de seu humor.

Ela reprimiu o medo e a rebelião que geralmente a acompanhavam agora. Ele não lhe dera um motivo real para reagir desta forma. A reunião que tiveram não agradaria nenhum homem e a descoberta que ele fizera não lhe fora particularmente lisonjeira. No entanto, ele havia sido mais receptivo à viagem do que precisava ser.

– Tem razão. Um beijo hoje é o mínimo que posso fazer para lhe agradecer pelo comedimento que prometeu demonstrar.

Ele achou as palavras ligeiramente divertidas, mas talvez não num bom sentido. Avançou até ficar muito próximo dela e, com dedos firmes, levantou o queixo dela. O contato pareceu-lhe estranho e um pouco perigoso. Ela não estava acostumada a ser tocada por um homem, pele com pele, mesmo desta forma singela.

Ele fitou-a tão profundamente que ela começou a se sentir desconfortável. Fechou os olhos, mentalizou e preparou-se para dar um passo atrás assim que os lábios dele tocassem os seus.

– Já foi beijada antes? – perguntou ele.

– Há anos, quando era uma mocinha. – Uma vaga memória instalou-se em sua cabeça. Viu o sorriso enigmático de Michael Bowman antes daquele primeiro beijo e um pesar profundo comprimiu-lhe o coração.

– Há quantos anos?

– Seis, creio. Porque pergunta?

– Existe a possibilidade de ter fugido de mim para correr para os braços de outro homem.

A sugestão alarmou-a.

– Não existe qualquer homem aqui, como pode ver.

– O fato de estar aqui e de não existir outro homem não significa que não partiu por causa de um.

Ele não lhe deu a chance de responder. Inclinou a cabeça e juntou os lábios aos dela.

Ela não possuía qualquer memória específica do componente físico daquele primeiro beijo de adolescente, além do fato de ele ter lhe dado vontade de rir. Era mais do que certo de que aquilo não a preparara para a estranheza desta intimidade e para a forma como o conde dominou subitamente todos os seus sentidos. A boca de Hawkeswell era firme, apesar dos contornos aveludados de seus lábios, e a mão sob o seu queixo demonstrava controle, ainda que a segurasse com suavidade.

Ela ficou consciente do pouquíssimo espaço que separava os corpos de ambos e de como o cheiro dele a envolvia, assim como algo mais que vinha dele, algo invisível, mas quase palpável. Havia um excesso da presença dele naquele beijo e grande parte vinha do seu interior, não da sua existência física.

Ela não precisou sofrer durante muito tempo. Permitiu pouco mais que um mero roçar, que provocou um formigamento estranho, e uma ligeira pressão, à qual resistiu. Verity deu um passo para trás rapidamente, libertando-se daquela mão cuidadosa.

Ele olhou para ela com uma profunda ponderação por um momento e depois deu-lhe as costas.

– Até amanhã, então, querida esposa.

Capítulo 5

— Parece-me correto que esteja chovendo – disse Hawkeswell por entre os dentes. – Apropriado, de certo modo.

– Está zangado por Audrianna ter pedido a Verity para partilhar os aposentos com ela na estalagem na noite passada? – disse Summerhays. – De certo não tinha a intenção de...

– Não, não *tinha a intenção de*. Já é suficientemente ruim o fato de estar relegado a ser um ator numa farsa. Não quero ter os hóspedes de uma estalagem como público.

O seu cavalo trotava ao lado do de Summerhays, e ambos seguiam atrás da carruagem deste. Lá dentro, limpas e secas, Verity e Audrianna conspiravam, sem dúvida, a respeito da melhor forma de manobrá-lo.

Com uma astúcia elegante, as senhoras tinham se certificado de ficarem sozinhas e juntas grande parte da viagem e de que os respectivos maridos as seguiriam a cavalo ao lado da carruagem. Naquele momento já havia passado um dia e meio desde que tinham partido para Essex, tendo Verity conseguido evitar falar com ele ou estar em sua presença durante mais do que uns breves minutos.

O jantar da noite anterior tinha sido uma exceção. Audrianna e Summerhays tinham feito a maior parte da conversa. Verity limitara-se a observar atentamente a própria comida, as paredes, o chão e os amigos. Hawkeswell, por sua vez, a observava e a forma como a luz das velas favorecia sua pele nívea e traços delicados.

– Seu mau humor é compreensível – concordou Summerhays naquela voz exasperante e tranquilizadora que havia adotado desde que Verity fora descoberta. – Em todo o caso, espero que tente engolir seus sentimentos ofendidos e tire o melhor desta estadia. Ela pode fazer toda a diferença, se correr bem.

Hawkeswell olhou o amigo por entre o véu de chuva que caía da aba de seu chapéu.

– Eu não estou de mau humor por causa de uma suposta ofensa. Estou de mau humor porque *estou molhado*.

– Muito bem.

– E o que quer dizer com "tirar o melhor desta estadia"? E aquele outro disparate a respeito de fazer a diferença?

– Pensei simplesmente que, se você usasse esse seu charme e parasse de franzir o cenho, quando tivesse efetivamente a intenção de... Bem, talvez fosse menos desagradável.

– Maldito seja, está me dando conselhos de como lidar com uma mulher? Pior ainda, com a *minha própria mulher*?

Summerhays suspirou.

– Maldito seja você, Hawkeswell. Pelo que ouvi, ela mal o conhece. Você nunca a cortejou como devia, segundo Audrianna. Eu concordo que ela agiu mal, mas, a não ser que queira um lar repleto de ira e amargura, devia ponderar o uso de alguma lisonja em vez de parecer tão perigoso.

A chuva começara a abrandar. Hawkeswell tirou o chapéu, deu-lhe um bom abanão e devolveu-o à cabeça.

– E eu pareço perigoso?

– Todas as senhoras parecem achar que sim. Audrianna comentou que você estava com um ar bravo na noite passada durante o jantar.

– Porque eu estava faminto.

– A Sra. Joyes estava disposta a recusar a autorizar a partida de Verity na manhã de ontem e estava com sua pistola limpa e preparada. Se Verity se mostrasse relutante, temo que houvesse uma cena desagradável. Creio que você não tenha causado uma boa impressão na Sra. Joyes.

– Isso me entristece. A boa opinião da Sra. Joyes é de suma importância para mim.

– Agora está sendo sarcástico. Aí está o seu mau humor aparecendo de novo.

– Summerhays, eu não me preocupo muito com as opiniões de uma mulher que deu abrigo à minha mulher incógnita durante dois anos e que ameaçou disparar contra mim. Considero a Sra. Joyes, de modo geral, uma pessoa suspeita. Porém, tentarei não franzir o cenho ou parecer perigoso. Sorrirei como um idiota enquanto a minha mulher e a sua imaginam maneiras de me prender em fios de marionete, como certamente vão fazer.

– Isso não é justo. Audrianna não está imaginando nada.

– Você está realmente apaixonado, não é? Posso ver que não servirá para nada como aliado. Você se bandeou para o campo inimigo e este irá usá-lo para o seu próprio proveito. Estou por minha conta.

Summerhays não gostou.

– Digo-lhe isto como seu amigo e não como membro de campo inimigo nenhum, mesmo que esteja aborrecido demais pelas circunstâncias atuais para que se dê conta disso. Você já seduziu inúmeras mulheres na sua época, Hawkeswell. Seria sensato de sua parte seduzir mais uma.

Ele não precisava do conselho de outro homem a respeito de suas atuais circunstâncias. Já decidira que linha de ação tomar na noite passada, enquanto observava Verity corar sob seu olhar, e sentira o próprio corpo ficar mais tenso por aquela visão encantadora sob a luz das velas.

Não precisava que Summerhays chamasse a atenção para o fato de a sedução ser a solução mais fácil, rápida, feliz e completa para toda aquela situação.

* * *

— É uma propriedade belíssima, Audrianna. – Verity espreitou pela janela da carruagem quando a casa senhorial em Airymont ficou visível numa pequena elevação à distância. – Posso sentir o cheiro do mar na brisa.

– A costa não fica longe. Faremos alguns passeios até lá, se quiser. – Audrianna atou as fitas do seu chapéu e preparou-se para a chegada. Lá fora, ouvia-se o trote dos cavalos do coche e dos outros dois cavalos que o seguiam.

Verity pensou ser capaz de identificar que par de cascos pertencia ao corcel de Hawkeswell. Provavelmente eram aqueles que se abatiam pesadamente, com uma ênfase que não transigia um milímetro no solo. O homem na garupa daquele cavalo também não exibira muita disposição para transigir desde que tinham deixado Middlesex.

Mantivera-se silencioso no jantar da noite anterior, observando-a com uma ponderação absorta que carregara o ar com um humor que a deixara nervosa e agitada. A atenção dele a desconcertara e podia tê-la deixado apreensiva, se ela não partisse do princípio que ele honraria suas promessas.

– Esta propriedade pertence ao irmão do meu marido – disse Audrianna à medida que a carruagem se aproximava e o imenso tamanho da casa começava a se desenhar na frente de ambas. – Talvez quando regressar da boemia, se aquele clínico tiver êxito em curar sua paralisia, ele possa desfrutar da vida no campo outra vez. Se tiver de continuar a viver como um inválido, porém, ele ficará melhor na cidade, onde, pelo menos, pode ter companhia com mais frequência.

Verity achou pouco provável que o marquês de Wittonbury regressasse à Inglaterra, e muito menos que fosse viver ali outra vez. Sabia que Audrianna também duvidava disso. A partida dele estivera envolta numa nuvem de escândalo que teria sido ainda mais prejudicial se ele não tivesse sacrificado tanto na guerra. Mas Audrianna esperava sempre que as coisas corressem da melhor forma e torcia pelo regresso do cunhado, com o qual havia formado um laço especial.

O coche deteve-se num grande pátio ladeado por duas alas. Um criado ajudou Audrianna a descer. Verity a seguiu, ao mesmo tempo que os maridos de ambas desmontavam dos cavalos.

O dia ficara quente e abafado assim que a chuva passara e todos exprimiram seu alívio ao entrar no átrio de Airymont. O piso de mármore e o parco mobiliário transformavam-no num santuário refrescante. Foram trazidos refrescos enquanto os serviçais transportavam a bagagem.

– Temos um veleiro ancorado em Southend-on-Sea – declarou Lorde Sebastian. – Podemos velejar amanhã se o tempo estiver razoável.

O rosto de Hawkeswell iluminou-se com a sugestão. Os dois homens começaram a trocar impressões a respeito do veleiro, da costa e o tipo de pesca possível ali. Verity bebericou seu ponche e deixou que a sua presença se recolhesse aos poucos.

Aprendera a fazer isso depois de Bertram se tornar seu tutor e vir morar na casa que ela partilhara em tempos com o pai. Ela descobriu que, se se retirasse para dentro de si até que os outros se tornassem imperceptíveis, ela, por sua vez, tornava-se imperceptível para eles.

Aquilo também havia se revelado útil nos últimos dois anos na casa de Daphne. Visto que sua presença não era exigida em nenhum lugar ou hora particulares, ela tinha sido capaz de se eclipsar quando necessário. Quando Lorde Sebastian aparecia, por exemplo.

Porém, ao fazê-lo, ela evitara igualmente ver Audrianna em sua nova vida como mulher casada. Não estivera presente no casamento de ambos e nunca vira a casa nova de Audrianna em Londres. Assim, o significado pleno da boa sorte da amiga escapara-lhe até agora, pensou, sentada numa poltrona generosamente acolchoada, num átrio maior do que a maioria dos chalés, a fitar um teto que ficava cerca de dez metros acima da sua cabeça, tendo os sapatos humildes sobre um piso composto de mármores de quatro cores diferentes.

Audrianna não parecia intimidada pelo ambiente que a rodeava. Lorde Sebastian e Lorde Hawkeswell estavam reclinados indolente e confortavelmente, como se não esperassem nada menos das suas residências. Ela, por outro lado, nunca antes vira um luxo tão desprendido, embora fosse uma herdeira e o pai tivesse acumulado uma fortuna digna de nota.

Algum tipo de sinal invisível e inaudível atraiu a atenção de Audrianna, que se levantou.

– A governanta vai conduzi-los até seus aposentos agora. Existe um pequeno lago não muito distante dos fundos da casa, depois do jardim. O que acham de nos encontrarmos todos lá às cinco, para um jantar ao ar livre?

Lorde Sebastian achou a ideia excelente e congratulou a mulher por sua perspicácia enquanto a governanta conduzia Verity e Hawkeswell para fora do átrio.

Dois pisos acima, a mulher entregou Hawkeswell aos cuidados de um criado que o aguardava próximo de portas duplas altas e acompanhou Verity a uma entrada semelhante a uns dez metros de distância. Verity inspecionou a proximidade dos aposentos de Hawkeswell enquanto ele fazia o mesmo. A seguir, as portas dele se abriram e o conde desapareceu no interior do quarto.

– Espero que estes aposentos sejam do seu agrado, Lady Hawkeswell – disse a governanta, abrindo as portas para revelar um quarto amplo banhado por tonalidades de verde. – Aqui há uma boa ventilação no verão e sombra à tarde. Por favor, diga-me se não lhe convier.

As três janelas já tinham sido abertas, para que pudesse entrar bastante ar.

Era a primeira vez que alguém a tratava por "Lady Hawkeswell". Quase voltou a cabeça para ver a quem a governanta se dirigia. Em vez disso, foi até a janela e olhou lá para fora. Situado na ponta de uma das alas traseiras, o quarto estava virado para leste.

O cheiro do mar parecia mais forte ali em cima. Uma bela árvore robusta erguia-se diante da janela, mas à esquerda ela conseguia descortinar parte dos jardins de flores. Para lá de uma plantação de arbustos nos fundos, ela entreviu o azul do lago que Audrianna havia mencionado.

– Vai me convir plenamente – disse ela, uma vez que a governanta parecia estar à espera de sua aprovação.

Audrianna entrou nesse momento, acompanhada por uma moça. A nova serviçal foi apresentada como Susan, que ficaria ao serviço de Verity como criada pessoal. Susan começou a desfazer as malas sob o olhar atento da governanta. Nenhuma exibiu qualquer reação ao ver quão pouco Verity havia trazido e como seu vestuário era simples e desprovido de ornamentos.

Não foi preciso muito tempo para ficar instalada. As criadas se retiraram, deixando-lhe água para se refrescar.

Audrianna tocou em duas pilhas de cartas e papéis que estavam em cima da cama.

– Estas devem ser as cartas de que me falaste na carruagem. As que Lizzie Smith recebeu quando inquiriu os subalternos do arcebispo e os procuradores a respeito de anulações. O que são estes recortes de jornais?

– Tenho guardado anúncios e notícias a respeito de minha região. – Verity abriu uma gaveta e enfiou as cartas lá dentro. – Creio que seja melhor escondê-las. Com os aposentos de Hawkeswell tão próximos dos meus, ele pode entrar aqui.

– Não podia colocá-lo na outra ala, Verity. Ele até pode suspeitar que você tenha me contado sobre o acordo de vocês, mas seria melhor não deixar isso claro.

– Ele deu sua palavra. Ele não é desprovido de honra. Não creio que faça qualquer diferença que aposentos vá utilizar. – Seu lado racional acreditava nisso, mas a proximidade não ajudaria em nada os seus nervos.

– Se a honra dele parecer vacilar, talvez você possa ter uma das suas dores de cabeça. – Ela exibiu um sorriso cúmplice.

– Eu padeço realmente delas na primavera, Audrianna. Não menti a respeito disso. – O rosto dela ruborizou-se. – Não com tanta frequência como declarei na primavera, quando precisei evitar Lorde Sebastian, é claro. Você e as outras me odeiam por ter mentido? Não foi uma grande mentira e eu não tinha outra escolha, mas uma mentira é sempre uma mentira.

Audrianna pegou na mão dela, fazendo-a se sentar na cama ao seu lado.

– Foi uma decepção passageira. Fiquei contente por ter me contado e também por ter confidenciado a respeito do acordo que você fez com o conde. Daphne, Celia e eu nos sentimos honradas por você ter compartilhado todo o resto conosco naquela última noite em Cumberworth. Farei o que puder para lhe ajudar com seu plano, pois não sou a favor de que se obrigue mulher nenhuma a casar.

Audrianna falava com esperança, mas outra emoção era visível em seus olhos.

– Você acha que não vai funcionar, não é? Acha que este casamento se manterá válido – afirmou Verity.

– O que penso é que ele é um conde e que a validade do casamento vai depender da vontade dele. Celia e Daphne também disseram o mesmo e elas são bem mais conhecedoras dos meandros do mundo do que eu.

Celia e Daphne tinham, de fato, dito o mesmo e isso a havia desencorajado. Passara dois anos planejando como iria ressuscitar e requerer sua liberdade. Teria sido difícil e talvez até desprovido de êxito, mas, pelo menos, teria tido a possibilidade de lutar.

Agora temia ser quase impossível obter sequer uma audiência, pois Hawkeswell poderia travá-la logo de saída se controlasse os seus movimentos. A não ser que, como as amigas tinham dito, ela conseguisse convencê-lo.

Ela tinha esses poucos dias em Essex para levar a cabo tal missão. Uma semana, quando muito, sem qualquer perigo de uma consumação do casamento. Aquelas cartas na gaveta sugeriam que uma anulação poderia ser concedida mesmo com uma, se as provas fossem inequívocas, mas a ausência de consumação seria favorável. Além disso, a ausência de filhos era essencial.

Celia sugerira que a vontade de Hawkeswell penderia em função do dinheiro. Verity refletia sobre esse ponto já há dois dias.

– Independentemente do que acontecer com Lorde Hawkeswell, agora posso ao menos tratar de descobrir exatamente de que forma Bertram levou a cabo suas ameaças, apesar do acordo falacioso que fez comigo. Agora que atingi a maioridade, Bertram não me pode tocar, quer eu esteja casada com Lorde Hawkeswell ou não.

– E se descobrir a verdade do que se passou? O que fará a seguir?

– Compensarei aquela família o melhor que puder e procurarei corrigir qualquer injustiça feita por minha causa.

Ela teria de fazer muito mais do que isso, é claro. Se o pior tivesse acontecido a Michael Bowman, ela teria de mudar os planos que fizera para sua vida depois da anulação.

Verity perguntou a si mesma se Hawkeswell se mostraria compreensivo caso ela explicasse o problema na íntegra. Não a parte relativa a Michael, claro, mas o resto. Decerto ele compreenderia que a vida de que Verity precisava seria praticamente impossível se permanecesse no sul, desempenhando o papel de Lady Hawkeswell.

Talvez se ela revelasse seus sonhos e abrisse seu coração, ele se desse conta exatamente do quanto não convinham um ao outro. Talvez ele decidisse ser uma boa ideia ver-se livre dela, no final das contas.

Audrianna levantou-se de repente da cama.

– Vou deixar que descanse e voltarei a vê-la no jantar. Os criados vão acompanhá-la ao lago, caso tenha receio de se perder.

– Consigo vê-lo da minha janela, por isso tenho certeza de que saberei me orientar.

Assim que a porta se fechou atrás de Audrianna, Verity dirigiu-se para a escrivaninha no canto da sala de estar do quarto. Sentou-se entre as diversas tonalidades de verde que decoravam o aposento para redigir a primeira carta para o mundo de sua infância em dois anos.

Hawkeswell inspecionou os aposentos enquanto seu criado pessoal se ocupava da bagagem. Era um local confortável, mas não esperava nada menos que isso de uma das propriedades de Wittonbury. Calculou que o tapete fosse de Bruxelas e as cortinas de seda nas janelas, da Índia. A mobília era suficientemente antiga para possuir uma bela pátina, mas, ao mesmo tempo, nova o bastante para indicar que a propriedade fora redecorada há não muitos anos.

Não conseguiu evitar compará-la a sua própria propriedade, ou àquilo que restava dela. Há mais de uma geração que absolutamente nada sofria alterações em sua casa de campo, com exceção do quadro de Ticiano que desaparecera misteriosamente após um dos desastres no jogo do pai.

Felizmente, o avô fizera aquisições acertadas, com um bom olho que se equiparava à sua extravagância. À exceção de alguns estofos e reposteiros gastos, a casa não parecia em muito mau estado porque a qualidade sempre resiste à passagem do tempo. Ainda assim, tudo implorava por uma manutenção constantemente adiada e por uma remodelação para trazê-la para o século atual, tanto na aparência como nas instalações sanitárias.

O seu criado pessoal cantarolava baixinho enquanto engomava a roupa no quarto de vestir. Hawkeswell pôs-se à escuta de outros sons, vindos dos aposentos ao lado. Ele quase esperara que Audrianna os colocasse em lados opostos da casa. Talvez Audrianna não tivesse planejado com Verity formas de manipulá-lo, afinal.

Deixou seu valete entregue aos deveres e perambulou pelo corredor até chegar à porta de Verity. Bateu e esperou um bom tempo antes de a maçaneta se mexer. Ela pareceu ficar alarmada por vê-lo.

– Instalaram-na confortavelmente? – perguntou ele. – Os seus aposentos são satisfatórios?

– Mais do que satisfatórios e ficarei bastante confortável, obrigada.

Instalou-se um silêncio entre os dois. Ela se escondeu parcialmente atrás da porta, recusando-se a abri-la completamente.

– Não vai me convidar a entrar? – perguntou ele.

– Estava prestes a começar a escrever uma carta e...

– Eu não preciso pedir, Verity. Não preciso sequer bater à porta.

Ela mordeu o lábio inferior e depois abriu a porta.

– Não quer entrar?

O quarto principal parecia confortável. Não era tão grande quanto o dele, mas possuía algumas cadeiras e uma grande cama coberta por seda da cor das maçãs verdes. Foi até a janela. O quarto dele tinha uma vista melhor. Uma árvore grande em que ele havia reparado erguia-se em frente a uma das janelas do quarto dela. Um pássaro no topo chilreava melodicamente.

– A árvore está posicionada de forma bastante conveniente. Suspeito que saiba subir em árvores, apesar de ter estudado tanta etiqueta.

Ela sorriu e quase riu. Ele desejou que ela o tivesse feito. Tinha certeza absoluta de que nunca a ouvira rir.

– Já fui boa em subir em árvores, mas era uma criança na época. – Ela pôs-se nas pontas dos pés e espreitou sobre o ombro dele lá para fora, na direção da árvore em questão. – Eu diria que aquela é uma árvore de quatro minutos para alguém com prática. Eu, por outro lado, provavelmente cairia e partiria o pescoço. Veio aqui avaliar a conveniência da sua proximidade?

– Vim para me certificar de que está satisfeita com as instalações e para lhe dizer que vou passear no jardim. Faça-me companhia.

Ela olhou de relance sobre o ombro para uma escrivaninha visível na sala de estar.

– Como já lhe disse, pretendia escrever uma carta.

– Creio que irá desfrutar mais do jardim. Você gosta, não é? De jardins?

Ela ficou ruborizada.

– Sim, é verdade que gosto de jardins. A carta, porém...

– Pode ser escrita à noite. – Ele avançou pausadamente até à porta, deteve-se junto dela e indicou o corredor com o braço, de uma maneira convidativa e autoritária.

Se ela aceitara o primeiro, ele não sabia. A expressão dela, porém, indicava que reconhecera a última. Ela juntou-se a ele.

* * *

Verity desceu as escadas de pedra para o jardim que se estendia para lá do alpendre da casa. Hawkeswell tomou a mão dela e conduziu-a, para se assegurar que ela não tropeçasse. Ela não podia protestar contra a familiaridade sugerida por aquele toque, mas ele a desconcertava.

Ela fora pouco cuidadosa ao estabelecer os termos do acordo de ambos com respeito a esta estadia. Deveria ter encontrado uma forma de fazer com que ele aceitasse agir como se ambos não estivessem casados, com tudo o que isso implicava, e não somente retardar a consumação física.

Se tivesse sido mais meticulosa em suas condições, ele não estaria agora agindo como se fosse um marido com o direito de exigir seu tempo e atenção, assim como de entrar em seus aposentos sempre que o desejasse e pegar na sua mão à vontade.

Ele deixara bem claro que presumia poder fazer todas essas coisas, e ela suspeitava que ele tinha ido ao seu quarto e a convidado para acompanhá-lo até o jardim especificamente para frisar esse ponto.

Tratava-se de uma propriedade encantadora. Aquela casa não era usada com regularidade, mas os jardineiros faziam uma manutenção meticulosa dos terrenos. O alpendre descia até um grande jardim num pátio ladeado pelas duas alas traseiras da casa. Em conjunto com as duas da frente, transformavam a casa num "H" gigantesco.

O chão apresentava um declive gradual à medida que se afastava da casa; logo em seguida, o jardim irrompia do pátio e espalhava-se amplamente, sendo visíveis vastas extensões de flores do fim do verão. No extremo da propriedade, a cerca de quinhentos metros de distância, uma linha de arbustos dava lugar a uma cortina de árvores que marcava a transição para plantações mais bravias e para o pequeno lago que Audrianna havia mencionado.

– Conquistou a sua aprovação? – perguntou Hawkeswell.

– É demasiado formal para o meu gosto, mas é um exemplo superior de seu gênero.

– Então é provável que tenha apreciado mais o jardim de Wittonbury na casa da família. – Ele se apercebeu do que dissera e exibiu um sorriso sarcástico. – A menos que nunca a tenha visto... Imagino que não quisesse visitar Audrianna lá, correndo o risco de o marido dela reconhecê-la.

– Não, nunca a visitei lá. – Ela deteve-se instintivamente junto a um gladíolo tardio e arrancou uma flor morta de um dos altos caules.

– Foi muito inteligente mantendo seu segredo, reconheço. Espanta-me que as senhoras tenham se unido para apoiá-la, em vez de se sentirem ludibriadas.

– Você não compreende a aceitação que todas damos umas às outras e as regras pelas quais vivemos. Nenhuma de nós se agarra ao passado, por isso é uma situação que funciona bem para todas.

– Aquela casa é um lugar extremamente peculiar. Existem regras, você diz agora. Como um convento, uma abadia ou uma escola?

– Muito semelhante a todos esses locais. E de propósito. Por exemplo: na qualidade de adultas independentes, não exigimos explicações umas das outras com respeito ao que fazemos e aonde vamos. Não nos intrometemos nos assuntos pessoais umas das outras. Além disso, todas contribuímos para as finanças da casa, do modo que pudermos. Audrianna dava aulas de música e Celia possui um pequeno rendimento. Eu trabalhava na estufa e no jardim.

– Ainda mais peculiar. Seria necessário que todas tivessem segredos, eu suponho. Aceitavam o caráter vago das outras porque pretendiam o mesmo tratamento para si.

– Não são os segredos que fazem com que esta solução seja bem-sucedida, mas uma solidariedade mútua e o bem que esta gera. Seja como for, não me parece que mais ninguém lá tenha muitos segredos, exceto eu.

– Desconfio que esteja errada sobre isso. Nunca lhe ocorreu que talvez a Sra. Joyes não tenha exigido o relato da sua vida porque não queria dividir o da vida dela?

Ela parou de caminhar e olhou para ele.

– O que quer dizer com isso?

Ele encolheu os ombros.

– Apenas que ela possui uma propriedade bastante considerável para uma viúva de um capitão do exército, que é a história que Summerhays me contou. Ao não exigir uma explicação dos seus movimentos e da sua história, ela também protegia sua própria privacidade.

– Parece-me que está insinuando algo escandaloso.

– Estou apenas divagando em voz alta. Não finja ter ficado chocada. Pode não ter perguntado isso a ela, mas certamente fez essa pergunta a si mesma.

– O senhor está insinuando, não somente divagando ou se interrogando. Não permitirei isso. Daphne é como se fosse minha irmã e é a personificação da bondade. O senhor só pensa mal dela porque a culpa por ter me acolhido.

– Muito possivelmente, e isso não é justo. Peço desculpas.

Ele cedeu demasiado depressa. Ela duvidava que ele se achasse equivocado. Estava simplesmente apaziguando-a, para aumentar sua afeição por ele.

Tinham alcançado o final dos jardins de flores. Arbustos, árvores e a natureza em estado selvagem estendiam-se à frente de ambos.

– Se me der licença, voltarei a meus aposentos agora para repousar antes de nos reunirmos para cear.

– E para escrever a sua carta?

– Talvez.

– Com quem está tão impaciente por se corresponder? Visto que exigiu que eu mantivesse a sua ressurreição em segredo enquanto estivermos aqui, estou surpreso por pretender informar alguém por conta própria tão depressa.

– Estou escrevendo uma carta a Katy Bowman. Ela é a mãe da família que Bertram ameaçou. Foi a governanta do meu pai durante anos e também é como uma mãe para mim.

– Imagino que seja ela quem temia ter chorado por sua morte. Consigo perceber por que iria querer corrigir esse triste equívoco.

Ele estava atiçando sua culpa, da qual ela já carregava uma boa dose naquele momento. Uma vez que Katy não sabia ler, a carta teria de ser lida para ela. O pastor se encarregaria disso. Talvez ele até deixasse Katy ditar uma resposta.

Verity tinha esperanças nesse sentido. Seria maravilhoso receber uma carta dizendo que Nancy mentira e Bertram não fizera nada ao filho de Katy, Michael, e que este ainda usava diligentemente seu talento na forja como o pai dela o ensinara. Ela não se atrevia a contar com isso, mas podia rezar para que fosse verdade.

– Despeço-me agora, Lorde Hawkeswell; vejo-o esta noite.

Ela deu meia-volta para voltar pelo mesmo caminho através do jardim, mas ele agarrou-a pela mão e a impediu.

– Ainda não, Verity. Vou querer um beijo primeiro. Vários, na verdade.

– Vários! Deveriam ser três beijos em três momentos diferentes, não os três de uma vez.

– Deixou essa cláusula de fora do nosso pacto. Que negligente da sua parte.

Ele deu-lhe um puxão suave. Ela deu por si tropeçando na direção de um conjunto de rododendros altos. Realmente não queria passar para o outro lado dos arbustos. Tentou enterrar os calcanhares no chão, mas o puxão suave dele revelou ser mais forte do que a sua resistência mais determinada.

– Não está sendo justo – protestou ela.

– Deveria ficar satisfeita por ter exigido apenas três beijos por dia e não muito mais. Na verdade, não estou pedindo nenhum dos beijos de hoje, e muito menos todos de uma vez. Estou pedindo aqueles que ainda me deve de ontem.

– Não concordamos que podia poupá-los e colocá-los em dia numa terça-feira se esquecesse de pedi-los na segunda-feira.

– Nunca dissemos que não podia fazer isso.

– Estou dizendo agora. Ora, se essa fosse a regra, podia se ausentar por metade da semana e eu teria de suportar doze ou quinze beijos num único dia.

– Que pensamento agradável. Todavia, será fácil evitar tal destino. Basta se certificar de que me beije três vezes antes do fim do dia e está a salvo.

Os olhos exibiam uma expressão diabólica enquanto a provocava. Mas a mesma expressão dizia que isso não era apenas uma provocação.

Como é que um acordo perfeitamente razoável de três pequenos beijos conduzira a tal situação de desvantagem? Uma em que o mais prudente seria ela beijá-*lo* em vez de ele beijá-*la*?

– Três, então – concordou ela. – Para que as contas fiquem em dia. – Ela deu rapidamente um passo na direção dele, ficou nas pontas dos pés e depositou um beijo célere nos lábios dele. Tentou dar-lhe outro beijo rápido, mas ele desviou-se para trás, fora de seu alcance.

– Um já foi – disse ele. – Faltam dois.

Ele parecia estar se divertindo às custas dela. Verity manteve as costas retas e a cabeça erguida e preparou-se para os outros dois.

Para seu choque, ele tomou-lhe o rosto nas mãos. O toque era bastante suave, mas deveras íntimo. A sensação das palmas quentes dele contra a sua face alarmou-a.

– Nós não concordamos que podia me tocar desse jeito. Você deveria apenas...

– Silêncio – murmurou ele, os lábios pairando perto dos dela, mas sem beijá-la propriamente. – Quando beijo uma mulher, faço isso como deve ser feito.

Como deve ser feito implicava que ele a observasse enquanto lhe acariciava os lábios com o polegar, de um modo que os tornava sensíveis e com uma sensação de formigamento. Que lhe mordiscasse o lábio, provocando um arrepio brusco no corpo muito semelhante a uma seta de sensações que descia em espiral. Implicava uma proximidade perturbadora que a tornava muito alerta e muito consciente dele. Quando os lábios dele finalmente tocaram os dela, Verity prendeu a respiração.

Ela não recuou imediatamente. Ao ser segurada desta forma, não sabia nem se seria capaz de recuar. Mas o beijo provocou algo dentro dela que a fez esquecer momentaneamente do desejo de se afastar.

Ainda a segurar com cuidado o rosto dela nas mãos, ele fitou-a de cima, com aqueles olhos azuis perscrutadores e sombriamente satisfeitos com o que quer que fosse que viam.

– Dois já foram.

– Já chega!

Ele abanou a cabeça e beijou-a de novo.

O beijo, a proximidade dele, as sensações titilantes, vertiginosas, tudo isso a distraía. Ela não fazia ideia de que beijos pudessem ser tão longos e envolventes e... complexos. Uma série de pequenas variações e movimentos deliciosos, das faces dela ao maxilar, aos lábios dela de novo, mordidelas e uma pressão variável e até mesmo a língua dele brincando diabolicamente de formas delicadas e minúsculas. Este beijo era muito diferente daqueles que havia partilhado com Michael quando era mocinha. Bem mais perigoso – e a reação dela era muito diferente também.

A fascinação que sentia a assustava, tendo inclusive se deixado prender no beijo por mais tempo do que seria sensato. Por fim notou que tinha permitido um beijo que podia valer por vários, se fosse rigorosa, e que ele nunca lhe daria um crédito adequado a esse respeito.

A memória de Michael a ajudou a quebrar o encantamento. Não existia qualquer entendimento mútuo entre os dois. Ele podia nem estar vivo naquele momento e, ainda que estivesse, não sabia nada a respeito dos planos dela. E no entanto... Ela afastou as mãos de Hawkeswell de seu corpo e deu um largo passo para trás.

– Julgo que isto faz mais do que três no total. Já gastou alguns de amanhã.

– Quando muito, gastei metade de um dos de hoje.

– Foi longo demais.

– Você é quem decide isso, não eu. Se não decidiu terminar o beijo, não espere que eu o faça.

Extremamente ruborizada, ela deu meia-volta e afastou-se a passos largos. Teria de se lembrar de terminar mais depressa no futuro. Fora apanhada de surpresa hoje, era tudo.

Aqueles beijos eram diferentes do que imaginara que seriam quando concordou com esta parte do acordo. Agora que sabia quais eram as intenções dele, teria a devida cautela.

Capítulo 6

A luz do fim do dia banhava o lago plácido com reflexos dourados. Irrompiam através dos ramos e folhas da árvore sob a qual estavam todos sentados, criando padrões matizados e móveis nas toalhas, guardanapos, pratos e nos cabelos das mulheres.

Hawkeswell se pegou olhando para Verity diversas vezes, embora fingisse não olhar. Os beijos daquela tarde tinham sido muito doces e as reações dela tinham-no encantado.

Se Verity não fosse sua mulher, ele se sentiria um pouco culpado por se aproveitar dela. Mas, como ela lhe pertencia, não precisava questionar a retidão de seus atos e podia desfrutar da surpresa de descobrir que ela era tão ignorante em matéria de beijos quanto era possível.

O que significava que ela não tinha sido muito beijada antes, ou de todo, no passado recente. Isso não eliminava totalmente a possibilidade de que ela fugira com a esperança e a intenção de estar com outro homem. Ela ainda podia estar apaixonada por outra pessoa. Naquele momento isso ainda era possível, e talvez ela tivesse proposto aquele disparate da anulação por esse motivo.

Ele reparou em seu porte e na perfeição cuidadosa de suas maneiras. Havia algo que lembrava uma recém-formada de uma escola de etiqueta na forma como se comportava à mesa. Fazia uma pausa antes de se dirigir a ele ou a Sebastian, como se selecionasse cuidadosamente o que planejava dizer para se certificar de que soasse como o discurso de uma senhora.

– Fico feliz por ter gostado de seus aposentos – disse Audrianna a Verity. – Aquele é um dos meus quartos preferidos da casa. As cores e a luminosidade me lembram um jardim primaveril.

– Existe uma bela árvore exatamente em frente à janela – disse Hawkeswell. – Creio que Verity quer subir nela. Uma árvore de quatro minutos foi como a chamou. Soou como algo saído da boca de uma perita.

– Então, tem que deixar a sua janela aberta um dia e fazer isso – disse Audrianna.

– Ela nunca subia em árvores em Cumberworth?

– Nunca vi isso. Porém, temos uma macieira bastante alta nos fundos da propriedade e os frutos da parte de cima nunca se estragavam.

– Deve ter tido uma infância ativa, Lady Hawkeswell – disse Lorde Sebastian.

Uma espécie de silêncio invadiu as duas mulheres ao ouvirem esta forma de tratamento. Audrianna lançou um olhar de viés ao marido. Sebastian fingiu não tê-lo visto. Hawkeswell ficou satisfeito com a pequena demonstração de que talvez tivesse um aliado, afinal.

– Vivi com o meu pai na casa perto de sua fábrica e brincava nos campos em volta. Ele não se deu conta de que eu estava crescida durante alguns anos, por isso aproveitei uma infância mais longa do que outras moças.

– E o que ele fez quando efetivamente se deu conta disso? – perguntou Sebastian.

– Fez o que qualquer pai com uma mocinha órfã de mãe faria. Contratou uma governanta. – Ela fez uma ligeira expressão de aversão, parecendo encarnar por breves instantes aquela mocinha.

– E a doutrinação começou, sem dúvida – disse Hawkeswell.

– Com o triplo da força, para compensar o tempo perdido – admitiu Verity. – Ela levava muito a sério a incumbência de me educar. Pregava sermões diariamente sobre como o mundo elegante se comporta e as consequências sociais do pecado.

– Eu poderia ter poupado muito dinheiro ao seu pai – disse Audrianna. – Há livros que podem ser comprados por menos de um xelim que explicam tudo isso. Você se lembra desses livros, não é, Sebastian? Os que a sua mãe me ofereceu?

Sebastian olhou para o céu resignado, à espera de um resgate das recordações dos insultos da sua mãe. Audrianna riu. Verity também o fez, pela primeira vez em três dias.

Os olhos dela reluziram. Uma pequena covinha formou-se numa bochecha. Era um riso muito feminino, mas não tolo ou agudo. Era suave e tinha uma sonoridade bonita.

– Seja como for – disse ela, descontraindo-se à medida que contava a história –, eu não fui a melhor das alunas. Confesso que às vezes dei um pouco de trabalho. Se eu achava as lições muito horrorosas, esgueirava-me para a casa de Katy, onde podia voltar a ser criança durante cerca de uma hora.

– Você pode ter odiado as lições, mas as aprendeu bem – disse Audrianna. – Até Celia supôs que você tivesse nascido em berço nobre e ela não se deixa enganar facilmente.

– Desconfio que ela não se deixou enganar de todo por mim – disse Verity. – Creio que reparou que eu estava recitando lições escolares, não pronunciando as crenças e o conhecimento do meu próprio mundo.

A forma como Verity lançara aquela observação não passou despercebida a Hawkeswell. Uma vez mais, ela o relembrava que eles "não combinavam um com o outro", nas palavras dela. Isso o fez pensar se ela teria receio de que a considerassem sempre uma esposa inconveniente, tanto aos olhos da sociedade como aos dele.

Devia ser desagradável para ela. Mesmo naquele momento, sentada na presença de Sebastian e dele, devia ser fatigante estudar cada palavra ou ato antes de falar ou se mover.

– Escreveu sua carta para Katy? – perguntou ele. – Ela foi a governanta do Sr. Thompson durante muitos anos – explicou a Sebastian e Audrianna.

– Está quase pronta. Gostaria de enviá-la amanhã, Audrianna.

– Com certeza. Há mais alguém a quem queira escrever?

Verity ponderou a pergunta.

– Ao Sr. Travis, sem dúvida. Há coisas que eu gostaria de saber e que têm sido fonte de preocupação para mim, e sei que ele responderá minhas perguntas com franqueza. Porém, devo esperar até saber exatamente qual é a minha situação.

A sua situação é que está casada. Aquele pequeno deslize era o indício mais óbvio de que ela ainda julgava que podia reverter a situação. Ele teria de lhe explicar, muito firmemente, que estava desperdiçando seu tempo com essa ideia.

– Quem é o Sr. Travis? – perguntou Audrianna.

– Ele é o verdadeiro administrador da fundição. E é também o único homem ao qual o meu pai confiou o segredo completo do torno para metais que ele inventou. Estou plenamente confiante de que ele continua lá. Bertram não pode se livrar dele.

– Isso é um risco imenso – disse Sebastian. – E se algo acontecer ao Sr. Travis? Toda essa parte do negócio cessará.

Verity aceitou chá das mãos de um criado.

– Eu disse que ele era o único *homem* no qual meu pai confiava. Enquanto aquela governanta me doutrinava implacavelmente nas regras da etiqueta, o meu pai doutrinava-me em outra coisa. Eu também sei o segredo.

Hawkeswell selou a carta para sua tia. Explicava simplesmente que ele sofrera um atraso e não iria para Surrey por uma semana ou mais. A que estava ao lado, na escrivaninha, endereçada a sua prima Colleen, não era muito mais explícita.

O fato de iludir a tia a respeito da descoberta recente de Verity não o incomodava. Já Colleen era um caso diferente. Ela desempenhara um papel determinante no acordo do casamento e possivelmente foi a pessoa mais perturbada quando Verity desapareceu. Fizera um luto genuíno pela jovem, que começara a considerar como uma irmã. Por outro lado, Colleen possuía prática em fazer luto e talvez fosse algo que lhe surgisse naturalmente.

Pegou numa folha de papel em branco e refletiu sobre como escrever a próxima carta. Prometera não informar ninguém a respeito da descoberta de Verity enquanto estivessem em Essex, mas durante o jantar chegara à conclusão de que precisava se corresponder com o administrador dos bens dela, o Sr. Thornapple.

Thornapple e ele não partilhavam uma história auspiciosa. Na primavera anterior, tornara-se evidente que alguém tinha contratado um investigador para averiguar o desaparecimento de Verity. Hawkeswell partira do princípio que Bertram estava por trás disso, mas depois veio saber que havia sido o administrador dos bens. Como o enviado fizera perguntas cheias de insinuações a respeito do marido da noiva desaparecida, a única conclusão possível era que Thornapple suspeitava do pior.

Redigiu suas palavras cuidadosamente e apresentou suas questões a Thornapple como simplesmente mais do mesmo, resultado de uma curiosidade renovada a respeito do dote de Verity, agora que havia uma possibilidade de ser executado um novo inquérito sobre seu desaparecimento.

A referência dela ao Sr. Travis fora alarmante. Talvez tivesse sido um erro acreditar na palavra de Bertram Thompson de que ele, Bertram, geria o negócio e concordar em lhe dar ampla liberdade para que continuasse a fazê-lo após o casamento de Verity. Agora ficava claro que não só Bertram não geria de fato a fábrica no dia a dia, como também que ele sequer conhecia os pormenores da invenção que tornava a fábrica tão rentável. Somente o Sr. Travis sabia disso. E Verity.

Hawkeswell terminou a carta, selou-a e a colocou junto das outras. Em seguida, deitou-se na cama. Sentiu a brisa fresca da noite carregando o odor do mar. Era um pecado desperdiçar uma noite tão agradável dormindo.

Não que esperasse adormecer facilmente. Primeiro teria de calar seus instintos mais primitivos, que insistiam em lembrá-lo da jovem encantadora, em relação à qual possuía um direito legal, deitada em outra cama não muito distante da sua. Depois teria de superar a resposta física a essa noção e acabar com as especulações que ela provocava.

Se acreditasse que ela era tão inabalável como tentava parecer, as possibilidades não seriam tão irresistíveis. Todavia, ele conhecia bem demais as mulheres para se deixar enganar. Era muito difícil manter sua promessa quando os olhos e suspiros de Verity refletiam uma excitação sexual que ela insistia em negar.

As razões para tal negação tinham sido explicadas, mas ele suspeitava que houvesse algo mais nas suas razões para esperar que ele ainda concordasse com uma anulação – e ele tinha a certeza de que era esse o jogo dela ali, naquela casa. Algo mais nas suas razões para ter fugido. Algo mais, até, nas suas razões para não querer aquele casamento, desde o início.

A carta ao administrador dos bens esclareceria algumas coisas a respeito do negócio que o pai dela fundara e fizera crescer. Eram pormenores que podiam ter sido explicados há dois anos, mas que haviam lhe fugido da memória porque não os escutara com a devida atenção.

Isso tinha sido obra do orgulho. Ficara feliz por aceitar o rendimento significativo da fábrica de Verity e radiante por tomar posse da grande quantia acumulada enquanto ela era menor de idade, mas não quisera realmente saber nada a respeito da fábrica em si. Agora suspeitava que chegara o momento de descobrir o que não buscara saber antes.

Um ruído invadiu seus pensamentos. Vinha da janela, um som de algo se arrastando lá fora, num ponto não muito distante. Parecia um animal rondando a propriedade. Curioso, levantou-se e foi até a janela.

Deixou os olhos se ajustarem à noite. O som se fez ouvir de novo, vindo da direção da árvore que se erguia junto da janela de Verity. Ele observou-a com atenção e percebeu uma forma escura estirada entre os ramos altos mais próximos do edifício e o peitoril da janela do quarto dela.

A forma deslocou-se com um movimento pendular e separou-se do edifício. Um levíssimo arquejo de júbilo flutuou na brisa.

Ele não tinha motivos para ficar surpreso. Afinal, ele a desafiara a subir naquela árvore. Ou oferecera a tentação, aludindo a uma potencial liberdade.

Uma árvore de quatro minutos, apelidara ela.

Ela nunca chegara efetivamente a trepar na grande macieira nos fundos do jardim de Daphne. As saias estreitas dos seus vestidos não o permitiam. Porém, com a ajuda de uma escada, conseguia se empoleirar num dos ramos mais baixos e usar o cabo de um ancinho para derrubar as frutas maduras do topo.

Sendo assim, tinham se passado anos desde a última vez, mas a perícia estava lá. A forma como amarrara a tira larga do tecido da sua camisola bem alto no meio das pernas e depois ao redor das coxas e joelhos também fez com que ficasse razoavelmente ágil. A peça de vestuário serviu o propósito de testar a si mesma e à árvore naquela noite. Da próxima vez, quando partisse em definitivo, precisaria encontrar algo menos ridículo para usar.

Lançou-se para a árvore e um arrepio de prazer antigo, latente e infantil percorreu-lhe o corpo. Sentia-se como um pássaro ao estar tão no alto. Era muito diferente da sensação de olhar por uma janela. Provocava também uma sensação secreta e privada. Os ramos formavam uma cabaninha onde ninguém podia entrar.

Instalou-se sobre um ramo grosso e olhou para cima. Não havia muito luar, mas as estrelas estavam bem brilhantes. Ela adorava a forma como as folhas esvoaçavam contra a sua perspectiva do céu e os padrões encantadores que faziam.

Inspirou profundamente o cheiro de maresia e a promessa de liberdade. Não esperara que a última a afetasse tanto, mas sentia-se inebriada por ela.

O potencial de estar viva no mundo deixava-a zonza. Sentiu a natureza cautelosa e reservada que assumira após a morte de seu pai murchando, descolando-se, querendo cair como uma pele que já não servia. Sentada naquela árvore, ela saboreou outra vez a alegria infantil de viver.

Inexplicavelmente, tinha vontade de rir. Um sorriso estampava-lhe o rosto sem qualquer razão. Reconheceu a Verity Thompson de há muito voltando a despertar nos últimos dias. Esta Verity parecia-lhe desconhecida depois de todos aqueles anos, ainda insegura, pois enquanto estivera adormecida também crescera.

Imagens de Michael assaltaram-na, vívidas, como não acontecia há meses. Viu-o enquanto criança e rapaz e na juventude, roubando aquele primeiro beijo. Viu o seu sorriso enigmático através dos anos e a ausência desse sorriso da última vez que se encontraram, quando ela se esgueirara até a casa de Katy para descobri-lo cheio de raiva contra o mundo.

Ele era completamente diferente de Hawkeswell. Ela conhecia Michael tão bem quanto a si mesma, enquanto Hawkeswell teria sempre uma aura de mistério. Talvez fosse esse mistério que a fazia reagir aos beijos dele daquela forma. Não conseguia imaginar Michael fazendo com que se sentisse assim. Nem gostaria que o fizesse.

Fechou os olhos e imaginou Michael de novo, tentando conjurar um pouco daquela excitação. Provavelmente seria bom ter pelo menos um pouco, se ele concordasse em se casar com ela. É claro que, antes de isso acontecer, ela tinha de descobrir se ele estava vivo, onde estava e se ela era capaz de reparar o que Bertram havia feito. Contudo, se tudo isso acontecesse e eles vivessem juntos naquela casa, haveria emoções fortes na cama que ambos partilhariam ou apenas amizade e bem-estar?

Voltou a abrir os olhos e fitou o jardim, sabendo a resposta. Não era uma resposta ruim. Provavelmente era até melhor. As chamas podiam ser arrebatadoras, mas também eram destrutivas. Consumiam aquilo que lhes dava poder até se extinguirem por falta de combustível.

Verificou os laços que criavam as suas estranhas calças largas e depois deu início à descida. Demorou mais do que quatro minutos. Tratava-se de uma árvore alta. Ela estava destreinada e era muito maior do que quando o fizera, ainda menina. Da próxima vez, conseguiria ser mais veloz. Atiraria a pequena mala de viagem para o chão, deslizaria rapidamente pela árvore e desataria a correr. Ela era boa em correr.

Por fim, a perna dela balançou suspensa, à procura do tronco, para poder apoiar-se enquanto descia do galho mais baixo para o chão.

O pé encontrou um apoio sólido e ela começou a baixar o corpo. Mas o tronco ganhou garras e agarrou-lhe o pé, assustando-a.

Com o peso apoiado ainda naquele último galho, ela olhou para baixo. Mesmo no escuro conseguiu ver dois lagos azul-safira a olhar para cima e o branco de uma camisa, além das mãos que lhe agarravam o pé.

– Calculou mal a distância. Estava prestes a cair – disse Hawkeswell.

– Eu ia saltar – mentiu ela. Ela tinha, *de fato,* calculado mal, mas a queda não seria grande ou grave.

Ele pousou o pé dela em seu ombro e usou as mãos para agarrá-la pela cintura, puxando-a para baixo.

– Teve sorte de eu aparecer por aqui a tempo. – Ele inclinou a cabeça para reparar no traje dela. – Tem pernas muito bonitas. Fiquei impressionado com a visão de uma delas suspensa em cima de mim. Isso que está vestindo são calças largas ou ceroulas?

Ela inclinou-se para desatar os nós da camisa de noite, de modo que a parte inferior das suas pernas não sobressaísse de forma tão escandalosa.

– Nenhum dos dois. Obrigada pela ajuda. Já pode continuar o seu passeio agora.

– Não tenho pressa.

Um dos nós não se desatava, mas ela continuou a tentar com uma frustração crescente.

– O senhor devia ir. Não esperava ser vista e não estou vestida de forma apropriada.

– Eu sou o seu marido, Verity. Mesmo que a visse completamente nua, continuaria a ser apropriado.

Ela ficou paralisada, inclinada sobre a perna, com os dedos parados no meio do movimento de dar um puxão no nó. Uma sensação peculiar fluiu ao longo do seu corpo, um estímulo tentador muito semelhante ao que sentira naqueles últimos beijos.

Ela endireitou-se, com a camisola solta em um dos lados, mas ainda presa à outra coxa e joelho. Duvidava que as sombras carregadas sob a árvore escondessem a aparência ridícula.

– Tenho de ir agora. O nó está muito apertado e eu preciso ir para o meu quarto e...

– Você não poupou esforços para sair. Seria uma pena regressar tão cedo. Venha, acompanhe-me. – Ele tomou a mão dela e conduziu-a para o luar, da mesma forma que a arrastara para trás dos rododendros.

Hawkeswell pôs um joelho no chão e ergueu a perna dela, apoiando-lhe o pé no seu outro joelho. A pele da perna descoberta refulgia como flores brancas à noite, tornando-a muito visível desde o joelho ao sapatinho. Ele inclinou a cabeça para desatar o nó, aumentando a proximidade.

– Por favor, não se incomode. Eu posso fazer isso lá em cima. – Não gostava da sensação das mãos dele tão perto de seu corpo. O rosto dele também estava perigosamente perto dela.

– Eu insisto. É bom para que veja como os maridos podem ser úteis às vezes.

Ela permitiu. Ele pareceu levar muito tempo; o nó estava extremamente apertado. Ela contou uma por uma as intensas pulsações de tempo enquanto olhava para baixo na direção daquela cabeça escura.

Por fim, ela sentiu o tecido a cair livremente ao redor da coxa e do joelho. Ele, porém, não se moveu. Não deixou que o pé dela regressasse ao chão, nem que a camisola cobrisse o que estava exposto.

Ele ergueu a cabeça para fitá-la e acariciou-lhe a perna até o joelho, a palma da mão deslizando lentamente. Com a outra mão cobriu o outro pé, para que ela não pudesse retirá-lo. Ele era um homem grande e, mesmo ajoelhado, seu rosto não estava assim tão distante do dela. Ela conseguia ver-lhe a expressão suficientemente bem para saber que este encontro acidental fora infeliz para ela e promissor para ele.

Ela sentiu a masculinidade dele no ar, invadindo-a, e não fazia ideia de como resistir a esse poder. Os seus instintos femininos não só bradavam em alerta como também reagiam às mesmas coisas naquele homem que excitariam qualquer mulher. Ela receava que ele pudesse pôr em prática os pensamentos patentes em sua expressão carregada, mas também esperava, com uma expectativa chocante, que ele o fizesse.

Em vez disso, ele libertou o pé dela e levantou-se.

– Se pretende subir em árvores, teremos de adquirir roupas apropriadas para você. Embora essa camisola seja muito bonita e você esteja encantadora esta noite.

Ele deu uma volta lentamente em torno dela para ver melhor sua apresentação desalinhada. Ela, por sua vez, reparou na dele. Não vestia gravata nem casaco. Trajava apenas calças, botas e aquela camisa branca, aberta na área do pescoço. Ela resistiu ao impulso de se virar de forma defensiva enquanto ele caminhava atrás dela. Sentiu seu toque muito leve na longa trança na qual ela atara o cabelo depois de Susan tê-lo escovado.

Ele enfiou o braço dela no seu, como um acompanhante em um acontecimento social.

– Venha comigo.

Ela sabia que não devia ir com ele. Tinha certeza de que fazê-lo seria insensato. Mas não tinha realmente outra escolha, porque ele não deixou a decisão em suas mãos.

— Estava testando a árvore para ver se conseguiria fugir, caso assim decidisse?

Hawkeswell estava quase certo da resposta, mas não inteiramente, por isso fez a pergunta. Um pouco de conversa também iria distraí-lo das especulações a respeito da noite, do isolamento de ambos e das possibilidades que subitamente se apresentavam não apenas alcançáveis, mas também desejadas, tanto por ela como por ele.

Aquilo era seu sangue quente falando, instigando o fraco discernimento que tantas vezes metia os homens em encrencas. Mesmo que ela compreendesse o ambiente que envolvia a ambos, e ele não estava certo de que ela o fazia, Verity iria negá-lo. Por qual motivo ela o faria era uma questão que se tornara premente naquele dia. O bastante para que ele se perguntasse, pela primeira vez, se fora imperdoavelmente negligente há dois anos, com o futuro dela e com o seu próprio.

– Acho que devia cuidar de sua própria honra em vez de tentar comandar a minha – disse ela.

O branco da pele dela era bem visível abaixo da orla pregueada da camisola. A pele de sua perna estivera igualmente exposta, com suas curvas delicadas e femininas. Assim como o cheiro dela e o odor levemente almiscarado que declarava que a proximidade dele lhe despertava, além dos medos, a sexualidade.

– Está me lembrando de meu sentido de honra apenas para evitar a minha pergunta. Não tem qualquer razão para duvidar dele. Posso ter desejado acariciar muito mais do que a sua perna ali atrás, mas não o fiz, não foi?

Ela ficou tensa com o arrojo dele, mas não vacilou. Seu perfil delicado continuou virado para ele enquanto ela fitava o caminho de jardim que percorriam. Ele resistiu ao impulso de fazer com que parasse, de agarrá-la e fazê-la olhar para ele.

– Quando falamos em Cumberworth, disse que se tivesse feito um esforço para conhecê-la melhor, teria compreendido a razão pela qual se opunha ao casamento – disse ele. – Considerando-se que deveríamos usar estes dias para nos familiarizarmos um com o outro, talvez queira explicar isso agora.

A camisola dela era volumosa, sem formas e adornada com camadas e pequenos pedaços de renda. O tecido roçava a perna dele enquanto ela caminhava. O corpo em seu interior não. Ela era bastante cuidadosa a esse respeito, o que lhe tomava algum esforço.

– Ambos sabemos que eu nunca serei aceita. Não verdadeiramente. Não é o meu mundo. O senhor sabe que eu tenho razão sobre isso. O título e esse mundo são sedutores, mas quando fui honesta comigo mesma, reconheci que a realidade nunca iria igualar o sonho.

Em outras palavras, ela havia concluído que ele não lhe oferecia nada, visto que seu lugar na sociedade era a única moeda de troca que podia oferecer no negócio.

A rejeição serena do seu *status* não era uma opinião à qual ele estivesse acostumado. No entanto, ao mesmo tempo que a ira crescia dentro de si, ele suspeitou que ela estivesse a fazendo a vontade dele ao lhe dar uma resposta que não exigiria nada dela, mas que faria sentido para ele.

– Não creio que algumas pedras no caminho a percorrer na sociedade fariam assim tanta diferença para você. Outro tipo de mulher poderia necessitar dessa aceitação total, mas não me parece que esse seja o seu caso. Creio que houve mais alguma coisa por trás disso.

– Muito mais. A parte mais importante. A parte que o meu primo violou deliberadamente ao forçar este casamento, talvez mesmo a razão pela qual ele o fez.

Agora estavam chegando lá.

– E qual foi?

– Não era o desejo do meu pai que eu me casasse com alguém como o senhor. Ele pretendia que o meu marido fosse um homem que pudesse pegar seu legado e minha herança e continuar construindo o sonho e o negócio dele.

– Nunca conheci um homem como o seu pai que não quisesse ver a posição dos filhos elevada. Ele provavelmente ficaria encantado ao vê-la transformada numa condessa.

– Se o tivesse conhecido, perceberia a comicidade das suas palavras. Ele me ensinou que a guilhotina tinha sido um fim apropriado para aqueles aristocratas na França e que podíamos usar a algumas máquinas como aquela aqui neste país. Ele nunca teria deixado em testamento a participação majoritária do seu negócio para mim se achasse que eu iria me casar com um homem que desdenhasse a indústria e se dedicasse a nada mais do que ao prazer.

Era bem conhecido o fato de o pai de Verity não ter sido grande partidário da tradição. Um homem que concebe um novo método de trabalhar mecanicamente o ferro podia ser desculpado pelo fato de acreditar que os velhos costumes podiam se beneficiar muito de algumas invenções novas.

Porém, Joshua Thompson também não era conhecido como um radical; menos ainda como um dos revolucionários que exigiam a abolição da nobreza. Ou ele tinha guardado essas opiniões para aqueles que lhe eram mais próximos ou Verity estava exagerando com vistas a seus próprios objetivos.

– Também não me conhece o suficiente, Verity. Além disso, professa um preconceito comum e inexato. Um homem da minha posição não pode se dedicar exclusivamente ao prazer, nem é respeitado se assim o fizer. Tenho deveres no Parlamento que são uma forma de indústria por si sós e sou responsável por gerir a terra que me foi legada para a melhoria das muitas vidas que sustenta. – Aliviou o tom, para que a sua resposta não parecesse uma repreensão. – Todavia, admito que tem razão em parte. Nós, os aristocratas, desfrutamos de diversos prazeres durante gerações e, com a prática, tornamo-nos peritos em ceder a eles.

– Não sei por que motivo me fez a pergunta, se vai se limitar a tratar minhas razões como desculpa para sermões e jogos de palavras.

– A minha resposta foi um esforço para ser cortês. Na verdade, estou tentando não me importar demais com o fato de você ter acabado de insinuar que preferia ver a minha cabeça decapitada a se casar comigo. Essa ideia *provoca* em mim impulsos diabólicos, por algum motivo.

Ele achou que uma boa resposta da sua mulher seria asseverar que obviamente não gostaria de ver a sua cabeça decapitada.

– Eu estou sendo honesta – disse ela, em vez disso. – Perguntou-me o porquê e eu respondi. Você nunca deveria ter existido. Esta não é a vida que eu deveria ter. – Ela parou de caminhar e conseguiu soltar a mão e o braço. – Tenho uma proposta. Agora que já conhece um pouco mais a mim e à forma como penso, creio que irá concordar que é de seu interesse aceitá-la.

– Vamos ouvi-la então.

– Já atingi a maioridade. Se eu estiver livre, aquele negócio é meu para conduzir e melhorar. Bertram queria que eu me casasse com um homem que não se interessasse minimamente por ele, compreende, para poder ficar no controle, mesmo sem a participação majoritária. Mas se eu estiver livre...

– Não pode estar pensando em geri-lo sozinha.

– Quero exercer os direitos de posse que são meus por herança. Um desses direitos era fazer o que eu desejasse com o rendimento e os lucros. A minha proposta é esta: se você entrar com uma petição para se libertar de mim, e eu de você, e tivermos êxito, lhe darei metade do que quer que seja esse rendimento. Para sempre. Isso ficaria estipulado num contrato legal, de forma que, se em algum momento eu me casar, nem mesmo o meu marido poderia anulá-lo.

A voz dela exibia uma sinceridade séria. Ele queria rir, não tanto da sua ingenuidade a respeito do mundo ao engendrar o plano, mas do próprio espanto ao imaginá-la passando por tantos incômodos e custos para se ver livre dele.

– Verity, se eu não me livrar de você, obterei a *totalidade* do rendimento. É inconveniente falar sobre isto, mas já que está determinada a...

– O seu tom é o de um ancião paciente a falar com uma criança, Lorde Hawkeswell, mas é o senhor que é a criança se acredita que Bertram vai, em *algum momento,* prestar contas honestamente do valor da minha participação. Confie em mim, você se sairá melhor com o meu plano do que com o rateio dele. – Ela aproximou-se mais e perscrutou o rosto dele na noite. – E se, Deus o livre, eu morrer de verdade, colocaria o seu quinhão no meu testamento para que continue a render para você e seus herdeiros. Como eu disse, será seu *para sempre.*

Ela tinha tudo planejado, percebeu. Verity passara aqueles dois anos conjeturando o que faria quando saísse do seu refúgio. O casamento, pelo menos com ele, não fazia parte do plano. Essa parte era bastante óbvia.

– Não estou interessado na sua proposta, Verity.

Mas também não estava totalmente desinteressado, e sua breve hesitação antes de responder provavelmente fez com que ela percebesse. O mais provável era que não conviessem um ao outro, exceto na sensualidade, que ele julgava ser uma base para entendimento assim que fosse explorada. E, de fato, Bertram provavelmente adulterava a contabilidade para roubar parte do rendimento.

Ele casara-se por dinheiro, no fim de contas, e a proposta dela lhe dava mais garantias em longo prazo.

Precisava meditar naquilo e assimilar a percepção de que ela acabara de revelar uma mente astuta que os seus modos brandos e rosto encantador ocultavam.

Precisava também efetuar tal ponderação quando a visão dela semelhante a uma deusa da lua no meio da noite não ajudasse o seu sangue a ignorar qualquer sugestão de que ele talvez não viesse a possuí-la em breve.

Ela sabia que ele estava avaliando a isca que ela lançara. Pressentiu o interesse dele e sorriu. Ele estava certo de ter visto estrelas brilhando nos olhos dela.

Quando ele se deu conta, ela estava precisamente diante dele. Pousando as mãos em seus ombros, ficou nas pontas dos pés e, numa sucessão rápida, depositou três beijos nos lábios dele, cada um deles com a duração de um instante. Ela apanhou-o tão completamente de surpresa que ele não fez menção de agarrá-la até ela já ter dado meia-volta e começado a correr de volta para a casa.

– Pense na minha oferta – gritou ela por cima do ombro enquanto fugia. – E já estamos quites nos beijos agora, meu senhor; podemos começar de novo amanhã.

Ela levantou as pregas do tecido da camisola e lançou-se na escuridão, com a longa trança a voar e a alvura das pernas a relampejar no escuro.

Capítulo 7

— Passou bem a noite, Verity?

As boas-vindas de Audrianna na manhã seguinte quando Verity entrou na sala onde era servido o desjejum pareceram um tanto peculiares. Não foram as palavras que soaram estranhas, mas o tom que Audrianna utilizara.

– Passei muito bem, obrigada. – Ela sentou-se em frente a Audrianna e aceitou o café que um criado lhe ofereceu.

Audrianna limitou-se a sorrir. Ela entrelaçou as mãos, pousando-as sobre a mesa, e sorriu de novo.

– O que há com você? – perguntou finalmente Verity.

– Nada. Nada. – A mão de Audrianna moveu-se distraidamente até o cabelo castanho, à procura de madeixas errantes, muito embora sua criada tivesse arranjado seu cabelo à perfeição. Ela lançou-lhe um olhar de relance. – Nada, não. É só que... depois de todo aquele tempo na carruagem me explicando por que este casamento não pode continuar, esperava que você fosse demonstrar um pouco mais de força de vontade quando Lorde Hawkeswell dirigisse o charme dele contra você. Não que possa criticá-la, por favor, compreenda. O conde é um homem bonito, isso não pode ser negado, mas, realmente, se você estava tão contrariada, pensei que pelo menos faria com que Lorde Hawkeswell suasse um pouco antes de abandonar a corrida. – Ela sorriu. – Só isso.

– Eu não abandonei a corrida. Por que motivo presume isso?

– Não? Tenho de me desculpar, então. É que foram vistos ontem à noite. No jardim. Juntos. Em trajes bastante informais. Os dois. – Ela esboçou um sorriso tênue. – Juntos, como eu disse. Presumiu-se apenas que... – Ela encolheu os ombros.

– Quem foi que nos viu? Quem presume isso?

– Sebastian. A minha criada. Sabe-se lá quem mais? Quase todos os quartos têm vista para o jardim dos fundos, e uma camisa branca e uma camisola clara seriam visíveis à distância mesmo com pouco luar... – Ela encolheu os ombros de novo.

– Estávamos apenas conversando sobre nossa situação infeliz. Você precisa dizer a seu marido e sua criada que eles interpretaram mal o que viram. Deve ser firme com todos eles, Audrianna. Não posso ter os criados, nem Lorde Sebastian, ainda mais, presumindo que aconteceu algo além do que efetivamente ocorreu.

– Com certeza. Confesso que achei as informações estranhas, considerando-se o seu plano.

– Ainda estou muito determinada em relação ao meu plano. Na verdade, tenho motivos para pensar que posso tê-lo convencido de meus pontos de vista. Creio que podemos estar muito próximos de um acordo adequado em relação a todo este assunto.

Audrianna ergueu as sobrancelhas.

– Isso é verdade? Você me espanta, Verity. Não acho que precise manter este casamento, depois de tudo que me contou a respeito da enganação do seu primo, mas eu não tinha muita esperança de que fosse conseguir a concordância de Lorde Hawkeswell. Especialmente quando, durante aquele jantar na estalagem, fiquei convencida de que ele pretendia tentar sua própria persuasão, nos seus termos.

– Ele começou a ver a luz, creio eu. Tendo em conta que não houve consumação, podemos triunfar nos tribunais eclesiásticos se ele apoiar a minha petição.

A expressão de Audrianna se alternava entre otimismo e ceticismo. Verity não precisava que sua boa amiga lhe explicasse que as probabilidades estavam contra ela, por isso direcionou a conversa para comentários sobre os arredores em torno de Airymont.

– Southend-on-Sea é encantadora, embora os visitantes de Londres deixem-na apinhada em agosto. Talvez possamos fazer uma visita depois de velejarmos hoje – disse Audrianna ao descrever a aldeia mais próxima na costa.

– Eu preferiria não velejar. Seria muito indelicado de minha parte declinar o convite?

– Não é porque receia ser vista, mesmo agora, não é? Se usar o seu chapéu de aba larga, duvido que seja reconhecida, mesmo na ocorrência pouco provável de que alguém que conheça se encontre em Southend.

– Não é por medo de ser reconhecida, terei imenso prazer em visitar a beira-mar. Mas preferiria não passar o dia inteiro com Lorde Hawkeswell. Além disso, acho o mar assustador. A ideia de estar numa pequena embarcação, à mercê de toda aquela água, me deixa aflita. Não poderia lhe fazer companhia na viagem até a costa e então visitar a aldeia durante algumas horas enquanto vocês velejam?

Audrianna inclinou-se e bateu de leve na sua mão.

– É claro que pode declinar o convite para velejar. Podemos dizer que o motivo é o seu medo do mar.

– Nesse caso, vou me retirar para me preparar e escrever uma carta breve a Daphne e Celia enquanto aguardo nossa partida. – Ela se levantou. – Será bastante firme com o seu marido e com a sua criada sobre aquilo que viram lá fora na noite passada, não é? É muito importante que o faça, Audrianna.

– É claro que sim, Verity. No entanto... talvez seja mais sensato, uma vez que está determinada a seguir com seu plano, que evite ficar sozinha com ele quando estiver praticamente em trajes íntimos. Independentemente da promessa que ele tenha feito sobre a estadia aqui, ele é um homem.

* * *

— Tem certeza absoluta que não quer nos fazer companhia, Lady Hawkeswell? – Lorde Sebastian reiterou o convite enquanto criados transportavam a bordo os itens essenciais para várias horas no mar.

O veleiro tinha pelo menos quinze metros de comprimento com mastros robustos e várias velas. Lorde Hawkeswell e Lorde Sebastian já tinham despido as sobrecasacas, preparados para se fingir de marinheiros, mas seriam dois criados que subiriam naqueles mastros caso fosse necessário.

– Ficarei mais feliz com os meus pés em terra firme – respondeu Verity. Audrianna estava se instalando numa cadeira sob um toldo. O chapéu de abas largas e a sombrinha seriam uma proteção adicional contra o sol.

Hawkeswell estava ocupado com as linhas de pesca.

– Não há nada a temer – disse ele. – Sou um bom nadador e o mar está calmo hoje. Se acontecesse alguma coisa, eu a levaria até a costa em segurança.

– Não tenho dúvidas de que a sua perícia é insuperável, Lorde Hawkeswell, mas minha covardia também é. O meu pai se afogou em pouco mais do que um riacho cheio e o poder do mar me assusta genuinamente. Ficarei na aldeia e aguardarei o regresso de vocês. Audrianna me passou uma lista de pontos interessantes para visitar, por isso estou certa de que não me aborrecerei.

Hawkeswell pousou as linhas de pesca e aproximou-se dela.

– Fique com isto. – Ele empurrou algumas notas de libra na mão dela. – Não é prudente andar por aí sozinha sem os meios para contratar ajuda se precisar.

Ela baixou o olhar para as notas. Ao todo, deveriam ser talvez quinze libras.

– Eu realmente não posso…

– Pense nisso como dinheiro para os seus alfinetes. Compre um novo chapéu se alguma loja os vender. Contudo, quero a sua palavra de que não vai utilizá-lo para alugar uma carruagem para fugir.

Eu seguiria no seu encalço e a descobriria no espaço de um dia, logo, não vale a pena.

Verity não esperara tal desconfiança da parte dele. Ela olhou para as notas.

– A sua hesitação me deixa preocupado, Verity. Estou pensando se não seria melhor me juntar a você no passeio pela aldeia, para me assegurar de que não torne a desaparecer.

– Não tenho qualquer intenção de desaparecer de novo. Tampouco o senhor seria uma boa companhia hoje, se eu o afastasse de sua distração. – Ela fitou-o nos olhos. – Tem a minha palavra de que não utilizarei este dinheiro para alugar uma carruagem para fugir.

Aparentemente satisfeito com o fato de ter adivinhado o plano dela e de lhe ter posto um fim antes mesmo de seu início, ele foi se juntar a Sebastian na tarefa de preparar o veleiro para a partida.

Depois de tudo estar em ordem, soltaram as amarras. Verity encaminhou-se para a aldeia, mas, assim que viu o veleiro a uma distância razoável, parou e abriu a bolsinha para guardar o dinheiro.

Colocou-o junto de outras notas, pousadas em cima da combinação macia e enrolada que escondia o seu cordão de ouro e outros bens mais modestos. Olhou para dentro da bolsinha e sussurrou uma maldição muito pouco própria de uma senhora.

Ela de fato pretendia alugar uma carruagem e estar bem longe antes que aquele veleiro regressasse. Havia a possibilidade de ela ter convencido Hawkeswell na noite anterior a aceitar sua proposta, mas não podia contar com isso. Se pudesse escapar, essa era a linha de ação mais sensata a tomar.

Chegara mesmo a deixar um bilhete em seu quarto em Airymont explicando tudo a Audrianna. Hawkeswell fora maquiavélico ao oferecer o dinheiro que tornaria a sua fuga muito mais fácil e simples do que negociar aquele cordão de ouro, ao mesmo tempo que a obrigava a prometer não fugir.

Encontrou algum consolo admitindo que o seu plano de fuga fora um tanto ou quanto mal alinhavado e lembrando a si mesma que Hawkeswell podia muito bem aceitar a oferta da noite anterior, e resignou-se a passar as próximas horas em terra como havia prometido.

Southend-on-Sea era uma aldeia de pescadores que havia crescido para acomodar os tais visitantes de Londres que Audrianna havia mencionado. Havia um longo e extenso terraço de frente para o mar, acima do nível da praia, num pequeno penhasco. Chapéus caros e botas refinadas misturavam-se na calçada com o vestuário mais simples dos moradores locais. Hotéis e hospedarias se sucediam no terraço, virados para o mar na ponta ocidental.

Depois de visitar a pequena igreja, com o seu jardim agradável e bem-arranjado e suas lápides antigas, e o famoso Hotel Royal, passeou ao longo da alameda das melhores lojas. Em seguida, dirigiu-se para o leste, na direção dos velhos bairros e dos barcos de pesca.

Nenhum dos londrinos se aventurava até ali e os moradores tratavam da sua vida como se nada tivesse mudado há gerações, o que era bastante provável.

Alguns dos barcos já tinham regressado e as mulheres apregoavam a pescaria num mercado que obstruía a rua estreita. O odor de peixe e de maresia, salgado e inconfundível, enchia o ar. Os olhares dirigidos a ela não se deviam ao vestuário, suficientemente modesto para não atrair a atenção, mas porque aquele lugar era como Oldbury, a sua aldeia natal, próxima da fundição. Todos se conheciam e um desconhecido era algo digno de nota.

Ela deteve-se para admirar os produtos no carrinho de uma peixeira. A mulher, de cabelo ruivo e rosto bronzeado, observou-a.

– Está à procura daquela moça? Ela estava na saída da aldeia, onde o penhasco fica mais alto. Estava lá sentada. Ainda está lá, me parece.

– Não estou à procura de ninguém. Estou só dando uma volta pela aldeia.

– Não há muitos visitantes dando uma volta por esta rua. Ela não é daqui e parecia perdida. Pensei que alguém viria à sua procura, só isso.

Verity não sabia como é que alguém podia se perder naquela aldeia, com uma única rua estreita ao longo do mar e mais uma a um quarteirão para trás. Contudo, talvez a moça fosse muito jovem.

Ela abriu caminho através das mulheres que se apinhavam junto das peixeiras e percorreu a costa com o olhar. O caminho até o penhasco ficava mais íngreme na extremidade oriental da aldeia. Achou ter visto alguém lá em cima e decidiu ir verificar. Se uma criança havia se perdido, não seria correto deixá-la lá sozinha.

À medida que se aproximava, percebeu que a moça não era de todo uma criança. Embora estivesse sentada na borda do penhasco, com os pés balançando de modo infantil, já era perfeitamente crescida. Usava um chapéu muito semelhante ao de Verity, com aba larga e poucos adornos.

Curiosa, Verity fingiu estar à procura de uma boa perspectiva da costa e da aldeia. Deteve-se perto da jovem, que não se moveu, nem percebeu a presença dela.

Reparou que a moça usava um vestido branco de musselina muito bonito, enfeitado com desenhos de raminhos de lilases, e mangas cor de lavanda. Porém, estava bastante sujo. Não, a moça não era da aldeia; muito provavelmente, sequer era da região.

– Perdoe-me a indiscrição, mas as pessoas da aldeia acham que está perdida. Posso ajudá-la de alguma forma? – disse Verity.

A cabeça não se moveu. Depois de um curto espaço de tempo, porém, uma voz demasiado madura para uma moça, e mais ainda uma criança, respondeu:

– Eu não estou perdida. Sei onde estou.

Lá se ia a sua boa ação. Verity voltou a caminhar, mas olhou para trás. Havia algo na quietude e na voz da jovem que despertava sua preocupação.

Será que Daphne sentira a mesma intuição quando parara o cabriolé na estrada junto ao rio? Será que vira uma jovem absorta demais em seus pensamentos e claramente no local errado?

Voltou para junto dela.

– O mar nos enche de assombro, não é? Eu o acho assustador.

– Eu não o acho de todo assustador. Para mim, parece ameno. Purificador.

– É mais corajosa do que eu. Não existe muita praia lá embaixo neste ponto em particular e este penhasco é desconfortavelmente alto. Um passo em falso... Sabe nadar? Eu nunca aprendi.

Desta vez, não obteve qualquer resposta.

– É de Londres? – perguntou ela, tentando de novo.

– Sou do norte.

– Tem família aqui ou está de visita?

– Não. Supliquei uma travessia num barco de pesca. Os homens que o exploram vivem aqui. Por isso, também estou aqui agora.

– Eles aceitam passageiros? Não fazia ideia.

– Por algumas moedas, alguns aceitam.

Verity olhou para baixo para aqueles barcos. Ela prometera não alugar uma carruagem para fugir. Não dissera nada sobre barcos.

Isso implicaria superar seu medo de toda aquela água. Perdeu o olhar na vastidão do mar e depois baixou-o até onde as ondas se quebravam incansavelmente. Talvez, se o barco se mantivesse próximo da costa...

A jovem realmente não queria conversar. Desejava que Verity fosse embora, isso estava claro. Verity gostaria de acreditar que ela ficaria bem e que o melhor era ir conversar com alguns dos pescadores.

Fitou as costas da mulher. Não era mesmo da sua conta. No entanto, deixá-la ali sozinha, desprotegida, não lhe parecia correto. Todos os seus instintos lhe diziam que a mulher estava de fato perdida, no pior dos sentidos, e que precisava de ajuda.

Olhou para os barcos de novo e suspirou. Mais tarde, talvez, ainda haveria tempo para isso. Caso contrário, talvez ela tivesse outra oportunidade em outro dia, se ainda precisasse.

Voltou a atenção para a mulher perdida. O que fizera Daphne naquele dia para lhe oferecer ajuda e amizade? Certamente não exigira explicações e razões pelas quais Verity estava de pé sozinha num vestido requintado na margem de um rio. Não a repreendera ou alertara. Em vez disso, adivinhara a única coisa que podia conquistar a atenção de alguém entregue aos seus próprios desígnios. Comida. Ela limitara-se a convidar uma desconhecida para jantar em sua casa.

– Vou ver se encontro alguma coisa para comer. Pretendo procurar nesta parte da aldeia e não perto dos iates e das casas de hóspedes. Gostaria de me acompanhar? Tenho dinheiro suficiente para pagar duas refeições.

A cabeça voltou-se. Um par de olhos escuros olharam finalmente para ela. Quaisquer que fossem as escolhas que aquela jovem estivesse deliberando, a fome agora as colocava de lado. – É muito generoso de sua parte. Não como há mais de um dia.

– Então, vamos tratar de descobrir uma boa mulher que nos venda algum pão, pelo menos.

A mulher pôs-se de pé e sacudiu o pó da saia. Seu sapato deslocou uma pedra, que se precipitou penhasco abaixo, sobressaltando-a. A rebentação agitada depressa a submergiu.

– Eu me chamo Verity – disse ela enquanto caminhavam de volta para a aldeia. – Como é que posso chamá-la?

Uma pausa. Uma hesitação familiar que disse a Verity muito mais do que qualquer palavra.

– Pode me chamar de Katherine.

Os peixes mal podiam esperar para serem apanhados pelos anzóis de Summerhays. Pareciam saltar para o veleiro mediante ordem dele. O grande barril que tinha sido trazido para guardar a pescaria já estava quase cheio e em breve teriam o suficiente para alimentar todos os habitantes de Airymont.

Hawkeswell não apanhara peixe nenhum. O que simbolizava alguma coisa, sem dúvida. Uma grande metáfora que não dizia nada de bom. No entanto, a inatividade o deixava com bastante tempo para refletir sobre a grande proposta de Verity a respeito de todo aquele dinheiro.

Ela tinha sido deveras astuciosa. Em apenas um dia, tinha enumerado todas as razões pelas quais os dois não seriam felizes naquela união, salientara a sua inutilidade e descrevera seus ressentimentos pela forma como tudo ocorrera.

Depois de fracassar em convencê-lo com persuasões suaves, recorria agora a um suborno. E que belo suborno.

Quando o ouviu, parecera-lhe levemente indigno. Insultuoso. Como se ela partisse do princípio que ele podia ser comprado. Agora admitia que estava se apegando a um ponto demasiadamente frágil. Ele se casara por causa da fortuna dela, não foi? Logo, ele *podia* ser comprado – e, de fato, já tinha sido, de certa forma. Ela havia meramente oferecido uma compensação por seus dissabores na parte financeira, caso eles requeressem a anulação e ela fosse concedida.

Visto dessa forma, deixava de ser um suborno insultuoso para passar a ser um prêmio de consolação.

Fosse como fosse, ele não mentiria para obter aquele dinheiro. Porém, se a história de Verity sobre ter sido obrigada a aceitar o casamento fosse verdade, este podia ser um argumento convincente a favor de uma anulação.

Ele observou Audrianna, sentada sob o toldo lendo um livro. Encostou o caniço contra um dos lados do veleiro e avançou discretamente na direção dela.

– Não abandone o caniço assim – repreendeu-o Summerhays enquanto media forças com mais um peixe, que resistia. – Se apanharem a sua isca, o equipamento vai cair no mar.

– Se a linha se esticar, pode agarrar a vara. Estou cansado de olhar para a espuma das ondas e de não ouvir nada além das suas autocongratulações. Quero conversar um pouco.

Audrianna pousou o livro quando ele se instalou numa cadeira ao lado da dela.

– Os peixes não querem morder, Lorde Hawkeswell?

– Creio que acham minha isca amarga.

– É difícil saber o que irá atrair um peixe. Nem todos respondem à mesma isca. Suponho que alguns até veem o anzol e suspeitam das consequências de uma mordida.

– Azar o meu por ter apenas peixes desconfiados respondendo à minha isca, nesse caso.

– Se souber esperar, tenho certeza de que não vai demorar até que passe um peixe que ache que a refeição vale o risco.

Ele olhou de relance para Summerhays, que estava içando outro peixe enorme enquanto um dos criados aguardava ao seu lado com uma grande rede.

– Falemos claramente, Lady Sebastian. Estou curioso a respeito de um único peixe e ela já foi fisgada e pescada. Como creio que saiba, ela quer saltar para fora do barril e voltar para o mar.

Os olhos de Audrianna cintilaram, divertidos, mas a expressão era solidária.

– Não tenho dúvidas de que acha isso surpreendente. Posso afirmar o mesmo.

– Nesse caso, não concorda com o plano dela?

– Ah, eu concordo com ele. Se ela foi coagida e enganada, não deveria ser obrigada a aceitar o logro daquele patife. Estou apenas surpresa por nossa Lizzie estar se revelando uma pessoa com tanta determinação. Ela sempre foi a mais branda entre nós. A mais tranquila. Daphne é uma cascata cintilante e Celia é um riacho impetuoso. Lizzie era um lago tranquilo.

– Mas talvez um lago profundo.

– Mais profundo do que qualquer uma de nós suspeitava, ao que parece.

– Acredita nela? No fato de ter sido coagida?

Os olhos de Audrianna semicerraram-se enquanto ela fitava o mar e refletia na pergunta.

– Ela demonstra uma grande ira quando fala disso, por isso, sim, acredito nela. Ela também culpa a si mesma, creio eu. Contou-me coisas na viagem para cá que me levam a dizer isso. Ela se esquece, talvez, de como era jovem quando seu primo se tornou seu tutor. Agora, mais madura, olha para trás e critica-se severamente por não ter sido mais forte, mais inteligente e desconfiada da sua promessa, além de menos submissa. Sei também que ela se preocupa com aquela pobre família e se culpa pelo mal que a sua amizade lhes causou.

– Ela não tem motivos para se culpar.

– As mulheres tendem a fazer isso, Lorde Hawkeswell. A se culpar. O mundo assim o permite. Espera-o, até. Daphne diz que há mulheres que são espancadas pelos maridos e depois ainda se culpam por isso. Difícil de acreditar, não acha?

Ela não se referia a Verity, ele tinha certeza disso. Aquilo não se tratava de uma alusão ao seu mau gênio ou uma sugestão de que Verity tinha motivos para temê-lo. E, no entanto, o comentário de Audrianna, ao surgir na conversa, originou uma possibilidade em que ele não pensara antes. A ideia fez crescer uma fúria infernal dentro dele.

– Bertram, o primo de Verity, coagiu-a, diz ela. Sabe como é que ele fez isso, Lady Sebastian?

– Ela não diz. Eu abordei a questão. Passamos muito tempo dentro daquela carruagem. Ela mudou de assunto.

O que por si só podia muito bem dizer tudo. Ele mal conseguiu conter a fúria que explodia dentro da sua cabeça. Se aquele patife a magoara, ele iria despedaçar Bertram, membro por membro.

– Vou cometer uma indiscrição agora, Lorde Hawkeswell. Sei qual é a opinião e a intenção de Verity e não posso discordar dela. Porém... – Ela hesitou, pensando melhor no que ia dizer. – Porém, creio que pode existir um equívoco crucial da parte dela. Só o senhor sabe a verdade, claro.

– Do que se trata?

– O que quer que tenha acontecido, ela acredita que o senhor sabia do plano e o permitiu. Ela disse, naquele primeiro dia, que o senhor estava a par do conluio.

Ele se levantou e afastou-se até a amurada do veleiro, para que Audrianna não visse a repugnância que sentia. Independentemente da forma como Bertram a coagira, não existira qualquer conluio. Na realidade, Bertram sequer mencionara que sua proposta de casamento fora recusada.

Ela é jovem e medrosa, como é comum com jovens mulheres. Vamos levá-la para casa e lhe dar algum tempo para considerar a sua proposta generosa, Lorde Hawkeswell. Talvez possa repeti-la daqui a um mês e ela saberá melhor qual é a sua vontade.

Mas o que dissera Verity nos últimos dias? *Se me conhecesse melhor, teria percebido por que motivo me opus ao casamento.* Ela realmente partira do princípio que ele sabia da resistência dela. Mas se ela *o* conhecesse melhor, saberia que ele nunca teria concordado em participar de uma jogada desse tipo.

Será que sua vaidade o cegara? Ele não queria pensar que sim. Tentou se recordar dos pormenores daqueles meses, da forma como ela levantara objeções no início para mais tarde aceitá-lo. Nunca suspeitara que ela tinha sido forçada e ludibriada. Mas era improvável que ela fosse acreditar na palavra dele agora.

Regressou para junto de Audrianna.

– Obrigado, Lady Sebastian, pela sinceridade. Ora, o seu marido ainda não se fartou de esvaziar o mar de peixes, mas eu estou farto de olhar para ele. Vou pedir para o veleiro me levar até a costa. Depois vocês dois podem desfrutar do resto do dia juntos e sozinhos no meio das ondas.

Capítulo 8

— Obrigada – disse Katherine, depois de passar levemente o guardanapo pela boca. – Estava delicioso.

Na verdade, não estava propriamente delicioso. O caldo do ensopado de galinha estava pouco espesso e a cozinheira tinha sido sovina no tempero. Todavia, saciara o estômago, e o paladar de uma pessoa esfomeada não era muito exigente.

Verity e Katherine estavam sentadas numa casa modesta numa rua transversal à principal. Verity fora ter com a peixeira que lhe chamara a atenção para Katherine e perguntara onde podia pagar por uma refeição. Ela indicou-lhes a cozinha desta viúva e a caçarola de ensopado que fervia a fogo brando ali todos os dias.

A tinta descascada da pequena casa exibia os efeitos do salitre. A mesa e as cadeiras eram rústicas, mas a janela da cozinha, com as suas portas azuis, oferecia uma bela vista do mar e uma luz serena, agora que o sol ia bem alto.

Katherine não falara muito. Verity a examinara com atenção. Pequena nobreza, concluiu. De um berço no mínimo tão nobre quanto o de Daphne e Audrianna. Aquela jovem fora criada no meio da etiqueta que agora demonstrava enquanto comia. Não a aprendera depois, como Verity tivera de fazer.

– Foi muito amável – disse Katherine. – Agora devo me retirar. – Ela se levantou.

– Para onde vai?

Katherine olhou para o chão. Verity suspeitava que ela permanecia calada por não ter resposta.

Infelizmente, aquela situação não era exatamente a mesma que ocorrera entre Daphne e Verity. Tendo alimentado Katherine, ela não podia agora lhe oferecer uma cama e agir na manhã seguinte como se a visitante pertencesse à casa e não se esperasse sua partida para breve. Passara-se uma quinzena antes que Daphne estendesse oficialmente a oferta para uma residência permanente, mas Verity sabia que ela surgiria a partir daquele primeiro amanhecer na Flores Mais Raras.

– Tem algum dinheiro? – perguntou.

– Dinheiro não, mas tenho algumas coisas que posso vender.

Joias, com alguma sorte.

Verity supôs que Katherine estivesse na casa dos vinte e poucos anos. Uma mulher casada, muito provavelmente.

– Sente-se, por favor. – Ela baixou a voz, para que a viúva que tricotava no aposento ao lado não pudesse ouvi-la. – Eu tenho uma amiga. Ela não mora perto daqui, infelizmente. Porém, creio que podia ficar com ela durante algum tempo. Até saber para onde vai, digo.

Katherine pareceu cética, mas igualmente esperançosa.

– Mas ela vai querer... Não posso arriscar...

– Ela não fará perguntas, tal como eu não fiz. A não ser uma, que vou lhe fazer agora e imploro-lhe que seja honesta na resposta. Ela é como uma irmã para mim e não me atrevo a colocá-la em perigo. – Baixou ainda mais a voz. – Fez algo ruim? Está fugindo de algum crime?

Katherine abanou a cabeça e os seus olhos castanhos ficaram inundados de lágrimas.

– Não sou uma criminosa. Não sou má, nem estúpida ou inútil, nem mesmo desobediente.

Tratava-se de uma resposta mais complexa e reveladora do que Verity esperava e partiu-lhe o coração. Subitamente, ela era uma mocinha outra vez, uma estranha em sua própria casa, tentando se esconder de duas pessoas que se ressentiam com a sua existência e que evidenciavam seu descontentamento através de insultos e crueldade.

Inclinou-se e agarrou com força na mão de Katherine para ajudá-la a não perder a compostura.

– Não, não é nenhuma dessas coisas, muito embora alguém tenha lhe dito isso, e muitas vezes, creio eu. Se eu estiver certa, foi bom que tenha partido.

A sua tentativa de reconfortá-la teve o efeito oposto. A emoção distorceu o rosto de Katherine. Em seguida, ela soltou um lamento dilacerante, enterrou o rosto nas mãos e começou a chorar.

Verity abraçou-a, deixando-a derramar toda a angústia. A viúva espreitou, curiosa, para dentro da cabine e Verity mandou-a embora com um gesto. Não fez nada para tentar aliviar as lágrimas de Katherine, nem conseguiu impedir que dessem origem às suas próprias lágrimas.

Foi assaltada por memórias. Não imagens, mas sensações e sentimentos viscerais de medo e da expectativa atroz da punição. Quando percebeu uma fúria rebelde no meio do pranto de Katherine, também compreendeu a sua origem. Era um bom sinal e necessário. Quando a ira já não surgia, isso significava que o espírito estava quebrado para sempre.

Aquela fúria prenunciava o fim. Katherine ficou apoiada nos braços de Verity depois de o pior ter passado, extenuada e soluçando. Por fim, libertou-se e limpou o rosto manchado de lágrimas.

Verity fitou-a nos olhos e Katherine susteve o olhar. Uma familiaridade passou entre elas, um conhecimento mais profundo do que a maioria das pessoas chega a ter de outro alguém.

A mente de Verity começou a trabalhar. Era óbvio que tinha de ajudar Katherine. Ela não fazia ideia de quanto custava enviar alguém por diligência até Cumberworth, nem se Southend-on-Sea tinha uma estalagem que dispusesse de coches. Teria de haver dinheiro para a alimentação, para pernoites e...

– Venha comigo, Katherine. Temos muito a fazer.

Onde diabos estava ela?

Hawkeswell tinha procurado em todas as lojas. Visitara os grandes hotéis, a pequena igreja e todos os outros pontos de interesse da aldeia. Observou com atenção toda a extensão do longo terraço até onde as casas se tornavam descoloradas e rústicas. Será que ela tinha ido até lá? Achou melhor verificar.

Caminhou com passadas largas em direção a leste, aborrecido por Verity estar se revelando tão difícil de encontrar, meio convencido de que ela havia mentido descaradamente e alugara de fato uma carruagem para fugir. Tendo tomado a sua decisão, queria informá-la o quanto antes, para que o senso comum não levasse a melhor sobre o altruísmo. As questões financeiras já começavam a reclamar urgência em sua mente de novo, após apenas alguns dias ditosos pensando que estivessem resolvidas.

Aquele inferno iria provavelmente regressar agora. O administrador dos bens dela iria com toda a certeza bloquear o acesso a toda sua fortuna até que o requerimento por uma anulação chegar a uma conclusão. Isso podia levar anos. A ideia de se arrastar novamente num limbo não ajudava o seu estado de espírito, independentemente da sua determinação.

Manteve os olhos atentos a uma mulher com um vestido amarelo-pálido e um chapeuzinho de palha simples. Mesmo assim, deu por si praticamente em cima dela sem se dar conta. A aparição dela sobressaltou-o, mas apenas porque ela não estava sozinha. Uma outra jovem, aproximadamente da mesma idade que ela, com cabelo e olhos muito escuros, caminhava ao seu lado. Elas conversavam a respeito de alguma coisa de forma tão séria que Verity sequer reparou que ele bloqueava a passagem de ambas.

Quando afinal o notou, estremeceu com violência, como uma criança apanhada roubando guloseimas.

– Lorde Hawkeswell! O passeio já acabou, tão cedo?

– Pedi para que me trouxessem a terra. Tenho andado à sua procura.

– Oh! Estive só passeando... – Ela fez um gesto vago para trás.

Ele olhou de maneira incisiva para a acompanhante. A outra moça manteve o olhar no chão. Verity voltou o olhar de um para o outro.

– Lorde Hawkeswell, esta é a minha amiga Katherine... Johnson. Katherine, este é o conde Hawkeswell.

Katherine abriu a boca de espanto. Algo além de um temor respeitoso fê-la arregalar os olhos.

– É uma honra, meu senhor. Vou me retirar agora, para que...

– Não fará nada disso. A Srta. Johnson foi separada do seu grupo sem querer, Lorde Hawkeswell, e este parece ter partido sem ela. Eu ia ajudá-la a obter um transporte para casa. Talvez o senhor queira vir em nosso auxílio.

– É claro que sim. Tenho certeza de que podemos alugar uma carruagem ou pelo menos um cabriolé, Srta. Johnson.

– Ela precisará percorrer uma distância considerável. Porém, um cabriolé poderia levá-la até uma estalagem com coches, Srta. Johnson, e de lá poderia adquirir um transporte até sua casa. – Verity exibiu um sorriso luminoso. – Isso já ajudaria, não é, Lorde Hawkeswell?

– Certamente que sim. Vou me encarregar disso.

– É muito amável, *sir* – disse a Srta. Johnson.

– Há uma loja que vende miudezas mais abaixo na rua, do lado esquerdo – disse Verity. – Vamos esperar lá enquanto procura um cabriolé, Lorde Hawkeswell.

Ele fez uma reverência e partiu em busca de um cabriolé, tal como lhe fora pedido. Verity livrara-se dele bem depressa, isso era certo. Mas mal sabia ela que apenas protelara a descoberta de que tinha vencido.

* * *

Katherine guardou alguns dos bens essenciais que haviam comprado em sua bolsinha lilás, assim como algumas notas de libra, enquanto Verity guardava o resto em sua própria bolsinha.

– Não tenho palavras para lhe agradecer. Tem um coração bondoso.

– Fico feliz por ajudar. Não podemos fazer nada a respeito das suas roupas. Terá de viajar sem uma muda. Pelo menos, com o sabão, poderá lavar algumas peças à noite. – Verity levou Katherine para uma seção do balcão da loja que oferecia alguma privacidade. – Agora tenho de escrever rapidamente porque Lorde Hawkeswell regressará em breve. Um conde não leva muito tempo para encontrar cabriolés, creio eu.

Ela mergulhou a pena na tinta. Tomara a liberdade de pedir ambas as coisas, assim como o papel, ao comerciante, em troca de algum dinheiro.

Escrevinhou algumas linhas para Daphne, pedindo-lhe para dar a Katherine uma cama durante uma noite ou pouco mais. Caberia a Daphne decidir se a sua hospitalidade se prolongaria para além disso.

Dobrou o bilhete e o entregou a Katherine.

– Lembra-se do que eu lhe disse, sobre como encontrar a Flores Mais Raras assim que tiver chegado a Cumberworth?

Katherine acenou com a cabeça. Verity inspirou profundamente e reuniu toda a força e audácia de que era capaz.

– Vou deixá-la aqui para se encontrar com Lorde Hawkeswell, Katherine. Ele irá colocá-la no cabriolé e você poderá iniciar sua viagem. Contudo, existe uma coisa que tenho de fazer agora e não posso esperar com você.

Katherine franziu o cenho.

– Não entendo.

– Diga a ele que o encontrarei aqui dentro em pouco. Ele irá tratá-la como o cavalheiro distinto que é, por isso não se preocupe com a reação dele à minha ausência.

Katherine pareceu cética e assustada. Verity agarrou-lhe com firmeza o pulso.

– Você vai se sair esplendidamente nesta viagem. Encontrou o caminho até aqui sozinha. Vai encontrar o caminho até Cumberworth. Que Deus a acompanhe, Katherine. Voltaremos a nos encontrar um dia, tenho certeza disso.

Depois de deixar Katherine no cabriolé, Hawkeswell esperou dez minutos pelo regresso de Verity. Quando ela não voltou, ele teve a certeza de que ela nunca mais o faria.

Desceu a rua a passos largos, espreitando as lojas, mas sabendo que ela não estaria em nenhuma delas. Ela escapulira. Mentiu descaradamente quando deu sua palavra e foi em busca do seu próprio transporte enquanto ele tinha ido tratar do cabriolé para a Srta. Johnson. Ele avisara que a seguiria e a encontraria, mas, na realidade, não fazia a menor ideia de para onde ela se dirigia.

Deu por si na orla da parte antiga da aldeia. Foi até a praia para ver a que distância estava o veleiro de Summerhays e se conseguia chamar a atenção dele.

Quando estava semicerrando os olhos por causa do reflexo da água, um barco de pesca entrou na enseada rasa. Movia-se na orla do seu campo de visão, mas atraiu finalmente a sua atenção.

Olhou fixamente para aquele barco. Estava se aproximando, não partindo com uma jovem mulher a bordo, mas isso o fez lembrar de que não eram só as estradas que ligavam aquela aldeia ao mundo.

Fora um idiota. Arrancara-lhe a promessa de que ela não alugaria uma carruagem, mas junto do mar, ela não precisaria fazê-lo. Ela podia de fato ter medo do mar, mas mostrava uma determinação capaz de superar isso, caso fosse necessário.

A cabeça dele voltou-se subitamente para a esquerda, aonde outros barcos de pesca se aglomeravam. Em seguida, avançou a grandes passos ao longo da praia nessa direção.

* * *

— Não pode se apressar? – pediu desesperadamente Verity.

– Ele deve estar chegando com a água, minha senhora. Não vai querer se ver sem ela. Estamos contando, à vontade, com seis horas, talvez mais, antes de voltarmos a pisar terra firme.

O estômago dela se embrulhou com a ideia de ficar à mercê do mar durante tanto tempo. Mesmo assim, bateu o pé, impaciente, enquanto o filho do pescador fazia rolar uma barrica para junto do barco e a içava para o seu interior. Ela nunca suspeitaria que era preciso tanto tempo para colocar um pequeno barco em marcha.

– Já estamos prontos – disse o homem, estendendo uma mão. – Se saltar para bordo agora, podemos soltar as amarras.

Ela entrou no barco desajeitadamente, mas, por fim, o homem e o filho começaram a retirar as cordas. O medo de ser apanhada transformou-se em júbilo por conseguir escapar. Manteve-se de costas para o mar para que seu pavor não estragasse a alegria que sentia.

A última corda se soltou. Ela viu as casas ficando cada vez menores à medida que eram levados pela corrente e mais água os rodeava. No preciso momento em que via diante de si imagens desconcertantes de uma onda enorme erguendo-se para engoli-la, reparou em um homem caminhando a passos largos na direção deles ao longo da praia.

Hawkeswell.

– Depressa – urgiu ela. – Darei uma libra a mais se levarem este barco para longe sem mais demora.

O filho começou a desfraldar uma vela.

Eles estavam talvez a cerca de cem metros de distância quando Hawkeswell reparou neles. Precipitou-se para o cais pequeno e gasto e deteve-se, com uma expressão furiosa. Ela sentiu a fúria dele a ondular na sua direção sobre a água.

Ele gritou para o barco regressar.

– Mas quem será aquele? – perguntou o filho.

O pai encolheu os ombros.

– Um cavalheiro, ao que parece. Conhece-o, minha senhora?

– Ele está a alguma distância e é difícil vê-lo contra o sol. Eu não lhe daria atenção, meu bom homem. Assim que estivermos fora do estuário, lembre-se de que quero ir para norte.

Hawkeswell gesticulou freneticamente para o barco regressar. Ela esperava que ele desistisse em breve.

– O que diz ele agora? – perguntou o filho.

O pai dele colocou a mão em concha por cima das orelhas.

– É difícil de entender. Parece... se... sequestro. – Ele sobressaltou-se, alerta. – Acho que está nos acusando de sequestro.

– Mas que disparate – disse Verity. – Fui eu que lhe pedi para me levar nesta travessia. É muito inconveniente que este desconhecido esteja tentando interferir em algo que não lhe diz absolutamente qualquer respeito.

Infelizmente, Hawkeswell conquistara a atenção do capitão. O homem foi até o fundo do barco e colocou a mão em forma de concha por cima da orelha de novo. Seja lá o que Hawkeswell estivesse gritando parecia o grasnido de uma ave qualquer aos ouvidos de Verity e ela recusou-se a acreditar que o pescador fosse capaz de compreendê-lo.

– Ele não para de gritar um nome, creio eu. Ponde Awksell? Londe Fawksell? – Voltou a pôr a mão em concha por cima da orelha e inclinou-se a favor da brisa. De repente, a mão caiu e ele voltou-se de olhos arregalados para o filho. – Acho que ele está dizendo que é o conde de Hawkeswell.

– Talvez ele queira velejar para norte também – disse o filho. – Seria bom levá-lo se for esse o caso.

O pai ficou a remoer isso. O filho parou de manejar a vela. Verity estava horrorizada.

– Se ele for mesmo o conde, coisa que eu acho muito improvável, ele teria o seu próprio veleiro – disse ela. – Não precisaria contratar os serviços deste barco para rumar a norte.

– Verdade, verdade – disse o pai, coçando o queixo. Olhou para a costa, onde Hawkeswell se erguia numa pose de poder aristocrático, de braços cruzados e pernas afastadas. – Mas parece mesmo um cavalheiro distinto. Podia muito bem ser um conde. Nunca vi um com os meus próprios olhos.

– Eu já – disse Verity. – Parecem muito mais distintos do que aquele homem.

– Lá está ele berrando outra vez – disse o filho. – Vou levar o barco um pouco mais para perto para ouvi-lo.

– Não – bradou Verity.

– Não vai levar mais do que um minuto ou dois. Se ele for um conde, não me parece bom virar as costas agora e irmos embora, não é? A minha mulher me arrancaria as orelhas se eu deixasse passar a oportunidade de fretar o barco a um lorde.

O barco começou a dar uma volta ampla enquanto o filho movia a vela. Verity sentiu-se nauseada quando viu que o barco pararia perigosamente perto de Hawkeswell.

A imagem dele tornou-se nítida à medida que eles se aproximavam. Um par de olhos azuis deixaram-na pregada no lugar.

– Foi sensato da sua parte voltar para trás – bradou ele ao capitão. – Se não o fizessem, teriam de prestar contas ao magistrado.

Os olhos do capitão abriram-se desmesuradamente com a ameaça.

– Por conta de quê?

– Preparavam-se para raptar minha mulher.

– Mas que diabo ele está dizendo? – O capitão voltou-se para ela em choque.

– O senhor não está me raptando. Se algum magistrado se envolvesse no assunto, o que eu duvido, porque ele está apenas lançando ameaças vãs, eu afirmaria sob juramento que contratei os serviços deste barco e...

– Se eu disser que se trata de um rapto, é o que será – bradou Hawkeswell. – Devolvam essa senhora imediatamente ou terão de me prestar contas.

– Se regressar àquela costa, terão de prestar contas a *mim* – disse Verity.

O capitão coçou o queixo de novo. Retirou o chapéu e coçou a cabeça. Olhou para Hawkeswell e depois voltou-se acanhadamente para ela.

– Não quero me meter no meio de uma briga, se é que me entende, minha senhora. O melhor mesmo é voltarmos. – Fez um gesto na direção do filho e o barco rumou até Hawkeswell.

Verity sentiu-se fumegando de fúria todo o caminho de volta. Mais três minutos e... Era melhor não ter tentado do que ter o êxito arrancado das suas mãos daquela maneira. Além disso, ela tinha se enchido de coragem para enfrentar o mar!

Hawkeswell já não exibia uma expressão furiosa quando, levados pela corrente, atingiram águas pouco profundas. Antes sorria muito graciosamente, como se estivesse recebendo um amigo de regresso da França num navio enfeitado para a realeza. Ela não se deixou enganar nem um pouco.

O barco deslizou para o cais pequeno e baixo. Hawkeswell caminhou vagarosamente até a ponta do barco.

– Estava colocando à prova sua bravura, minha querida? – Ele sorriu para o capitão. – Ela tem medo do mar. Mais cinco minutos na água e teria uma lunática aos gritos em suas mãos.

– Foi por um triz, então, meu senhor.

– Oh, certamente. Sim, de fato. – Ainda a sorrir sob olhos ardentes, ele fez um gesto na direção de Verity. – Não há necessidade de os cavalheiros acostarem. Venha cá, minha querida.

Ela obedeceu porque, na realidade, não tinha outro lugar para onde ir. Ele a agarrou pela cintura e, como se ela não pesasse absolutamente nada, içou-a por cima da amurada e depositou-a no cais ao lado dele. O barco começou a se afastar lentamente, outra vez levado pela corrente.

Hawkeswell baixou o olhar para ela, não muito contente. Ela devolveu o olhar, igualmente descontente.

– Espero que a tranquilize saber que a Srta. Johnson já partiu em segurança.

– Obrigada. Eu sabia que iria cuidar de tudo o que fosse preciso muito melhor do que eu.

– Da próxima vez que me prometer não escapulir e desaparecer, terei de redigir um documento como um advogado, abrangendo todas as contingências e modos de transporte.

Ele não parecia estar nem de longe tão zangado quanto ela esperava. Talvez levemente aborrecido, verdade seja dita. Mais pensativo do que irritado.

– Tem assim tão pouca fé em seus poderes de persuasão, Verity? – prosseguiu ele. – Nem sequer me deu uma chance para aceitar ou rejeitar a oferta da noite passada.

– Uma oportunidade rara se apresentou diante dos meus olhos e eu a agarrei. – Eles começaram a andar. – Visto que não parece estar muito zangado, posso ter esperanças de que tenha resolvido aceitar minha oferta?

– Estive considerando essa proposta a fundo. Pondo meu orgulho de lado. Foi por esse motivo que voltei à sua procura.

– Já tomou uma decisão?

– Não exatamente. Vamos caminhando de volta, enquanto eu pondero um pouco mais e tento aliviar minha irritação a respeito desta sua pequena aventura.

Ela o acompanhou de boa vontade até a rua principal e depois até o terraço. Verity não disse absolutamente nada, para que ele pudesse ponderar o quanto desejasse. Esperava sinceramente que a sua tentativa de fuga não tivesse feito com que ele mudasse de ideia para o pior. Ele não seria tão cruel, tão estúpido a ponto de mantê-la presa àquele casamento por conta disso. Ou seria?

Ela entregou-se a lembranças de casa, mal conseguindo conter o júbilo. Ele iria aceitar, com certeza. Ele aceitaria a sua proposta.

Percorreram novamente toda a extensão da aldeia, ao longo do terraço. Desceram até a praia assim que deixaram as lojas para trás. Estava um dia esplêndido e outros veleiros passeavam na água, com as velas infladas pela brisa suave.

Hawkeswell distinguiu Summerhays ainda lutando com os peixes no barco, a uma boa distância. Ele tinha pelo menos mais uma hora antes que o veleiro regressasse.

Se ele tivesse permanecido naquele veleiro, Verity estaria muitas milhas marítimas para lá da costa antes que alguém sequer se desse conta de que ela havia desaparecido. Ela estava se saindo bem em provar que era sinônimo de muito mais problemas do que qualquer homem precisava na vida.

– Vamos caminhar por este lado – sugeriu ele, conduzindo Verity para longe da extremidade ocidental da aldeia. Passearam ao longo da praia em direção a oeste. A brisa se embrenhava pela abertura estreita do seu vestido amarelo-pálido, fazendo com que ele se agitasse contra suas pernas e ancas e deixando-lhe o corpo mais visível do que ela se dava conta.

A aldeia se situava numa pequena enseada e o terreno se erguia um pouco junto ao seu extremo ocidental. Ele ajudou Verity a subir o penhasco e a colina e encontrou um lugar onde as rochas davam lugar a algumas ervas. O panorama era impressionante, com vista para toda a enseada e a costa em ambas as direções. Navios altos que rumavam ao estuário do rio Tâmisa podiam ser vistos no horizonte a sul.

– Quero falar com você a respeito da sua oferta – declarou ele, despindo a sobrecasaca e estendendo-a para que ela pudesse sentar. Aquele era um local absolutamente privado. O mundo jamais saberia o que seria dito e acordado, muito menos que, depois de ter vendido sua concordância a esse casamento por alguma prata, agora venderia um pouco de sua honra também.

Um homem melhor do que ele deixaria que ela partisse livremente e não aceitaria qualquer dinheiro como prêmio de consolação por ter perdido sua fortuna. Mas ele não podia se dar ao luxo de ser assim tão altruísta.

Ela instalou-se no seu casaco, sorrindo com otimismo acerca da conversa que se seguiria. Ela já vira sua resposta, sem dúvida.

A decisão estava provavelmente estampada em seu rosto. Os olhos dela reluziam com deleite diante do seu rápido sucesso.

Ele baixou o olhar sobre ela e uma memória surgiu de súbito de forma vívida em sua mente: a noite passada, a perna nua. Fora surpreendentemente difícil largar o pé dela. Havia sido extremamente difícil não beijar aquela perna nua, o joelho, a coxa e tudo o mais. Ele inspirou, voltou o olhar para o mar e conseguiu banir aquela perna dos seus pensamentos.

Sentou-se também. Ela tinha as pernas esticadas, como uma menininha, e os tornozelos estavam visíveis para lá da bainha amarelo-pálida. Reparou que ela precisava de sapatos novos.

– Tenho de saber uma coisa – disse ele. Eram o orgulho e a presunção que precisavam saber, nada mais. – Se eu concordar com o seu plano, pretende se casar com outra pessoa? Isto tudo é, no fundo, por causa de outro homem?

– Não existe nenhum homem à espera, se é a isso que se refere. Porém, posso vir a me casar, se encontrar o homem certo.

– Um que o seu pai aprovaria. Que seja um bom administrador do seu legado.

– Sim.

– Um homem como o Sr. Travis?

Ela riu e juntou as palmas das mãos.

– O Sr. Travis? Oh, céus! Não, não o Sr. Travis. Ora, o Sr. Travis é ainda mais velho do que você.

Ele podia ter se ofendido por ela se referir a ele como uma antiguidade se aquela boca não o tivesse cativado com a gargalhada e o sorriso. Em repouso, ela parecia pequena e elegantemente torneada, mas quando ela ria parecia maior, sensual e suculenta.

– Tenho apenas trinta e um anos, Verity. Embora seja dez anos mais velho, não estou exatamente pronto para bengalas e dentes falsos.

– Queria apenas salientar o fato de o Sr. Travis ser velho demais para mim. Não tenho qualquer intenção de me casar com ele. E mais, se me casar com alguém, o senhor continuará a ter o rendimento que prometi. Como eu disse, estabeleceremos isso antes que qualquer marido possa interferir e de forma que ninguém possa desfazer mais tarde. O meu pai dizia sempre que, na Inglaterra, tudo pode ser alcançado com o contrato certo.

– Bem, eu precisava saber.

– Imagino que sim. – Ela disse aquilo de forma benevolente, como se compreendesse a mente de um homem e o motivo pelo qual ele precisava saber. – Estamos de acordo, Lorde Hawkeswell? Irá se juntar a mim na tentativa de reparar este mal?

– Ainda estou pensando a respeito – ele se ouviu dizendo.

Ele pretendera acabar com aquilo de forma rápida e dizer algo muito diferente, mas grande parte da sua atenção fora atraída subitamente por uma madeixa do cabelo dela que escapara do chapéu e roçava sua sobrancelha. Aquela única madeixa e a forma como tocava como uma pena a pele alva lhe pareceu insuportavelmente erótica por alguma razão. Ele estava enlouquecendo.

– Talvez deva tentar me persuadir.

– Persuadi-lo?

– Com um beijo. Se eu concordar, você provavelmente vai dizer que os beijos acabaram, junto com meus direitos de posse em relação a você. Gostaria de receber um beijo seu, e um muito bom. Enquanto ainda estamos casados e antes que a nossa união seja oficialmente contestada.

Ele a estava provocando e ela sabia. A expressão exasperada dela não era tanto de repreensão quanto de diversão.

– Quer que eu o beije antes de me dizer qual é a sua decisão.

– Sim, mas não como na noite passada. Um beijo doce, não um beijinho de passarinho.

– Ainda será muito rápido, por mais doce que seja. Acho que está sendo tolo por se preocupar com beijos num momento desses. Seria mais prudente não nos beijarmos mais.

– Que mal pode haver nisso? Ninguém nos verá aqui.

Ela fitou-o, desconfiada.

– Só um. Nada mais.

– É claro. – Ele puxou a fita do chapéu dela. – Isto foi concebido para impedir qualquer tipo de beijo. É como as toucas usadas pelas freiras em França. Nunca será capaz de me beijar com isso. – Ele desatou o nó das fitas, retirou o chapéu e pousou-o ao lado de ambos na grama.

Ela parecia linda ao se voltar para ele, com a luz do sol do fim de tarde a iluminar-lhe o cabelo e o rosto. Ela reconsiderou a sua posição e se ergueu, apoiada nos joelhos. Parecia muito séria, como uma aluna resolvendo um problema aritmético complicado.

Ela baixou a cabeça. Os lábios tocaram os dele delicadamente, num beijo suave. Doce. Os lábios dela detiveram-se por um momento. A suavidade aveludada deixou-se ficar apenas um instante a mais, mas mesmo assim demorou mais do que era estritamente necessário e disse tudo o que ele queria saber.

Ele colocou uma mão em concha na nuca dela para que Verity não pudesse terminar o beijo depressa demais. Encorajou-a a se demorar mais alguns momentos. E depois, mais alguns ainda.

A razão para ter vindo até aquela pequena elevação isolada evaporou da sua mente. Só o sopro delicado daquele beijo lhe importava agora e o calor que dardejava através dele, destruindo sua resolução e boas intenções.

Ela tremia. Os lábios dela pulsavam suavemente contra os dele. Ele sentiu uma pressão ínfima contra a mão, como se ela tivesse pensado em afastar a cabeça.

Ele não podia permitir isso agora. Enlaçou-a com o outro braço e virou-a num movimento rápido, para que ficasse apoiada nos braços dele. Ela ergueu os olhos, surpresa, aturdida pela mudança de posição. Ele a beijou antes que ela pudesse falar.

E não o fez de forma doce. Ele estava além disso. Muito distante de seduções delicadas e jogos sutis. Ele tomou a boca de Verity com violência, desatando um desejo ardente que se acumulava há três dias.

A mão dela tocou-lhe o ombro e o braço. Sem oferecer resistência. Se ela pensara em fazer pressão com a mão e recusá-lo, esse pensamento nunca se materializou. A mão dela ficou somente ali apoiada, no braço que circundava e sustentava seu corpo.

Com vigor, fúria até, ele seduziu sua boca a se abrir para que ele pudesse saborear, explorar e possuir. Os arquejos e respirações dela revelavam o choque e a aceitação. O prazer derrotou as objeções.

Sim. Ele possuiu a boca de Verity cuidadosamente, arrancando-lhe gemidos vindos da garganta e contrações sinuosas do corpo. *Sim.* Ele a deitou e olhou diretamente para aqueles olhos azuis arregalados de espanto. *Sim.* Ele beijou-lhe o pescoço, o pulso e acariciou um dos lados do vestido amarelo enquanto sons encantadores de assombro feminino entoavam uma melodia hesitante de surpresa.

As formas dela pareceram-lhe pequenas sob sua mão. Quase frágeis. Ela não lutou contra o braço que a segurava à medida que ele se tornou mais ousado, tocando-lhe a anca e a coxa, avançando pela perna, descobrindo seu corpo e imaginando-o nu, debaixo dele, de joelhos dobrados e erguidos, voluntariamente abertos para ele, para suas mãos, sua boca e seu corpo...

As imagens o compeliram. O desejo se apoderou dele. Beijou o colo dela até a gola do vestido e depois mais abaixo até o seio. A mão dela deslocou-se para a cabeça dele, para detê-lo ou encorajá-lo, ele não sabia. Ele beijou o mamilo duro que fazia pressão contra o tecido fino e ela gritou de surpresa para a brisa que passava. Ele se ergueu e passou a palma da mão sobre o seio, observando enquanto puro abandono a tomava de assalto até os olhos dela reluzirem, cegos.

Ele deslizou a mão sob o corpo dela à procura das fitas do corpete do vestido. Os olhos dela se arregalaram ainda mais quando sentiu as fitas se soltarem. O seu olhar procurou o mundo. A sanidade tentou vir à tona. Ele beijou-a com suavidade e em seguida com violência, enquanto afastava a roupa de seus ombros e expunha-lhe os seios. Redondos e bonitos, os mamilos duros e escuros chamavam por ele. Baixou a cabeça e usou a língua para levá-la à loucura.

* * *

O choque colidiu com o prazer e o prazer colidiu com o choque e nenhum deles conseguiu sair vitorioso no meio da confusão. Ela observou, horrorizada e fascinada, e com uma ânsia dolorosa e assustadora, a cabeça escura descer e a respiração dele fazer-lhe cócegas nos seios.

Os dentes dele fecharam-se suavemente e uma flecha aguda de prazer a atingiu profundamente. A língua dele moveu-se com rapidez e ela pensou que ia morrer. Verity fechou os olhos. Aquilo era perverso. Escandaloso. Alguém podia vê-los ali em cima. Ela devia parar, pôr um fim naquilo, empurrá-lo para longe. Mas aquela boca e aquelas mãos a transformavam em uma cascata de sensações deliciosas demais para terminar.

Ele se ergueu, apoiando-se num braço, para observar a reação dela a suas carícias. Provocava-a deliberadamente, mas não com rudeza, e via as reações que ela não sabia como esconder.

– Gosta disto – disse ele. Não se tratava de uma pergunta. – E disto.

A cabeça dele baixou outra vez e a língua se moveu rapidamente para o outro seio, ao mesmo tempo que a mão continuou a devastá-la. As sensações amontoavam-se umas sobre as outras, deixando-a frenética e impaciente.

Ele beijou-lhe o ombro, o pescoço e a orelha.

– E disto.

Aquela mão acariciante dele deslizou ao longo da sua perna e depois subiu de novo sob a saia.

Uma sensação de alarme a sobressaltou. Ela não era ignorante. Sabia que corria perigo agora. O hálito e a boca de Hawkeswell aqueceram seu rosto e sua orelha.

– Posso não chegar a conhecê-la por completo, mas conhecerei isto, assim como você. Você é minha e isto é meu, e você não vai me impedir simplesmente porque não quer.

O toque quente dele já minava seu medo e suas objeções. A brisa nas pernas e as carícias na pele nua das coxas geravam um desespero no meio do prazer. Ele sugou-lhe o seio e uma ânsia dolorosa e profunda de prazer fluiu em sentido descendente, acumulando-se perto dos afagos quentes nas suas coxas.

Um toque. Um choque entontecedor que a fez querer implorar por mais. Em vez disso, a mão dele cobriu-lhe a parte mais íntima, num gesto delicado de proteção e posse, por breves instantes. Depois, não a tocou mais.

O prazer doloroso esmoreceu. O retesamento do estômago suavizou-se. Ela abriu os olhos. Ele estava olhando para ela. As emoções refletidas naqueles olhos pareciam sombrias, perigosas e irresolutas.

Subitamente, ela ficou espantada com sua própria nudez. Cobriu-se com os braços e se sentou para arrumar o vestido e a combinação. Mexeu às apalpadelas nas costas, sentindo o rosto ardendo. Ele se deitou, a cabeça por trás da dela, e Verity sentiu que ele atava as fitas do corpete.

O embaraço e a ira irromperam dela como um raio. Apoiou-se nos joelhos, deu meia-volta e desferiu um soco no ombro dele com tanta força quanto conseguiu.

– O senhor prometeu!

Ele apanhou-lhe a mão.

– Eu mantive a minha promessa. Você continua virgem.

– *Por um triz.*

– É ignorante demais para saber o que significa por um triz. Confie em mim, ainda falta muito para esse *triz*.

Ela ficou de pé atabalhoadamente e olhou para o mar. Não conseguiu encontrar o veleiro de Summerhays. Depois, reparou nele, amarrado ao cais.

– Temos de nos apressar. Eles já regressaram. – Olhou rapidamente em volta, horrorizada com a hipótese de Audrianna e Sebastian terem se encaminhado para ali, procurando-os.

Hawkeswell se levantou, sacudiu o casaco e o vestiu. Pegou o chapéu dela do chão. Ela o arrancou bruscamente das mãos.

– Atraiu-me até aqui porque disse que queria falar acerca da minha proposta – disse ela. – Estava mentindo? Tudo isso não passou de mais uma parte do seu longo jogo e do velho conluio?

A severidade dele não se atenuara. Ele ainda exibia a mesma expressão que tinha no rosto quando a acariciara. Os olhos azuis observavam-na atentamente, até demais. De repente, ele estava diante dela e aquele comando masculino que ele exsudava tomou-a de assalto.

Ele a puxou para um abraço e beijou-a de novo, com força. A sensualidade e familiaridade de todos aqueles toques estavam presentes no beijo.

– Não existe nenhum jogo. Nenhum conluio. Foi o mesmo que aconteceu com você e aquele maldito barco. Uma oportunidade rara se apresentou diante dos meus olhos e eu a agarrei – disse ele. Ergueu-lhe o queixo para poder olhar para ela, que foi forçada a retribuir o olhar. – Quanto à sua proposta...

Ela esperou, prendendo o fôlego, rezando para não ter se enganado antes ao ver a decisão que desejava, antes de ele se ter comportado daquela forma.

– Não – disse ele com ponderação.

– *Não?*

– Não.

Ela não queria acreditar nos seus ouvidos. Estivera tão certa, pela forma como ele falara, de que tinha aceitado a proposta!

– Por que não?

– Porque não, oras.

– Porque *não*? É essa a razão que tenho a honra de receber da sua parte? – Ela sentiu vontade de gritar. Aquilo tinha sido tudo um truque. Uma forma de levá-la até ali sozinha para que ele pudesse... pudesse...

Deu-lhe mais um soco e depois se libertou daquela mão, afastando-se a passos largos. Desceu a pequena elevação aos tropeções, recusando a ajuda dele, sem se importar com a possibilidade de cair ou parecer uma pateta desastrada.

Capítulo 9

Hawkeswell tentou se reconfortar com o fato de que fora mais ou menos honrado. Comportar-se assim tinha sido difícil e doloroso e ele tentou não se importar em demasia por Verity não se mostrar grata pelo sacrifício.

O seu corpo ficara ainda menos grato. Fez com que ele passasse por um inferno durante horas. A excitação nunca passava por completo porque, cada vez que olhava para ela, via lindos seios níveos de mamilos escuros e provocantes, além de uma mulher deslumbrada pela sua primeira amostra de prazer carnal.

Ela não falou com ele pelo resto do dia. Fingiu que ele não existia. A sensualidade inconclusa parecia suspensa entre ambos, como um nevoeiro cerrado que não parava de soprar na direção dele nos momentos mais inconvenientes, conduzindo a pensamentos inapropriados e a um ressurgimento da ereção, assim como a devaneios eróticos que provavelmente fariam com que ela descesse aquela árvore à noite e desaparecesse para sempre, caso tomasse conhecimento deles.

Por que não?

Porque não, oras.

Fora uma resposta insatisfatória e inadequada. Estúpida. Mas não havia mais nada a dizer.

Não podia explicar a ela que decidira que a desejava, e esse desejo havia vencido a decisão anterior. Ela jamais consideraria a satisfação de um desejo ardente, independentemente do quão irresistível fosse, uma razão boa o bastante para que ele lhe negasse a vida que desejava. No entanto, era tudo o que ele tinha.

Audrianna e Sebastian perceberam o desagrado de Verity. As tentativas corajosas de manter uma conversa leve não conseguiram dissipar em nada a expressão gélida dela.

Ela pediu licença e retirou-se cedo. Hawkeswell pediu licença também e foi até o terraço para fumar. Estava profundamente absorto nos próprios pensamentos quando a ponta incandescente de outro charuto apareceu ao seu lado e uma mão pousou um copo de *brandy* no muro do terraço à sua frente.

Ele e Summerhays ficaram ali fumando em silêncio, fitando os canteiros onde as flores balançavam ao sabor da brisa noturna. As flores brancas e amarelas tinham atraído a pouca luz que existia e pontilhavam a vastidão da noite como ramos pálidos adornando o vestido escuro de uma mulher.

– Pode me agradecer – disse Summerhays. – Audrianna avistou duas pessoas no alto da enseada e temeu que você estivesse aprontando. Insistiu em regressar de imediato, mas, maldição, as velas pareciam não conseguir apanhar a brisa corretamente para que isso fosse feito com rapidez.

– Obrigado.

– A sua noiva não parecia feliz, porém.

– Nem eu. Essa é a minha recompensa por tomar a atitude correta e permitir que o lugar e momento inadequados me inibissem. Se eu tivesse mostrado menos discrição, estaríamos ambos mais contentes. – Estava declarando uma ponderação que não possuía. Não fora a discrição que o reprimira, mas aquela maldita promessa feita na estufa em Cumberworth.

Summerhays soltou uma gargalhada abafada.

– Há tempo mais do que suficiente para ficarem contentes, suponho eu. Uma vida inteira.

– E eu pensando que a sua inépcia com o veleiro significava que eu tinha um aliado, afinal. Primeiro recomenda a sedução, agora insinua a sensatez da abstinência. Isso deve, sem dúvida, ser influência da sua mulher. Não faça esse ar tão indignado. Pode negar que foi ela que mandou você aqui? Ela está lá em cima, reconfortando a pobre Verity?

– Ela não faz a menor ideia do que foi que aconteceu. Quando viu Verity, partiu do princípio que os dois tinham tido apenas uma bela discussão.

– E tivemos, de fato, uma discussão. Uma breve discussão. Trocamos algumas palavras, nada mais. Mas, sim, creio que poderia chamar aquilo de uma discussão.

– É provável que a tempestade já tenha se acalmado amanhã de manhã.

– Talvez. – *Provavelmente não.* – Discussão ou não, creio que partiremos para Londres daqui a três dias.

Continuaram a soltar baforadas, a fumaça expelida por ambos serpenteando noite dentro. Summerhays teve a bondade de desviar a conversa para outros temas, distraindo Hawkeswell de pensamentos sobre discussões, insatisfações e das memórias vívidas do encantador despertar da paixão de Verity.

Verity passou o dia seguinte com Audrianna. Ao mesmo tempo que tentava se perdoar pelo comportamento chocante com Hawkeswell, estava igualmente preocupada por ter, com uma demonstração de fraqueza, perdido a guerra numa única batalha.

Tinha a certeza quase absoluta de que quando ele a conduzira até aquelas ervas, pretendia dizer algo muito diferente. Talvez, após uma noite bem dormida, ele reencontrasse a sensatez.

Aguardou esperançosamente por algum sinal de que o conde tivesse mudado de ideia. Mas ele não voltou a abordar o assunto. Tampouco se desculpou pelo que acontecera na colina.

Quando muito, falava e olhava para Verity com uma nova familiaridade, como se ao terem partilhado uma proximidade tão escandalosa, agora partilhassem também um segredo e uma compreensão mútuos. A presença dele se impunha sobre ela de formas invisíveis, mesmo quando ela tentava ignorá-lo. As memórias, físicas e visuais, insistiam em surgir em sua mente enquanto tentava prestar atenção ao tagarelar de Audrianna.

Naquela noite, quando pediu licença para se retirar, ele imitou-a. O coração subiu à garganta dela ao galgar as escadas com ele em seu encalço. Verity odiava o que a presença dele fazia com ela. Odiava as reações confusas de expectativa e receio.

No primeiro patamar, voltou-se para ele.

– Não tente me beijar esta noite. Não se atreva. Já teve beijos suficientes ontem e não lhe devo nada pelo dia de hoje.

– E você? Teve beijos suficientes ontem?

– Mais do que suficientes. Demasiados. – A forma como ele olhava para ela a deixava de pernas bambas. – E não gostei nada deles. Tudo aquilo foi muito desagradável. Não combinamos um com o outro também no que diz respeito a beijos. Eu o aconselharia a mudar de ideia em relação àquele *não*. Aconselharia-o seriamente a fazer isso.

Ele deu os dois passos que faltavam para ficar bem diante dela. Exibia um leve divertimento com os seus protestos.

– Combinamos perfeitamente um com o outro no que diz respeito a beijos e prazer, Verity. Isso deixará de assustá-la depois de algum tempo.

– Eu não estou assustada. E o senhor está errado. Eu detestei. Eu...

Ele pousou o dedo nos lábios dela, silenciando-a.

– Terei de provar que tenho razão esta noite? Está me desafiando a fazê-lo.

Os lábios dela latejaram sob aquele toque. O corpo inteiro fazia o mesmo, levado pela proximidade e o olhar atento. Cerrou os dentes para parar de reagir como uma boba.

– Volto a lembrá-lo de sua promessa – disse ela, depois de virar o rosto o suficiente para quebrar o contato.

– Eu não preciso de lembretes. Contudo, posso ter de passar a noite nos seus aposentos para me certificar de que não vai se aproveitar de outra oportunidade rara para escapulir.

A sugestão alarmou-a. E ela não acrditava que ele se contentaria em ficar sentado numa cadeira na sua sala de estar. O patife esperava mais uma vez fazer aquelas coisas que por pouco não lhe tiraram a virgindade.

Sensações que agora reconhecia percorreram-na com deleite perante essa ideia. Por mais tentadoras que fossem, sua suscetibilidade a deixava consternada.

Não podia se permitir reagir assim se quisesse algum restinho de orgulho quando se separassem de vez. Nunca seria capaz de convencê-lo a mudar de ideia se ele continuasse a beijá-la e a tocá-la daquela forma. E, mais tarde, quando ela acabasse se casando com o tipo certo de homem, não queria ter de explicar que este homem em particular tomara liberdades antes de concordar em libertá-la do vínculo que os unia.

– Não – disse ela. – Não o fará. O senhor sabe que, se dividirmos os mesmos aposentos, estará tentando o diabo e a sua honra é que irá sofrer as consequências.

Ele riu.

– Que atenciosa, Verity, preocupando-se com a minha honra!

– Preocupo-me tanto com isso que posso lhe prometer que não precisa ficar de guarda. Juro que estarei aqui quando a manhã chegar. Dita desta forma, a minha promessa abrange todas as oportunidades que possam surgir.

Aqueles olhos azuis ponderaram ao mesmo tempo que a provocavam. O azul tornou-se mais profundo. Ele exibiu um sorriso leve, de resignação. Desviou-se para o lado e com o braço apontou para as escadas.

– Assim seja. Mas agora corra, depressa, antes que eu conclua que o seu lindo rubor significa que na realidade espera que eu esteja diante dos seus aposentos em breve.

Verity não dormiu bem naquela noite. Hawkeswell não dissera que *não* estaria diante dos aposentos dela, de forma literal, por isso ela ficou procurando ruídos que indicassem a sua presença. O fato de sentir o rosto corando durante grande parte da noite não aumentou sua simpatia por ele e Verity se revirou na cama, agitada, perguntando-se como é que sairia daquela situação agora, aflita ao pensar que nunca o faria.

A situação a irritava, deixando-a insegura e cautelosa. Decidiu que precisava reivindicar alguma privacidade, mesmo em relação a Audrianna. Por isso, na manhã seguinte, levantou-se ao raiar do dia e colocou o vestido azul simples de musselina. Atou o avental e pôs um xale para se proteger do orvalho matinal. Depois desceu para o pátio.

Os jardineiros já estavam curvados sobre a terra em seus afazeres com enxadas e ancinhos, tesouras de poda e carrinhos de mão. Verity examinou a forma como eles podavam. Admirou a rica terra argilosa que o jardineiro-chefe empurrava num carrinho de mão, vinda de um campo que não fora cultivado no último ano.

Quase se esqueceu de Hawkeswell, daqueles beijos e de seu embaraço por ele tê-la visto quase nua, assim como das insinuações na noite passada de que ela, na realidade, queria voltar a se sentir assim. Por isso, quando todos os jardineiros olharam para o terraço e o jardineiro-chefe fez uma pequena reverência, ficou irritada ao encontrar Hawkeswell lá parado.

Ele parecia sombrio, sério e excessivamente interessado nela. As sensações do que se passara na encosta ressoaram em seu corpo como se ele o tivesse ordenado.

Ele fez um gesto para que se aproximasse. Despedindo-se do jardineiro, ela caminhou de volta toda a extensão do pátio e subiu as escadas até ao terraço.

– Acompanhe-me até a sala do desjejum – disse ele. – Audrianna e Sebastian estão lá e eu tenho notícias que eles devem ouvir.

Ela o seguiu para o interior da casa e fez a curva que conduzia à sala do desjejum com vista para o pátio, no piso inferior de uma das alas. Audrianna estava comendo e Lorde Sebastian se servia de algo dos pratos dispostos no grande aparador.

– Espero que sua tia não tenha adoecido – disse Lorde Sebastian a Hawkeswell assim que todos estavam sentados.

– Tem algum motivo para pensar isso? – perguntou Verity, surpresa.

– Um mensageiro especial chegou hoje de manhã a cavalo com uma carta para Lorde Hawkeswell – explicou Audrianna.

– A minha tia está com boa saúde, até onde sei. Estas notícias são de uma natureza completamente diferente. – Ele retirou a carta do casaco e pousou-a na mesa. – É de um procurador de Londres. Sr. Thornapple.

– O Sr. Thornapple? O administrador dos meus bens?

– Ele enviou a carta para Surrey e depois soube que eu estava aqui. – Desdobrou a carta e percorreu com os olhos o conteúdo. – Escreve para me informar que teve êxito na obtenção da abertura de um novo inquérito a respeito da provável morte de Lady Hawkeswell, de nascimento Verity Thompson. Será levado a cabo pelo juiz de instrução de Surrey amanhã, na casa deste. É um primeiro passo e uma solução incompleta, mas nos colocará em boa posição para uma apelação nos tribunais superiores. Ele se preparava para viajar até Surrey assim que enviasse esta carta. – Pousando a carta, concluiu: – Temos de ir para lá imediatamente, é claro.

– Terá de levar a carruagem de duas parelhas. Vou lhe passar os nomes das estalagens de mala-posta onde as nossas mudas são mantidas – disse Lorde Sebastian. – Se o tempo se mantiver, devem chegar lá por volta do meio-dia de amanhã.

Verity assistia, consternada, aos planos que faziam. O pânico palpitava dentro dela. Sentia como se ela mesma estivesse conduzindo uma parelha de cavalos e tivesse perdido subitamente o controle das rédeas.

– E se não corrermos para Surrey? – disse bruscamente Verity. A pergunta dela interrompeu algum conselho que Lorde Sebastian estava dando a Hawkeswell. Todos olharam para ela.

– E se o mensageiro não tivesse encontrado esta casa? E se estivéssemos a mais de um dia de viagem de Surrey?

– Em outras palavras, e se na realidade for declarada morta? – perguntou Hawkeswell. – Nesse caso, teríamos de explicar o erro quando regressássemos ao condado. Será menos complicado se uma resolução judicial errônea não for efetivamente formalizada.

– Bom, eu acho que se uma pessoa é declarada morta, ela devia ter o direito de permanecer assim durante algumas semanas, se for o seu desejo – murmurou ela por entre os dentes.

Deparando-se apenas com rostos perplexos a sua volta, ela admitiu:

– Mas, é claro, isso não é possível. Temos de garantir que não seja cometido um erro. Estarei em meus aposentos me preparando.

Ela se retirou para se aprontar para a viagem. Precisava também se preparar para as implicações de deixar aquela casa.

O acordo estabelecido na estufa de Daphne terminaria assim que a carruagem abandonasse aquela propriedade. Assim como as promessas. No futuro, teria de contar apenas com seus próprios recursos para manter Hawkeswell à distância.

Susan conseguiu embalar a maior parte das roupas de Verity em dez minutos. Verity agradeceu pelo serviço, deu-lhe algumas das moedas que tinham sobrado das quinze libras de Hawkeswell e despediu-se dela. A seguir, enfiou seus artigos pessoais, as escovas, a água de violetas e dois pentes na pequena mala de viagem.

A porta se abriu e Hawkeswell entrou.

Ela apontou para a mala.

– Estou pronta.

Ele olhou para a pequena mala de viagem e em seguida para ela.

– Está infeliz.

– Pensei que íamos ficar mais tempo. Pensei... – Ela pegou no chapéu e voltou-se para o espelho.

– Pensou que teria mais tempo para me convencer do seu plano – disse ele.

– Acho que devia me dar os dias que devíamos passar aqui em Surrey.

– Quer seja um dia ou trinta, não terá importância, Verity. Eu não quero mais deixá-la ir.

Não quero mais. O coração de Verity afundou em seu peito. Aqueles beijos na colina tinham, de fato, feito com que mudasse de ideia. Ele iria obrigá-la a manter o casamento por causa de um prazer breve e de um desejo passageiro.

Ela fitou-o de relance e depois regressou à tarefa de atar as fitas do chapéu. Estava à beira das lágrimas.

Sua situação seria muito mais difícil agora. Esperara estar em casa quando o mundo descobrisse que estava viva e gozando de boa saúde. Planejara utilizar os meses enquanto requeria a anulação supervisionando o legado do pai, descobrindo o que acontecera com Michael e assegurando-se do bem-estar de Katy. A sua simples presença perto da fundição já iria ajudar e queria controlar o tratamento que Bertram dava àquela boa gente.

– Perdoe a minha emoção. – Ela limpou os olhos. – Terei de viver entre estranhos agora, pessoas que não têm qualquer razão para serem amáveis comigo.

– Teme demasiado o futuro. As coisas não serão assim.

– Lorde Hawkeswell, será democrático a ponto de me permitir viajar até à minha terra natal para visitar as pessoas que conheço?

– Não vejo porque não.

– Com que frequência?

– Pode ir com tanta frequência quanta me for conveniente levá-la até lá.

– Por que é que eu acho que raramente achará um momento conveniente?

Ele não se mostrou irritado. Quando muito, sua expressão parecia solidária.

– Porque se vê obrigada a pensar o pior de mim. Se não o fizesse, nunca seria capaz de mentir a si mesma.

Aquelas palavras apanharam-na de surpresa. Desviou o rosto do espelho para o encarar.

– Eu não minto para mim mesma.

– Passou os últimos dois dias fazendo isso, creio eu. Esteve dizendo a si mesma que ainda é capaz de me convencer a querer me ver livre de você. Que aceitar esta união é sinônimo de uma vitória para o seu primo e de uma derrota para você, quando não precisa ser assim.

– Eu posso ainda estar zangada com o meu primo, mas as minhas obrigações para com ele e a autoridade dele sobre mim terminaram, independentemente do que acontecer, portanto essa ira deixou de ter importância.

– Nesse caso, terei de partir do princípio que a ira que persiste dentro de você é dirigida *a mim*, por ter feito parte da maquinação de Bertram, e também não deseja me conceder a vitória.

– Eu não quero dar a vitória à maquinação. *Nem preciso fazê-lo*. O senhor fingiu compreender, mas não passou de mais um plano para obter o que queria e para me fazer baixar a guarda.

Ele exibiu um meio sorriso.

– Ah, anda *mesmo* mentindo para si mesma. Não só continua afirmando que não gostou de sentir prazer, o que é uma mentira flagrante, como agora diz a si mesma que eu a importunei naquela colina, como parte da grande trama.

Ela lançou-lhe um olhar furioso.

– Examinou cuidadosamente as suas memórias antes de concluir isso, Verity? Enquanto julgava o meu comportamento vil, reviveu o prazer da minha boca no seu seio e da minha boca no seu...

– Certamente que não! – Ela enrubesceu. – Você é um patife. Mas eu sei qual é o seu jogo. – Agarrando bruscamente a mala de viagem, dirigiu-se a passos largos para a porta.

– Pode pensar que sou um patife, Verity, mas também sou seu marido. E se existe algum jogo entre nós, eu já o ganhei.

Capítulo 10

— Isso não deveria ser decidido por um juiz dos tribunais superiores, Sr. Thornapple? Eu concordei com um novo inquérito porque o desaparecimento ocorreu neste condado, mas visto que não existe corpo, minha função não está muito clara neste caso.

– Não existe regulamentação para casos deste tipo, *sir*, devido à natureza rara da situação. Começarei por Vossa Excelência hoje e em seguida levarei sua resolução à devida instância do tribunal superior de Londres para uma declaração oficial de óbito. Como Vossa Excelência disse, as circunstâncias se iniciaram aqui e um inquérito local é um ponto de partida tão bom como qualquer outro.

Verity ouviu esta troca de palavras quando a porta da biblioteca se abriu. O inquérito estava em curso.

Hawkeswell deteve-se na soleira da porta. Ela o observou esquadrinhando o grupo presente ao processo.

– Existe, como sabe, uma presunção de continuidade de vida quando uma pessoa desaparece – disse o juiz de instrução. – Por isso a tradição de esperar sete anos.

Ela esperara ver um fidalgo rural de meia-idade nas funções de juiz de instrução do condado, não um homem elegante que não podia ter mais que trinta anos. A propriedade onde se encontravam era muito boa e a biblioteca, onde ocorria a reunião, possuía mobiliário de bom gosto e bonitas encadernações.

O Sr. Thornapple exibia, por sua vez, uma presença distinta, com seu cabelo branco e apresentação impecável. Um procurador de origens humildes, ele tinha sido um dos poucos homens em que seu pai confiara plenamente.

Sr. Thornapple pigarreou.

– O ponto de vista legal que se aplica aqui é o equilíbrio das probabilidades e este nega a presunção à qual se refere. Se um navio afundar, não existe a presunção da continuidade de vida da tripulação que desaparece. Não existe uma espera de sete anos para que o destino de seus bens seja resolvido. As probabilidades dizem que a tripulação se afogou. A noiva de Lorde Hawkeswell desapareceu e as provas de seu falecimento no rio Tâmisa se acumularam. Ademais, se ela ainda estivesse viva, com certeza já teria revelado sua existência a esta altura. Que outra escolha teria, a não ser que desejasse morrer de fome? Além disso...

– Tenho de interrompê-lo, *sir* – disse o juiz de instrução. – Vejo que Lorde Hawkeswell chegou. Junte-se a nós, Lorde Hawkeswell, visto que este inquérito está sendo realizado tanto a seu pedido como do Sr. Thornapple.

Várias cabeças se voltaram para a porta junto à qual os dois se encontravam. Verity não viu Bertram ou Nancy e a tensão nauseante no estômago abrandou.

Uma mulher de cabelo escuro toda vestida de lilás exibiu um sorriso radioso a Hawkeswell. Verity reconheceu Colleen, a pessoa que apresentara Bertram a Hawkeswell, com o propósito de ajudar o primo a solucionar seus problemas financeiros.

Hawkeswell tomou o braço de Verity e escoltou-a na direção da escrivaninha onde estava sentado o juiz de instrução.

– Foi a meu pedido, mas terei de desistir dessa ação agora. Não existe qualquer necessidade de prosseguimento.

– Meu senhor, já está na hora de resolver isso – disse Thornapple num tom exasperado e confuso. – Foi o senhor mesmo que me incentivou a...

– O inquérito é desnecessário porque minha mulher foi finalmente encontrada viva e com boa saúde, como poderá ver. – Ele posicionou Verity com firmeza na frente do juiz de instrução. – Por favor, retire o chapéu, Verity.

Ela desatou as fitas e retirou-o. O Sr. Thornapple fitou-a de boca aberta e em seguida lançou a Hawkeswell um olhar extremamente severo.

– É esta a jovem, Sr. Thornapple? – perguntou o juiz de instrução. – Conhece-a pessoalmente?

– Sim, conheço. É ela mesma, Verity Thompson, herdeira dos bens de Joshua Thompson.

Uma onda de murmúrios e exclamações propagou-se às costas de Verity.

A expressão do Sr. Thornapple passou de espantada a zangada num pestanejar de olhos.

– Eu gostaria de saber onde é que ela esteve nestes dois anos. Manteve-a escondida, Lorde Hawkeswell? Não imagino como é que isso o beneficiaria, a não ser que achasse que esta revelação dramática seria divertida um dia.

– Não me beneficiaria de modo algum, como o senhor sabe melhor do que ninguém. Descobri o paradeiro dela por acidente, há menos de uma semana. Teria informado o senhor de imediato, mas não imaginei que fosse bem-sucedido no requerimento de um novo inquérito tão depressa.

– Felizmente, não depressa demais – refletiu o juiz de instrução. – Bastava que tivesse sido um dia antes e poderíamos ter concluído que o equilíbrio das probabilidades indicava que ela estava morta. – Ele examinou minuciosamente Verity, mas não de forma demasiado crítica. Parecia fascinado com a evolução do caso e nada pesaroso pelo fato de ser o anfitrião de um evento que seria o assunto de todas as conversas do condado ao cair da noite. – Onde esteve todo este tempo, Lady Hawkeswell?

– Em Middlesex.

– Então não pode ter passado despercebido a você o fato de ter-se presumido que estava morta – disparou de imediato o Sr. Thornapple.

– O que esteve fazendo em Middlesex? Como veio parar aqui? – perguntou o juiz de instrução.

– Isso é entre a minha mulher e eu – disse Hawkeswell. – Para a finalidade de hoje, é suficiente sua presença, viva e respirando, não concorda?

– Mais do que o suficiente. – O juiz não conseguia ocultar seu divertimento. – Eu diria que a sessão está perfeitamente encerrada. – Levantou-se e fez uma reverência a Verity. – Muito prazer em conhecê-la, minha senhora. Thornapple, deixe que lhe ofereça um pouco de *brandy* antes que tenha uma apoplexia. Lady Hawkeswell, permita-me que a apresente a alguns de seus vizinhos. Muitos estiveram em seu casamento, imagino, mas provavelmente já se esqueceu dos rostos deles a esta altura.

Ela ouviu corpos se mexendo atrás de si. O Sr. Thornapple posicionou-se bem à frente dela e de Hawkeswell.

– Conto com algumas respostas.

– No devido momento – disse Hawkeswell secamente. – Devemos regressar a Londres em breve.

A ira do Sr. Thornapple converteu-se em algo semelhante a preocupação. Ele fitou Verity atentamente.

– Existe algo que queira me dizer *agora*, Lady Hawkeswell?

Fugi porque não dei meu consentimento de livre vontade. Deveria dizê-lo, ali e agora? Faria alguma diferença?

Ela olhou em volta. Os vizinhos se demoravam, relutantes em abandonar um espetáculo que se revelara bem mais interessante do que esperavam quando foram até ali para passar o tempo. A maior parte dos olhos repousava nela e em Hawkeswell, mas o *brandy* do juiz de instrução estava sendo provado por vários homens que tinham decidido que a surpresa chocante exigia um fortalecimento dos sentidos.

– Agradeço-lhe por ter sido um administrador fiel dos meus bens nestes últimos anos – disse ela ao Sr. Thornapple. – Tive bons motivos para não revelar antes o fato de que continuava viva. Porém, como disse Lorde Hawkeswell, eu os revelarei no devido tempo. Não quero tornar este acontecimento mais teatral do que já é. Espero ansiosamente a oportunidade de visitá-lo em Londres muito em breve.

O acenar de cabeça do Sr. Thornapple transformou-se numa reverência. Ele se retirou.

Verity se preparou mentalmente e voltou-se para Hawkeswell. Ele escutara o que ela havia dito. A expressão dele parecia muito com aquela que exibira quando partiram de Airymont. *E se existe algum jogo, eu já o ganhei.* Porém, o preço pago fora bem alto. Os vizinhos a examinavam com curiosidade, mas os olhares que lançavam ao conde mostravam divertimento demais para o orgulho de um homem.

– Não é possível retirá-la daqui sem que os cumprimente antes – disse ele, indicando as pessoas entre eles e a porta da saída. – Vamos fazer isso rapidamente. Só Deus sabe a pouca vontade que sinto de continuar sendo o bobo da corte. – Ele conduziu-a para o meio das pessoas.

Bocas sorridentes. Olhos curiosos. Olhares zombeteiros dirigidos a Hawkeswell. Uma etiqueta escrupulosa em todos os casos e expressões de alívio cuidadosamente preparadas. Todos sabiam que existia uma história muito boa ali e estavam à espera de pelo menos um fragmento, recusando-se a dispersar como deveriam.

Colleen esperava na periferia do grupo e abraçou Verity quando, por fim, Hawkeswell chegou junto dela.

– Minha querida – bradou Colleen. – Que alívio vê-la e saber finalmente que o pior não aconteceu. Os Thompson sabem?

– Ainda não os informamos – disse Hawkeswell. – Talvez queira fazer isso por nós. Mas, por favor, desencoraje-os de virem para cá. Verity não precisa receber a família tão cedo.

– Vou escrever a eles de imediato e serei firme a esse respeito. Não seria nada conveniente receber visitas de família agora, independentemente do entusiasmo que possam sentir. – Ela abraçou Verity de novo. – Espero, porém, que me permita visitá-la. Talvez eu pudesse lhe ser útil quando for assumir seus deveres em Greenlay Park.

Ela parecia sincera e Verity não se empolgava com a perspectiva de governar a propriedade de Hawkeswell sem aconselhamento. Não conhecera bem Colleen; apenas sabia que era prima de Hawkeswell e a pessoa que o apresentara a Bertram. Suspeitava que a generosidade de Colleen na relação de amizade que estabelecera com Bertram e Nancy fora explorada por ambos mais do que esta bela senhora se dera conta.

– Por favor, visite-nos. Ficarei grata por seus conselhos.

– Mas não pelos da sua mãe – disse Hawkeswell, aceitando o chapéu e as luvas das mãos do mordomo. – Iremos visitá-la quando chegar o momento certo. Não quero a interferência dela agora.

Colleen reprimiu um sorriso irreverente que dizia que compreendia por que motivo alguém desejaria evitar a sua mãe.

Hawkeswell ajudou Verity a entrar na carruagem. Pela primeira vez naquela viagem, ele entrou depois dela. Verity percebeu o porquê. As pessoas presentes no inquérito tinham decidido partir naquele preciso momento também, de forma a conseguirem observar por mais uns instantes a condessa ressuscitada e o seu conde.

– Será que enviarão mensageiros para espalhar a notícia? – perguntou ela.

– À maneira deles, sim. – Consultou o relógio de bolso. – As cartas deles chegarão a Londres amanhã à tarde. Esperaremos pacientemente aqui por alguns dias antes de enfrentar a cidade. A maior parte da sociedade elegante já estará bem longe de Londres, é claro, por isso a maioria do falatório nunca chegará aos seus ouvidos.

– Ainda assim, existirão perguntas. O que pretende responder?

– Não faço a menor ideia.

Logo, não seria verdade. Ela podia ver que aquele pequeno drama o embaraçava. O humor do juiz de instrução e as suspeitas do Sr. Thornapple eram o de menos. Mas aqueles olhos curiosos, impacientes pelos detalhes, eram o prenúncio do que estava para vir.

Ele dificilmente admitiria que a sua noiva nunca consentira de livre vontade em se casar com ele e, por isso, fugira e se escondera durante dois anos até atingir a maioridade para ter direitos num tribunal de justiça. Por outro lado, não podia mentir e dizer que ela tinha perdido a memória, mesmo que ela concordasse com o estratagema. Talvez ele simplesmente não dissesse nada.

Ela observou a paisagem rural de Surrey enquanto avançavam. Não havia reparado em sua beleza a caminho da casa do juiz de instrução. Aliás, não vira absolutamente nada nos últimos dois dias sozinha com ele na carruagem. Toda a viagem fora passada num esforço de manter a compostura e de se preparar para o choque que a sua chegada criaria no inquérito.

Agora percebia que aquele condado possuía uma riqueza luxuriante. Uma paleta de verdes decorava a paisagem, com alguns pontos de marrom-escuro nos campos relevando uma terra boa para a agricultura. As flores brotavam por todo o lado em canteiros, mesmo nas casas mais humildes, e em manchas de cor onde flores silvestres se espraiavam ao longo de colinas suaves e na beira da estrada.

Passaram por uma pequena quinta abençoada com muitas destas flores, mas a exuberância do verão não conseguia ocultar as más condições da casa.

– Aquela família precisa de um telhado novo – observou ela.

– Não só de um telhado novo, como de um novo sobrado. Melhorias na irrigação iriam igualmente aumentar a produção da terra que eles trabalham. Infelizmente, o homem de quem arrendam a terra não tem sido capaz de ajudar, por mais que quisesse fazê-lo.

Ela percebeu pelo tom de voz tenso que ele era o homem em questão. Já se encontravam nas terras dele.

– Eles conseguem se sustentar, pelo menos?

– Com muito esforço e apenas porque não cobrei nada dois anos atrás, quando todas as colheitas não vingaram devido à falta de calor. – Um homem que caminhava pela estrada na direção da quinta acenou para a carruagem e Hawkeswell acenou de volta. – Conheço aquele agricultor desde sempre. A família dele vive aqui há quase tanto tempo quanto a minha, há gerações. Fui criado para vê-lo como uma responsabilidade e não como apenas um rendeiro. A prosperidade dele depende da minha tanto quanto depende do sol.

– Era assim também entre o meu pai e seus trabalhadores, mesmo que o vínculo não remontasse a gerações. Na cabeça dele, o bem-estar deles era sua responsabilidade. Ele sabia que outros proprietários de fábricas não acreditavam nisso, mas ele sim.

Hawkeswell sorriu com a referência dela à sua casa e ao seu passado.

– Parece que temos algo em comum, afinal.

Verity preferia que não fosse esse o caso. Partira do princípio há dois anos que ele queria o seu dinheiro para viver em grande estilo, não para instalar um novo método de irrigação e construir telhados novos. Porém, algo além da oportunidade de satisfazer caprichos dispendiosos o levara a tal ato.

Mas isso não alterava o que tinha acontecido. Não tornava a situação dela mais correta ou justa. Simplesmente tornava mais difícil lhe atribuir a culpa.

– Verity, espero que não se importe que eu tenha pedido a Colleen para escrever ao seu primo – disse ele. – Pensei que seria melhor do que receber uma carta de um fantasma.

– Não me importo. Não tinha qualquer intenção de lhe escrever.

– Se não quiser escrever, posso fazer isso por você. Daqui a alguns dias, para que a surpresa seja bem assimilada primeiro.

– Como desejar.

– Ele provavelmente vai querer vê-la.

– É mais provável que ele queira ver *você*. Para se certificar de que o acordo, qualquer que tenha sido, ainda está de pé. Estou certa de que foram feitas promessas muito importantes para ele.

Não precisou olhar para Hawkeswell para saber que não gostara daquela referência. O desagrado dele a alcançou através do ar. Era estranha a forma como isso acontecia. Sentia os estados de espírito dele, mesmo que ele não fizesse nada para exprimi-los.

– Deviam se encontrar, Verity, caso ele vá até Londres, independentemente das verdadeiras razões para isso. Diz que ele não chorou a sua morte, mas na realidade não sabe. Ele é da sua família e será necessário algum tipo de reparação pelo que você fez. Um pedido de desculpas, no mínimo.

A repreensão dele a enfureceu tanto que mal conseguiu manter a compostura. Ela concentrou toda sua atenção naquele homem que se recusava a compreender exatamente quem devia desculpas a quem.

– Não vou me desculpar perante ele ou perante quem quer que seja. Se insiste num encontro, quero a sua promessa de que jamais ficarei sozinha com ele ou com sua mulher.

Ele achou a exigência interessante. Isso, ou a fúria dela o surpreendeu tanto que se esqueceu da dele. Ela não tinha escondido bem suas emoções com respeito a Bertram e sentia o tom duro e tenso da própria voz.

– Verity, decerto que não pretende...

– *Jamais*. Prometa-o ou Bertram chegará ao inferno antes que eu o cumprimente de novo.

De novo aquele olhar curioso e especulativo.

– Se é o que quer, eu prometo.

Ela mal se lembrava do aspecto de Greenlay Park, além do fato de ser uma casa intimidante de grandeza anciã e mobiliário antiquado. Estava triste e preocupada demais no dia do seu casamento para reparar em muito mais. Porém, desta vez, examinou-a atentamente à medida que se aproximavam.

A casa dominava a encosta pouco elevada, sem qualquer floresta a obstruir a vista por vários quilômetros ao redor. O maciço bloco principal da casa estava voltado para a alameda que conduzia até lá. As próprias pedras de que era feita a casa eram grandes e de uma tonalidade bastante suave; as longas janelas delimitando a fachada sugeriam muitos pisos, tetos altos e uma complexidade de aposentos que tinham feito com que ela se sentisse minúscula e eternamente perdida há dois anos.

Outros blocos ligavam-se ao primeiro, como uma série de acréscimos em forma de alas que se estendiam à direita e à esquerda. Clássica, mas ao antigo estilo francês, dissera Nancy ao vê-la. Ela se referia ao estilo da velha monarquia. O estilo dos aristocratas que tinham sido guilhotinados há menos de trinta anos, acontecimento que o pai dela aprovara.

Notou que o paisagismo que rodeava a casa num perímetro de cerca de quinhentos metros estava muito mal conservado. A determinada altura, a influência do Sr. Repton fora colocada em prática e ela podia distinguir os pontos onde a terra fora movida para criar elevações e declives artificiais e um canal fora escavado para serpentear de forma pitoresca através de taludes de flores silvestres e arbustos. A ausência de manutenção fazia com que os taludes tivessem regressado agora a um estado selvagem e as árvores tão engenhosamente colocadas perdido a sua forma.

Perguntou-se, enquanto a carruagem se detinha e Hawkeswell abria a porta, o que diria o seu pai se soubesse que a filha teria de viver num lugar como aquele.

Um homem idoso e uma mulher de meia-idade surgiram nas portas de entrada maciças. O homem apressou-se a ir ao encontro da carruagem, abotoando o casaco pelo caminho.

– Meu senhor. Não estávamos à espera... O mensageiro não disse que...

– É uma história muito longa, Krippin, e para um outro dia, talvez. Esta é a carruagem de Lorde Sebastian Summerhays e deve regressar a Essex sem demora. Encarregue-se do cocheiro e dos cavalos para que esteja pronta para partir amanhã.

– É claro, meu senhor. Sra. Bradley, por favor acompanhe a convidada do senhor.

A Sra.. Bradley deu um passo adiante ao mesmo tempo que Verity saía da carruagem.

– Recorda-se de Krippin e da Sra. Bradley, não é, minha querida? – Hawkeswell conduziu-a na direção de ambos. – A condessa voltou para casa, Krippin. Por favor, informe os criados.

A Sra. Bradley escondeu o choque, mas a boca de Krippin abriu-se de espanto durante um instante. No entanto, o treino de toda uma vida fez com que regressasse à postura formal.

– Irei com certeza dar-lhes a boa nova, senhor. Bem-vinda à casa, minha senhora.

Caminharam todos até a porta como se ela tivesse estado ausente uma mera quinzena em Londres. Lá dentro, dois lacaios foram chamados e incumbidos de transportar a bagagem.

– Gostaria de ir para os meus aposentos, Sra. Bradley – disse Verity antes que alguém pudesse sugerir outra coisa. – Quero descansar da viagem.

– Certamente, minha senhora.

A Sra. Bradley subiu as escadas ao lado dela. Ambas fingiram ignorar o fato de Verity não fazer ideia de como chegar aos seus aposentos ou a qualquer outro lugar naquela casa com exceção dos jardins.

Capítulo 11

O conde de Hawkeswell precisava de dinheiro. Verity não vira os indícios tão claramente há dois anos. Absorta pelas próprias preocupações, resignada em sua decisão, não tinha prestado atenção.

Agora vários pequenos sinais se juntavam aos que já notara nas quintas e no paisagismo ao redor da casa.

Havia poucos criados naquela casa imensa. Menos do que havia em Airymont. A Sra. Bradley prometeu mandar subir uma criada, mas ela duvidava que fosse uma criada pessoal propriamente dita.

O mobiliário também dava sinais de desgaste. As cortinas precisavam ser substituídas nas janelas altas viradas para o sul, onde o sol se mostrara implacável com o tecido. Também tinham sido feitos poucos esforços para melhorar as instalações sanitárias existentes. Em Airymont havia sanitários e até mesmo um novo aposento para o banho. Era evidente que naquela casa ainda se remediavam com penicos e banheiras portáteis.

Cada observação a deixava mais desencorajada. Cada uma delas significava um golpe fatal no seu plano. Suspeitava que o dinheiro do dote que fora negado ao conde até então continuaria fora de seu alcance durante qualquer petição.

Um montante considerável devia ter-lhe sido entregue após o casamento. Isso não acontecera, dissera ele. Talvez ela devesse prometer adiar quaisquer petições até que ele o recebesse. Teria de perguntar ao Sr. Thornapple se isso faria alguma diferença.

A Sra. Bradley a levou aos mesmos aposentos que lhe tinham sido oferecidos quando viera para o casamento. Só agora se dava conta de que alguém tinha investido ao menos naqueles aposentos. E recentemente. As cortinas eram novas, assim como o tecido do dossel em azul da Prússia. As poltronas exibiam estofos imaculados e a lareira ostentava pedras polidas.

Imaginou o conde ordenando a realização das obras há dois anos, para que a noiva não tivesse de sofrer as consequências do estado das suas finanças. Perguntou-se como é que ele pagara por tudo aquilo. Talvez tivesse contraído uma dívida.

Ele poderia ter deixado tudo como estava e ela nem perceberia. Não teria feito qualquer diferença. Quando alguém está em um estado de espírito sacrificial, não importa se o cadafalso onde será martirizado é novo e de boa qualidade.

– Todas as suas coisas estão aqui, é claro – disse a Sra. Bradley, conduzindo-a até o quarto de vestir e abrindo três armários e dois baús.

Verity tocou nos tecidos requintados. Esquecera-se completamente do guarda-roupa adquirido em Londres nos meses que antecederam o casamento. Nancy a arrastara de modista em modista, exigindo as melhores rendas e sedas. Tinham encomendado vestidos suficientes para Verity trocar de roupa quatro vezes por dia e mesmo assim não repetir nenhuma durante duas semanas. Nancy desfrutara muito mais da orgia de compras do que Verity.

Ela tirou vários vestidos dos armários, segurou-os contra o corpo e olhou para baixo. Vestira-se de forma bastante simples na Flores Mais Raras, mas não porque preferisse roupas mais humildes. Não se pode jardinar usando seu melhor vestido de musselina ou de seda. Tampouco ela podia permitir que Daphne desembolsasse muito dinheiro nos tecidos do seu vestuário.

Deu por si sorrindo diante de um vestido de passeio amarelo--limão de tafetá, vendo o caimento ao redor das pernas. Seria agradável usar roupas bonitas. Era um interesse feminino ao qual quase nunca se entregara, mas ali estava um guarda-roupa inteiro para ser explorado.

– Vou pedir para trazerem água – disse a Sra. Bradley, depois de desfazer a pequena mala de viagem, esvaziando-a dos poucos artigos que continha. – Depois, vamos deixá-la descansar, minha senhora. Normalmente, aqui obedecemos aos horários do campo; contudo, a cozinheira deve ter ficado surpresa com a chegada de Lorde Hawkeswell e o jantar estará pronto um pouco mais tarde do que o habitual, em resultado disso. Mandarei a criada daqui a duas horas para ajudá-la a se vestir.

Verity decidiu que seria prudente repousar antes de jantar. A ressurreição revelara ser um processo esgotante e ela precisava estar em sua melhor forma se pretendia enfrentar Hawkeswell durante o jantar.

Ele bateu de leve na porta. Quando ninguém respondeu, abriu. A pequena sala de estar de Verity estava vazia. Também não se ouvia qualquer som do quarto de vestir. Entrou no quarto de dormir. Uma penumbra artificial o envolveu: as cortinas estavam cerradas.

Ela dormia apenas de combinação e meias. A sombra tênue de uma sobrancelha franzida desfigurava sua expressão pacífica. Talvez ela sonhasse com algo perturbador. As pernas, encolhidas para cima enquanto ela repousava de lado, faziam com que a combinação subisse o suficiente para que a coxa e a anca esquerdas ficassem descobertas.

A forma encantadora daquela anca e da coxa e a curva suave do corpo naquela posição cativaram-no. Num outro dia, em breve, ele cederia ao ímpeto de se juntar a ela e acariciar aquela forma suave e graciosa. Naquele dia preferia não deixar a excitação levar a melhor, tal como havia aprendido a controlar o seu mau gênio.

Pousou uma pequena caixa na cama ao lado dela, perto de seu rosto e abriu-a. As pérolas no interior reluziram na luz suave do fundo de veludo azul.

Estivera perto de vendê-las várias vezes ao longo dos últimos dois anos, embora fossem uma herança de família. Uma condessa de Hawkeswell as recebera de presente há dois séculos, das mãos de um amante real, dizia a lenda. Perfeitas e inestimáveis, elas ajudariam a retardar o declínio daquela casa.

Ele estava bastante seguro de que não fora sentimentalidade o que o impedira. Já não tinha certeza se as pérolas ainda lhe pertenciam para que pudesse vendê-las, uma vez que as oferecera a Verity como presente de casamento.

Olhou para o bilhete que tinha escrito, decidiu não deixá-lo ali e esgueirou-se silenciosamente pela porta.

O nariz dela bateu num objeto ao se virar na cama. A sensação a despertou. Acordou com uma deliciosa sensação de leveza e começou a ganhar consciência de si própria e daquilo que a rodeava.

Abriu os olhos. Algo estranho bloqueava a sua visão. Ergueu-se com a ajuda de um braço e examinou-a.

Uma bela caixa de madeira, perfeitamente trabalhada e forrada a veludo, repousava sobre a cama. Estava aberta, exibindo vários fios de pequenas esferas cor de creme, que contrastavam em textura e cor com o fundo.

As pérolas.

Um criado as entregara enquanto ela se vestia para o casamento há dois anos. Nancy ficara arrebatada pela sua beleza e valor e insistira para que Verity as usasse na cerimônia. E ela as havia usado, tal como fizera todo o resto exigido dela naquele dia. Mas sua beleza e raridade não tinham alterado em nada o estado de espírito de Verity, nem a tornaram mais feliz.

O colar também tinha sido a primeira coisa que retirara após a receção do casamento, pois receava quebrar um dos fios. Uma memória nítida a assaltou, uma das mais nítidas daquele dia, de Nancy se aproximandono momento em que ela pousava as pérolas na mesa ao lado.

Existem algumas coisas que devo lhe dizer agora. Foi assim que Nancy deu início àquela conversa que provocara a sua fúria e fuga.

Pegou as pérolas. Nenhum criado as deixaria assim, em seu travesseiro. Hawkeswell tinha estado ali.

Devolvera-lhe o presente de casamento para que ficasse com elas como se nunca tivesse abandonado sua casa naquele dia. Ele esperava que as usasse à noite, tinha certeza absoluta disso. Sentiria-se insultado se ela não o fizesse.

O colar deslizou pela sua mão até o braço. Pérolas sempre tinham um toque inigualável em termos de peso, aspecto e luxo discreto. Aquelas, em particular, valiam provavelmente uma fortuna.

Iria se deleitar com a beleza delas durante o jantar. Porém, não lhe pertenciam.

Verity desceu para jantar transfigurada em uma visão. Hawkeswell não conseguiu desviar seus olhos quando ela entrou na sala de estar.

Não a vira usar nada além daqueles vestidos simples nos últimos dias. Até mesmo a memória do vestido de casamento fora obliterada pela musselina funcional e sem adornos.

Agora, um vestido de seda em um tom de rosa antigo bastante interessante a envolvia numa figura longilínea e vaporosa de elegância. A renda que decorava as mangas, a bainha e o decote contrastava lindamente com a cor e dotava o conjunto de uma frescura marcante.

Um xale suntuoso numa versão mais pálida da mesma cor cobria-lhe os braços, caindo numa curva profunda pelas costas. Diversos fios de pérolas rodeavam-lhe o pescoço e realçavam a elegância de sua aparência e o modo peculiar com que inclinava a cabeça numa interrogação muda.

Naquele preciso momento em que se juntou a ele, estava inclinada. Ela reparou no olhar de relance dirigido às pérolas e ergueu a mão, tocando-as por um instante. O olhar dela exibia um reconhecimento do que significavam e da forma como tinham reaparecido.

– A noite está amena. O jantar vai ser informal, no terraço – disse ele.

– Que agradável!

Ele também achava. Haveria tempo suficiente para as formalidades esmagadoras da sua nova posição mais tarde. Não tinham de fazer esta refeição numa sala para quarenta convidados.

Saíram até o terraço onde uma mesa tinha sido posta. Velas tremeluziam ao sabor da brisa tênue, refletindo nos talheres de prata e na louça de porcelana ainda visíveis no crepúsculo crescente. A refeição começou a chegar, mais elaborada nos pratos e sabores do que normalmente se servia ali. A Sra. Bradley e a cozinheira deviam ter decidido que o regresso da condessa exigia um pouco de celebração e que a frugalidade podia ser colocada de lado naquela noite.

Ela tentou divisar o jardim através do crepúsculo.

– Recordo-me dele maior. Mais extenso.

– A natureza se apoderou da metade mais distante. Foi a solução encontrada pelo jardineiro quando a maior parte de sua equipe foi dispensada. As ervas e árvores jovens o invadiram com uma velocidade estonteante. É uma visão um tanto desagradável.

– A manutenção de uma propriedade deste tipo deve ser dispendiosa.

– Aprendi que pouca coisa é realmente essencial. Se for necessário, podemos sacrificar belas paisagens.

– O jardim dos fundos ainda pode ser recuperado. Ou podia dar carta branca à natureza. Daqui a alguns anos, a transformação será completa e já não será uma visão desagradável.

Ela bebera todo o seu vinho e um criado serviu-lhe mais. Hawkeswell observou o copo de cristal subir até os lábios. A última luz do dia havia se extinguido e a boca de Verity parecia muito escura à luz das velas. Escura e erótica.

– Não existem árvores de grande dimensão nesse jardim – disse ele. – A luz é boa durante o ano todo. Em vez de reconstruir canteiros de flores ou de deixar a natureza fazer o seu trabalho, talvez fizesse mais sentido uma estufa.

– A manutenção exige muito trabalho. Se você dispensou empregados...

– A falta de serviçais nesta propriedade é um problema que será resolvido em breve.

– Nesse caso, uma estufa será um melhoramento. Forneceria flores frescas para a casa o ano inteiro. Se residir aqui na maior parte do ano, uma estufa quente também seria uma boa ideia. Assim, poderia cultivar mais frutas exóticas para a sua mesa.

– Que tamanho acha que devia ter?

Debateram o tamanho e ela descreveu os tipos disponíveis. Sabia bastante a respeito de estufas e entusiasmou-se com a conversa. Chegou ao ponto de soltar uma gargalhada, coisa que ele achara improvável naquela noite. Ela não reparou na forma como os criados se afastaram discretamente quando a refeição terminou para que ambos pudessem conversar sozinhos pela noite dentro.

– Não me parece que o nosso velho jardineiro seja um perito no cultivo em estufas – disse ele. – Teria de orientá-lo se fizéssemos isso. Ficaria a seu cargo, se assim o desejar.

A luz tornava os olhos azuis dela quase negros, expondo a expressão mais sutil de forma dramática. Naquele momento, ele viu hesitação e surpresa na forma como subitamente debatiam não a casa dele, mas a de ambos.

– Também há espaço para uma estufa na casa de Londres – disse ele. – Podia continuar suas experiências, independentemente do local onde residir.

Ela fitou-o direta e longamente. Depois olhou para todo lado, menos para ele. O olhar dela passou pela chama das velas, pelo jardim, pela parede, como se, ao ignorá-lo, pudesse ignorar o inevitável.

Por fim, ela olhou para o tampo da mesa.

– Preferia continuar com elas na Flores Mais Raras até tudo estar resolvido entre nós.

– Não.

– Então consinta que eu fique com Audrianna. A carruagem de Lorde Sebastian regressará a Essex amanhã, você disse. Imploro para que me autorize a partir com ela.

– Não.

Ela não perguntou porquê. Os seus olhos diziam que o sabia. Ela não era imune à intimidade daquela noite e ao estado de espírito tenso e estimulante que os rodeava, repleto de uma expectativa irresistível.

Verity olhou finalmente para ele.

– E se eu for mesmo assim, sem o seu consentimento?

– Sendo eu seu marido, não é do meu consentimento que precisa, mas da minha permissão.

– O senhor sabe que eu não aceito isso.

Ele inclinou-se sobre a mesa para lhe agarrar a mão.

– Continua a me desafiar para que eu seja mais duro com você do que quero ou preciso ser. – Levou a mão dela à boca e a beijou. – Este casamento aconteceu e chegou a hora de começar de verdade.

Ela libertou suavemente a mão e levantou-se. Ele fez o mesmo, não só devido à etiqueta, mas também em sinal de respeito. Ela não era uma mulher grande e ninguém a consideraria forte. Todavia, revelara-se mais determinada e obstinada em sua demanda peculiar do que ele julgara que qualquer mulher pudesse ser.

Ela virou-se para ele no meio da escuridão, inclinando a cabeça daquela forma memorável.

– Quando pretende que este casamento comece de verdade?

– Em breve.

– Presumo que irá me dar ao menos um aviso prévio?

Ele estendeu a mão e tocou nas pérolas.

– Já o fiz. – Em seguida fez o mesmo com as pontas dos dedos, deslizando-os lentamente sobre a pele sob o colar.

Ela fechou os olhos ao toque acariciante. Era inexperiente demais para saber o quanto revelava naquela reação ou na forma como o seu corpo se movia num estremecimento.

– E se... – Ela passou a língua pelos lábios. Não fazia ideia do quão sugestivo parecia aquele gesto. – E se eu recusar?

Ele não decidira o quanto em breve seria, mas diabos o carregassem se pretendia lhe dar tempo para abrir *aquela* frente de combate em sua guerrinha.

No espaço de segundos, o *em breve* se transformou num *muito em breve*, e este se transformou num *agora*.

Capítulo 12

Hawkeswell não respondeu à pergunta. Limitou-se a ficar ali parado, muito próximo, muito alto, muito sombrio. Quase se podia pensar que toda a sua concentração pousava na forma lenta e suave com que acariciava a pele dela sob o colar.

Ela tentou resistir às sensações. Era traiçoeira a forma como um pequeno toque conseguia criar riachos de prazer que desviavam sua atenção de tudo o mais.

Com exceção dele. Sua mera presença criava uma intimidade chocante. O seu corpo reagia como se não tivesse outra escolha. Sentiu um arrepio arrebatador de calor atravessá-la.

Seu corpo a traía horrivelmente. As sensações que vivera no topo da colina regressaram, embora ele mal a tocasse. Ceder àquelas sensações tornou-se um desejo irresistível, toldando todas as fortes razões pelas quais ela não deveria se permitir.

Uma recusa direta era impossível, mas ela conseguiu recuar para longe dele e daquele toque. Encontrou, dentro das fortes emoções que ela vivia, receio suficiente para isso.

Ele a acompanhou, passo a passo. Não a ameaçou. Simplesmente manteve-se próximo dela, impedindo-a de escapar ao seu poder silencioso.

O traseiro dela bateu contra o muro do terraço, impedindo-a de retroceder mais.

Verity colocou a mão no peito dele. A palma da mão fez pressão contra a seda do colete e os dedos pressionaram o linho fino da gravata. Seu gesto certamente não podia ter nenhum significado oculto.

Ela teve a impressão de vê-lo esboçar um sorriso no escuro. A mão dele veio pousar sobre a dela e fez ainda mais pressão, transformando o gesto numa espécie de carícia. O coração dele batia sob a palma da sua mão e, através dela, Verity sentiu a própria vida dele entrar nela a cada pulsação. Sentiu o calor do corpo e os músculos do peito dele.

Ele ergueu-lhe a mão e a beijou. Primeiro as costas e depois a palma. Beijos sedutores e suaves que aturdiram o braço dela. Beijos doces, repletos de ardor e perigo, muito confiantes na própria capacidade hipnótica. Agora o pulso; eram beijos de um calor sombrio, que obrigavam seu sangue a deslizar harmoniosamente pelas veias.

Mais próximo agora. Próximo demais. O corpo dele não fazia contato com o dela, mas provocava tremores como se fizesse. As palmas das mãos agora, quentes, secas e tão atraentes em sua firmeza masculina, seguraram a cabeça de Verity e a inclinaram para que pudesse olhar para ela.

Ela soube nesse momento, quando olhou para Hawkeswell e a luz do luar revelou sua paixão séria, que aquele não seria como os beijos do passado e que toda sua esperança de liberdade terminaria naquela noite.

Tentou evocar memórias de Michael para usar a culpa como um escudo. O rosto dele surgiu como um mero fantasma e seus beijos como brinquedos infantis, motivo para risadinhas tolas. Procurou, em desespero, outras evocações de proteção contra o poder dele, para impedi-lo com palavras ou atos. Mas ele a beijou enquanto a mente dela ainda corria a todo o vapor e certificou-se de que nenhum plano viesse à superfície.

Foi um beijo concebido para deslumbrar, armar uma cilada e dominar por completo. Um beijo ao qual ela não podia escapar. Não teve outra escolha senão submeter-se à exploração de sua boca, doce a princípio, depois profunda e, em seguida, penetrante, e tão possessiva que ela não conseguia respirar.

– Os criados – disse ela num arquejo, quando ele por fim terminou, deixando-a cambaleante. As suas primeiras palavras e ato de rebeldia e ela mal era capaz de levá-los adiante.

– Eles já se foram há muito. Estão bem longe, lá em cima ou lá em baixo. Eles têm juízo suficiente para não ficarem ao alcance da vista ou do ouvido. – Beijou-a de novo, suavemente, tão suavemente que ela se perguntou se teria interpretado mal as intenções dele. Em seguida, abraçou-a e ela soube que não se enganara.

Era tão difícil pensar quando a mente se esquecia de tudo exceto do prazer... A consciência de Verity saboreava as titilações do corpo, excluindo ideias mais racionais.

– Eu não quero... – O protesto mal conseguiu sair e se desvaneceu quando uma carícia roçou-lhe o seio e seu corpo gritou de deleite.

– Não quer isto? – perguntou ele, enquanto a boca imprimia calor e tentações em seu pescoço, orelhas e ombro. A mão dele agarrou-lhe o seio e o acariciou de novo. – Tem certeza? Ou está mentindo para si mesma de novo? Já vimos isso vezes demais hoje, não acha?

A mão dele fazia coisas perversas. Coisas deliciosas. Ela mal conseguia se manter de pé devido à forma como a sua força se dissolvia. O prazer a deixou aturdida várias vezes, privando-a de força de vontade, pensamento racional e protesto. Ela não queria aquilo, mas seu corpo queria e este certificou-se de que a sua voz falasse mais alto na discussão.

Não podia negá-lo. Não sabia como. O desejo abafava seu menor protesto. Ele encarregava-se disso. Mas, mesmo assim, ela sabia que ele a ouvira. Ele tinha ouvido e compreendido, mas estava garantindo que ela não esboçasse novos protestos.

Ela tentou uma vez mais formar as palavras e fugir do ato que a vincularia a Hawkeswell para sempre. Em vez disso, a sua mente capitulou e reconheceu que não existia vitória possível, independentemente das palavras; não naquele momento, nem mais tarde. O seu plano havia sido inútil e ela nunca quebraria aquele vínculo. Iria permitir que o prazer levasse a sua avante e deleitar-se no fato de se sentir tão viva que a sensação parecia algo fora deste mundo.

Ele apoderou-se da boca de Verity num beijo determinado e dominador e prendeu-a com os braços num abraço envolvente. Ela perdeu a frágil ligação à tábua de salvação de suas intenções, flutuando para longe num mar de sensações, ao encontro de uma névoa sedutora.

Já não mentia. Já não fingia mais. Agora estava faminta, querendo mais, não menos. O toque em seu seio já não a satisfazia, mas a enlouquecia. A proximidade já não lhe parecia suficiente. Fundiu-se nele, partilhando expirações, cheiros e sentidos mesclados. Ele também estava dentro da névoa – e agora ele era a própria névoa, rodeando-a, penetrando-a.

Ele a sentou no muro baixo do terraço e encheu-a de beijos febris enquanto suas mãos puxavam algo nas costas dela. Ela estremeceu quando seu vestido se soltou. Baixo e profundo, um grito pulsou, insinuando-se, quando ele baixou o corpete e a combinação e a expôs. Ela baixou o olhar para si mesma, para os seios cheios se erguendo à luz do luar sob as pérolas lustrosas, com os mamilos escuros muito duros e sensíveis.

Implorando agora, à espera, à espera. Observando as pontas dos dedos dele se aproximando, ofegante com a expectativa. E a seguir, uma tortura, uma doce tortura, e uma necessidade crescente e lancinante a preenchê-la, expulsando todo pensamento exceto uma insistência física frenética por mais, mais e mais.

A cabeça escura dele mergulhou e sua língua a banhou. Ela apoiou a cabeça dele contra si para que ele nunca mais parasse, para que as sensações a consumissem. A carícia se moveu para as pernas dela, deslizando sobre as meias e a liga, subindo mais ao encontro da pele. Ela separou as pernas para lhe dar acesso, para que o calor úmido dali pudesse ser aliviado, para que o desconforto pudesse ser mitigado. Aquela carícia, tão firme e segura, tão possessiva e determinada, subiu mais ainda, até tocar no próprio desconforto e enviar choques de prazer através dela até sua cabeça girar, girar, para além da esperança, no meio da loucura.

Flutuando agora, braços fortes carregando-a para longe. O terraço desapareceu e os muros desapareceram, mas a noite e as estrelas permaneceram. O odor de brincos-de-princesa e amores-perfeitos ao redor dela e pétalas úmidas e aveludadas na pele das suas costas, braços e seios.

Ele despiu-lhe o vestido e depois a combinação. Ela olhou para baixo, para a sua nudez no meio das flores, a pele, as meias e pérolas iluminadas no escuro. Ele se ajoelhou ao lado dela, livrando-se do casaco, puxando a gravata, olhando para ela com aqueles olhos azul-safira que a absorviam, dominavam, hipnotizavam. Ela esperou, esperou, com o corpo latejando, faminta por aquele prazer urgente.

Que ele lhe deu. Ele sabia como fazê-lo. Ah, sim, ele sabia bem como fazê-lo. Hawkeswell se juntou a ela nas flores e a fez gritar de verdade, com seus beijos, sua língua e suas mãos prometendo o êxtase. Ela deixou escapar um grito, incapaz de conter os choques de prazer. Agarrou-se a ele e gritou e gritou enquanto ele brincava com aquele centro quente entre as pernas dela e a atormentava com toques concebidos para devastar qualquer autodomínio.

Ele controlou o prazer e o desejo e ela já não tinha qualquer voz nesse assunto, qualquer escolha. O seu corpo não conseguia lhe negar nada e rejubilou quando ele se colocou por cima, muito embora ficasse alarmada por estar tão impotente sob aquela força. Ele afastou-lhe as pernas e continuou a fazê-la gemer repetidas vezes com carícias e beijos até fazer pressão contra ela, preenchendo-a lenta mas inexoravelmente, forçando os corpos de ambos a se juntarem. A névoa de intimidade tornou-se pesada e escura até a tempestade cair, inundando-lhe a alma.

O corpo dela continuou sentindo uma ânsia ardente, uma necessidade e um desejo, mesmo quando a dor e o choque dilacerantes a despertaram do seu estado de desorientação. Ela abriu os olhos para aquela forma escura sobre ela. Retesado, duro e tenso devido ao controle que exercia sobre si mesmo, ele moveu-se dentro dela, que sentiu a loucura dele prestes a rebentar, o desejo dele ansiando por mais e mais e para sempre e pela satisfação plena.

Tudo isso veio de forma intensa. Intensa o bastante para ser doloroso. O bastante para suscitar sensações renovadas de prazer nela também. Ela se submeteu a um crescendo de poder e tensão que se retesou, retesou e depois explodiu. Depois disso, houve subitamente silêncio, paz e as estrelas acima e as flores embaixo, e as inspirações profundas dele marcando a pulsação dentro dela e entre os dois.

— Temos de ir.

A voz dele estava baixa e calma. Próxima demais. Real demais.

– Vá você. Eu não quero ir ainda. – Ela estivera observando as estrelas, cheirando as flores e descobrindo a si mesma de novo. Esta última parte revelava-se difícil. Ele acabara de se certificar, no fim de contas, de que ela jamais pudesse encontrar totalmente o seu antigo eu de novo.

Chegou o momento de este casamento começar de verdade. Ele também se certificara disso. E ela permitira. Não tinha lutado ou protestado muito. Não o suficiente. Verity podia não se ter casado de livre vontade, mas não podia afirmar que o que fizera naquela noite não fora de livre vontade. Ele sabia que ela não queria, mas a seduzira até que quisesse, de qualquer maneira.

Ela havia traído mais do que a si mesma naquela noite. Traíra igualmente o pai, sua casa e as pessoas que eram importantes em sua vida. As implicações daquele ato impulsivo aguardavam-na do lado de fora da névoa que ainda a fazia se sentir sonolenta e sem energia.

Teria de enfrentar a totalidade de sua derrota em breve. No dia seguinte ou até mais cedo. Agora, nunca teria grande parte da vida que desejara. Perguntou-se se seria capaz de ter ao menos alguma parte de tudo o que sonhara.

Ele levantou-se e pegou os casacos. A camisa dele cintilou ao luar e sua figura se agigantou sobre ela.

– O chão está úmido e não é saudável ficar aí deitada. Venha comigo. – Ele estendeu-lhe a mão.

Ela agarrou as roupas contra o corpo e levantou-se. A sua nudez parecia ridícula e escandalosa. Teve dificuldade em enfiar os braços na combinação e no vestido sem se expor ao olhar dele novamente.

Ele a virou e arrumou-lhe o vestido. Depois, segurou sua mão e conduziu-a através do jardim de volta ao terraço. Ela olhou de relance para as janelas e pôs-se à escuta de alguma agitação no silêncio. Os criados teriam mesmo se afastado para os pisos superior e inferior? Sem dúvida que todos suspeitariam do que se passara, ainda que tivessem feito isso. Ela estivera ausente dois anos, afinal. O seu senhor estaria à espera do que lhe era devido.

Ficou contente por ele não falar nada enquanto subiam até seus aposentos. Era mais do que certo que ela não tinha nada a dizer. Porém, quando chegaram à porta dela, uma pequena raiva infiltrara-se nela, após parte do choque inicial passar.

Ele se inclinou para beijar seu rosto e ela o permitiu.

– Creio que o seu comportamento esta noite foi tudo, menos honrado – disse, para que ele não pensasse que ela não compreendia o que havia acontecido e porquê.

– Coloque a culpa nas pérolas. Elas pareciam tão encantadoras por cima dos seus seios nus, Verity. Você estava perigosamente provocante e eu perdi por completo o meu bom senso.

Beijou-a de novo e depois se encaminhou para a porta de seus aposentos. Ela abriu a dela e esgueirou-se para o interior.

Colocar a culpa nas pérolas. Que disparate.

Hawkeswell dormiu até tarde e acordou com uma sensação ditosa de satisfação. Pediu que preparassem um banho, deixou-se ficar dentro da água até esta esfriar, vestiu-se para um dia no campo e tomou o desjejum enquanto interrogava o lacaio que o servia sobre os acontecimentos no condado. Todo esse tempo, ponderava o que diria a Verity quando a visse.

Não achava que fosse necessário pedir desculpas. Afinal, ela era a sua mulher. Contudo, não tinha sido tão cuidadoso com ela como tinha pretendido. Que estranho, isso.

Normalmente, nos momentos de prazer, ele conseguia o controle necessário para se certificar que simultaneamente o dava. Mas diabos o levassem: não sabia se tinha dado prazer a Verity na noite passada. Os pormenores se perdiam no meio de memórias de uma fúria de desejo e um clímax sublime.

Infelizmente, suspeitava que a intensidade da sua experiência indicava que não tinha sido muito cuidadoso. Possuíra o corpo da esposa com violência e, embora tivesse pouca experiência com virgens, sabia que um ato violento não era a melhor forma de lidar com elas.

Quando o meio-dia passara há muito, ele se aproximou dos aposentos de Verity. Decidiu que aquele seria um bom momento para bater à porta. Esperou pela resposta com menos satisfação do que sentira ao acordar. Mais pormenores chegavam à sua memória. O suficiente para lhe dar motivos para suspeitar que um vento gélido pudesse soprar quando aquela porta se abrisse.

Ela não apareceu. Em seu lugar, veio uma criada, uma moça loira que tinha nas mãos o vestido da noite passada e uma agulha.

– A senhora não está aqui, *sir*. Saiu ainda antes de eu ter subido.

Verity também não estivera lá embaixo naquela manhã. Uma certeza chocante o sobressaltou. *Ela havia fugido de novo*. Ele tentara lhe impor uma derrota. Pior, a sedução tinha sido desastrada no final e ele a magoara. Fugindo, ela agora anunciava que jamais desistiria.

Lutando contra a aparição do seu mau-gênio junto a uma apreensão nauseante, ele desceu com passos largos e chamou Krippin e a Sra. Bradley. Andava incessantemente de um lado para o outro enquanto esperava e esboçou mentalmente a carta que enviaria a Summerhays e a missiva bem mais firme que escreveria a Daphne Joyes. Só quando Krippin e a Sra. Bradley se apressaram a entrar na biblioteca é que percebeu que estivera berrando por eles.

– Quero saber tudo a respeito dos movimentos da minha mulher esta manhã. Interroguem os criados, falem com os moços da estrebaria. Façam o que for preciso para descobrir para onde é que ela foi.

Krippin olhou de relance para a Sra. Bradley. A pobre senhora se encolheu.

– Meu senhor – arriscou-se a dizer Krippin. – Lady Hawkeswell acordou cedo, desceu, pediu chá e tomou-o na sala de estar matutina. Depois, saiu. Está no jardim agora. Acabei de vê-la. Creio que esteve lá todo este tempo.

O jardim. É claro.

Sentindo-se um tonto, e mais aliviado do que gostaria, Hawkeswell saiu a passos largos para o terraço.

Avistou-a lá no fundo, onde a natureza em estado selvagem tentava se apoderar de mais terra ainda. Usava o vestido azul de musselina e o chapéu de aba larga com que a vira pela primeira vez em Cumberworth. Ela inclinou-se e se ergueu, inclinou-se e se ergueu, enquanto ele a observava.

Ele desceu e caminhou na direção dela. O velho jardineiro estava aparando um buxo perto do terraço, junto a um canteiro cuja seção central de flores fora achatada. Qualquer um que olhasse para aquelas plantas esmagadas podia adivinhar o que havia se passado ali. Hawkeswell tinha certeza de poder enxergar as marcas distintas da cabeça, ombros e ancas de uma mulher.

– Este canteiro deveria ser arrancado, Saunders.

Saunders parou de aparar o arbusto e fez uma reverência.

– Eu estava me preparando para fazer isso esta manhã, meu senhor, mas a senhora saiu, viu o que eu ia fazer e me proibiu.

– Se cortarmos uma flor não faz diferença, mas se arrancarmos completamente uma planta nesta época do ano, isso pode matá-la, disse ela.

– Isso é verdade?

Saunders concordou com a cabeça.

– Ela disse que as pobres plantas não deviam sofrer por causa da falta de cuidado de algum tolo.

– Ela disse mais alguma coisa?

Saunders corou.

– Não me lembro. A minha memória já não é o que era, meu senhor.

Hawkeswell avançou pelo caminho até alcançar Verity. Ela inclinou-se e se ergueu mais uma vez e atirou uma planta em um balde ao seu lado.

Olharam um para o outro através da pequena porção de terreno abandonado. Algumas flores cresciam ali no meio das ervas selvagens, flores lilases com folhas ásperas e muitas pétalas, como pequenas margaridas púrpuras.

– Decidiu recuperar esta área? – perguntou ele.

– Acho que sim. – Ela retomou a sua tarefa.

– Saunders disse que não permitiu que ele arrancasse as flores que estragamos ontem à noite.

– Por favor, não presuma que foi por sentimentalismo.

– Não presumi.

– Não existe razão para matar aquelas plantas. Todos os criados já sabem o que aconteceu, seja como for. A Sra. Bradley manifestou uma preocupação excessiva com a minha saúde quando desci. Não parava de perguntar como eu me sentia esta manhã e se precisava de alguma coisa. – Arrancou mais uma erva daninha. – Eles estavam todos bem longe, em cima ou em baixo, de fato. O senhor tem as suas testemunhas, como desejava, creio eu.

– Estou certo de que eles não nos viram nem ouviram, Verity. Apenas presumem o que aconteceu. Foram dois anos, afinal de contas.

– Sem dúvida lamentam que eu o tenha forçado a viver como um monge durante tanto tempo. Aqui em Surrey, eles não sabem que o senhor praticou pouca abstinência todo este tempo. Eles não leem os jornais sensacionalistas de Londres e não estão a par de todas as suas amantes.

Ele quase disse que uma amante não era a mesma coisa que uma esposa. Que, como estava aprendendo, as duas eram muito diferentes e de muitas formas. O bom senso prevaleceu e ele não se aventurou por aí.

Ele sorriu.

– Que mais disse ao jardineiro? Ele afirmou que não se lembrava, mas estava apenas sendo discreto.

Ela puxou uma luva para fazer aparecer uma mão limpa. Usou-a para dar pancadinhas leves com um lencinho de mão nas gotas de suor que se formaram na nuca, como pérolas minúsculas.

– Eu disse que os indícios da noite passada eram tão evidentes que talvez devêssemos pendurar lá uma tabuleta e acabar com o assunto. Uma placa comemorativa. *Aqui se deitou Lady Hawkeswell quando o seu senhor a possuiu pela primeira vez.*

Ele não conseguiu perceber se ela estava zangada ou gracejando.

– E o que disse à Sra. Bradley quando esta foi amável demais e lhe perguntou como estava, Verity?

– Disse-lhe que tive alguma dificuldade em caminhar logo pela manhã, mas que estava passando.

– Não falou realmente nada disso. – A ideia deixou-o aterrado. – Não é?

Ela lançou outro amontoado de plantas e raízes no balde enquanto o fitava com um brilho travesso nos olhos, muito satisfeita com a reação dele.

– A minha gente é mais obscena do que a sua, Lorde Hawkeswell. Mas não, não falei realmente nenhuma dessas coisas.

Pelo menos, ela não estava zangada demais e conseguia até fazer piadinhas.

Ela continuou arrancando ervas daninhas. O silêncio imperava. Talvez um pedido de desculpas viesse a calhar, afinal.

– Não era minha intenção machucá-la, Verity. Se o fiz...

– Eu sei *exatamente* quais eram as suas intenções, meu senhor. As boas e as más.

E quanto menos se falasse sobre isso, melhor, percebeu ele. E não seria estúpido a ponto de lhe responder.

– Quanto ao fato de me machucar, fui prevenida para esperar isso. Na verdade, hoje estou caminhando perfeitamente bem. Agradeço a sua preocupação.

Ela inclinou-se, enroscou o braço em torno de outro caule alto e deu-lhe um puxão. Depois, sacudiu a terra e atirou a erva daninha no balde.

– O que está planejando cultivar neste pedaço do jardim? – perguntou ele.

– Bulbos. Irei plantá-los no outono para a próxima primavera.

– O jardineiro pode fazer os preparativos.

– Ele é velho demais. É um trabalho duro.

– Vamos contratar jardineiros mais jovens antes do outono.

– Quero fazê-lo sozinha. É bom ter um propósito.

Ele retirou o casaco e o estendeu no chão. Ela ficou paralisada. Meio inclinada, com a luva enrolada em volta de uma planta trepadeira, observava-o prudentemente.

Ele fizera a mesma coisa na noite passada, é claro, antes de tê-la possuído com violência no chão.

– Lady Hawkeswell, não precisa ser assim tão cautelosa. Seu senhor não planeja possuí-la de novo hoje, deitada no jardim. –

Ele inspecionou o canteiro repleto de plantas daninhas enquanto enrolava as mangas. – Quer isto tudo fora daqui? Esta arvorezinha também?

– Sim, tudo deve sair. Temos de começar de novo.

Ele inclinou-se ao lado dela, agarrou uma árvore jovem pelo caule e puxou.

Capítulo 13

Durante três dias os vizinhos curiosos se mantiveram à distância. No quarto dia, começaram a fazer visitas. Carruagens iam e vinham à tarde. As mulheres a examinavam e os cavalheiros sorriam indulgentemente. Os olhos cintilavam com mais curiosidade do que as bocas se atreviam a expressar.

Verity aprendeu a jardinar de manhã cedo para depois se limpar e vestir para a chegada deles. Às vezes, lia atentamente a sua pilha de recortes de jornais e reorganizava-os pelas datas dos acontecimentos em vez das datas da publicação. Escrevia também cartas enquanto esperava, para Audrianna em Essex e para as suas queridas amigas em As Flores Mais Raras.

Também recebia correio. Daphne escreveu para informá-la que Katherine havia chegado em segurança e ainda estava de visita na propriedade. Ela prosseguia, descrevendo a forma como quatro casas de Mayfair tinham pedido para firmar um acordo particular de fornecimento de flores e plantas em vaso. Audrianna também escreveu para anunciar que regressaria a Londres quando Verity fizesse o mesmo.

Porém, nenhuma carta chegara do norte. Audrianna não havia reencaminhado absolutamente nada. Verity tivera esperanças de que pelo menos o pastor a informasse que a carta que enviara havia sido recebida e lida a Katy. Escreveu ao Sr. Travis, mas ele também nunca respondeu ao seu pedido para descrever a situação das coisas na fundição. Não teve alternativa além de se preocupar com a possibilidade de as suas cartas não terem chegado aos destinos.

Frustrada e preocupada, escreveu, por fim, ao Sr. Thornapple, perguntando a respeito do Sr. Travis e da fundição e pedindo a sua ajuda para saber mais a respeito de alguns dos antigos amigos. No mínimo, esperava que o Sr. Thornapple descobrisse para ela se Michael Bowman ainda trabalhava lá, sustentando Katy e aperfeiçoando o seu ofício, ou se fora detido e julgado.

A resposta do Sr. Thornapple chegou a Surrey na sexta manhã. A carta dele a encorajou e desencorajou ao mesmo tempo. Depois de reassegurar que o Sr. Travis ainda desempenhava as suas funções, relembrou-a que os pormenores relativos ao negócio diziam respeito ao seu marido agora. Sugeria, de modo educado mas firme, que ela se dedicasse às suas responsabilidades domésticas.

Ficou claro que ela precisava ir para casa. Era a única forma de saber o que preacontecera. Teria de persuadir Hawkeswell a dar sua autorização. Irritava-a que o cumprimento de até mesmo uma parte tão pequena do seu plano tivesse de depender agora da sua permissão. Tivera esperanças de descobrir pelo menos algumas coisas por carta enquanto fazia os preparativos para a viagem, mas a sorte não estava do seu lado.

Estava guardando a carta do Sr. Thornapple quando uma carruagem muito requintada surgiu, subindo o caminho de entrada. Ela observou de uma janela da sala de estar uma mulher encantadora sair de dentro dela, uma visão de branco pontuada por uma única pluma vermelha no chapéu de palha. Colleen chegara e não viera sozinha. Uma mulher mais velha, no fim da meia-idade, esguia como um caniço em um conjunto azul da Prússia, também saiu da carruagem.

Verity mandou chamar Hawkeswell. Ele se enclausura no escritório com o administrador das terras. Ele ficara quase invisível naqueles últimos dias, ocupado com a propriedade. Saía cedo a cavalo e por vezes regressava tarde, com as botas cobertas de lama.

Ele juntou-se a ela um momento antes de as senhoras entrarem na sala de estar.

– Colleen – disse ele, em cumprimento. – Tia Julia, bem-vinda. Querida, esta é a Sra. Ackley, irmã de minha mãe.

– Também me deve tratar por tia Julia, minha querida. Eu a tratarei por Verity. A nossa família não se prende a formalidades.

Verity não tinha certeza se queria chamar aquela mulher de tia. O rosto estreito e enrugado exibia uma expressão de minuciosidade. Ela parecia ser uma versão mais magra, mais velha e menos amigável da filha, Colleen.

– Eu sei que você disse que nos visitaria em breve – disse Colleen depois que todos se sentaram. – Contudo, a Sra. Pounton disse que havia feito uma visita e que não fora a única a ser recebida, por isso não pude convencer mamãe a esperar mais.

– Foram essas mesmas visitas que retardaram a nossa, em conjunto com os meus deveres – disse Hawkeswell. – Pretendia enviar Verity até vocês amanhã, antes que alguém se intrometesse, tia Julia.

A Sra. Ackley aceitou a intenção como se ele não fizesse mais que sua obrigação. Tagarelaram um pouco acerca da Sra. Pounton e de algumas outras pessoas da região. Em seguida, a Sra. Ackley voltou sua atenção de forma contundente para Verity.

– Então, minha querida, onde esteve todo este tempo?

A pergunta, colocada tão francamente, sobressaltou todos na sala, com exceção da Sra. Ackley.

– Os outros não se atreveram a perguntar, e é claro que não podiam esperar que você fosse responder se o tivessem feito, mas confio que ambos contem com a minha discrição e satisfaçam minha curiosidade.

– Mamãe, por favor – disse Colleen, lançando a Hawkeswell de relance um olhar apologético.

– Tia Julia, tudo o que importa é que ela está aqui agora – respondeu ele. – Não permitirei que ela seja interrogada por ninguém, incluindo a senhora.

A tia recuou, mas os lábios franzidos mostravam o desagrado ante a censura dele. Colleen se apressou a perguntar que melhorias Verity planejava fazer em Greenlay Park.

– Estive visitando a casa de algumas amigas, Sra. Ackley – disse Verity. – Lorde Hawkeswell as conheceu e sabe que é verdade. Assim, como confiamos na sua discrição, pode confiar do mesmo modo na minha explicação.

Sra. Ackley pegou a deixa.

– Amigas, diz você.

– Sim. Amigas do sexo feminino.

– Que estranho ter prolongado tanto a sua visita.

– Suponho que sim – disse Verity. – Deixei-me levar por um impulso infantil.

– Espero que não haja mais nenhum desses impulsos, muito menos um que dure dois anos.

– Não conto com isso. Agora, talvez me possa aconselhar a respeito daquilo que a sua filha me pergunta. Que melhorias devo realizar nesta nobre casa?

Tia Julia tinha uma longa lista de melhorias a recomendar. Precisou de um quarto de hora para enumerá-las. Depois, passou para a casa de Londres de Hawkeswell e, por fim, para suas próprias propriedades.

– A minha casa em Londres está fechada já faz um ano, Hawkeswell. Deve me prometer que vamos reabri-la. Enviarei Colleen para a cidade quando o fizerem, para dar início à renovação.

– Falaremos a respeito disso, e da longa lista de despesas que aconselhou, outro dia, tia Julia. Tenho responsabilidades para com outros que estão passando bem mais necessidades do que qualquer pessoa presente nesta sala.

A tia não aceitou bem a reprimenda e voltou o olhar mordaz para a recém-chegada.

– É uma jovem muito sossegada, Verity. Uma pessoa chega a se esquecer de que está presente.

– Ela não pode participar numa conversa em torno da redecoração de uma casa que nunca viu, mamãe – disse Colleen.

– No papel de condessa, terá de aprender a entabular uma conversa mesmo quando não tiver nada de relevante a dizer. Caso contrário, ganhará a reputação de ser demasiado orgulhosa, Verity, e com o seu passado, isso não cairia nada bem na sociedade elegante. – Ofereceu-lhe uma expressão compreensiva. – Ser uma condessa a assusta, não é? Foi por isso que partiu. Não tema, minha querida. Colleen e eu vamos ajudá-la na medida do possível a estar à altura de sua posição, para que o meu sobrinho não fique mais embaraçado do que o inevitável.

– É muito amável.

– Sim, muito amável – disse Hawkeswell. – De forma exagerada até, motivo pelo qual teremos de declinar a sua generosa oferta. Tirar tempo de suas obrigações consideráveis para orientar Verity? Não, não poderei permitir isso. Duvido que alguma vez fique mais embaraçado do que o inevitável, por isso a instrução que tem em mente é desnecessária. Quanto ao silêncio de Verity durante sua visita de hoje, eu me mantive igualmente silencioso. Assim como Colleen. A sua eloquência sempre deixou os outros mudos e intimidados.

A surpresa da Sra. Ackley com este monólogo transformou-se numa vaga suspeita. Olhou atentamente para Hawkeswell, tentando determinar se havia um insulto oculto no meio de toda aquela verbosidade.

Colleen levantou-se.

– Temos de nos despedir agora. Venha, mamãe. Disse que queria fazer uma visita à Sra. Wheathill hoje e está ficando tarde.

Enquanto Hawkeswell acompanhava a tia ao átrio da entrada, Colleen conseguiu ter um momento a sós com Verity.

– Escrevi ao seu primo, tal como me foi pedido. A resposta chegou ontem. Os Thompson estão chocados, é claro, mas também radiantes. Vão viajar até Londres na próxima semana e têm esperanças de que também vá para a cidade, para que possam lhe fazer uma visita e exprimir o seu alívio e felicidade.

– Pretendo ir para a cidade em breve, por isso talvez possa de fato me encontrar com os Thompson.

– Deve me informa quando planejam partir. Juntarei-me a ambos e vou apresentá-la a alguns amigos meus que residem lá o ano inteiro. No verão, já não estarão lá tantos membros da sociedade elegante, mas talvez isso seja melhor neste seu regresso tão peculiar. Também nos dará tempo para planejar todos os projetos de decoração que pretendemos fazer. Vamos nos divertir muito.

Verity manteve-se evasiva, mas amável. Ela esperava que os planos de Colleen não ocupassem todos os dias da sua estadia. Havia outras coisas que precisava fazer naquele verão além de decorar e fazer visitas matutinas.

Naquela noite, eles jantaram no grande salão com a mesa de banquete colossal. A vasta superfície da mesa envernizada pareceu cômica a Verity, encolhendo os dois lugares colocados numa das extremidades. A chuva batia nas janelas num aguaceiro suave que começara uma hora antes da refeição.

Hawkeswell abordou o assunto da tia e da prima enquanto comiam faisão regado com um molho de carne.

– Nunca compreendi por que os familiares acham que uma relação de parentesco lhes permite serem grosseiros. Peço desculpas, Verity. Minha tia consegue ser difícil mesmo em seus melhores dias. O despeito por termos demorado a visitá-la para prestar nossas homenagens fez com que se esquecesse de seu lugar esta tarde.

– Não me parece que ela se tenha esquecido de seu lugar por completo. Fico contente que ela tenha falado como falou. Agora já está dito e não será necessário dizê-lo de novo. Falar o que se pensa, mesmo ao ponto da grosseria, evita mal-entendidos.

– Soube lidar com ela de forma esplêndida, independentemente da opinião dela.

– Não, você é que o fez. Se não a tivesse colocado em seu lugar, ela teria continuado lançando alfinetadas. Agradeço por ter me defendido. – Ficara sensibilizada naquele momento e a gratidão que expressava era sincera. Ele podia ter permitido que ela seguisse numa corda bamba, como um brinquedo para a diversão da tia.

– Creio que Colleen gostaria de ser uma boa amiga para você.

– Porque eu soube lidar com a mãe dela de forma esplêndida?

– Talvez. Talvez ela suspeite o que esteve por trás da sua ausência e sinta alguma responsabilidade.

Será que a oferta imediata de amizade por parte de Colleen seria uma forma de compensar um erro? Ela continuara parecendo uma aliada dos Thompson naquela tarde. Era mais provável que Colleen ainda não tivesse compreendido o caráter de Bertram e fosse ela própria um peão inocente.

– Ela escreveu ao meu primo conforme o prometido e recebeu uma resposta – disse ela. – Eles gostariam de me fazer uma visita em Londres.

– Prefere assim?

– Eu não quero recebê-los de jeito nenhum, seja aqui, seja em Londres. Mas, se tenho de fazê-lo, melhor que seja na cidade. Era o que faltava, ainda precisar recebê-los como hóspedes aqui.

– Nesse caso, iremos para Londres daqui a alguns dias. Eu preciso ir, de qualquer maneira. Tenho alguns assuntos a tratar.

– Presumo que vá fazer uma visita ao administrador dos meus bens, Sr. Thornapple.

– Sim. Existem papéis para assinar.

– Devo acompanhá-lo?

– Não será necessário.

É claro que não. Ela já não tinha qualquer voto no uso que seria dado a sua herança. Aos olhos da lei, ela deixara de existir. A carta do Sr. Thornapple praticamente dissera o mesmo de modo inequívoco.

A partir de agora, seu marido receberia o rendimento proveniente do negócio, juntamente ao que tivesse acumulado no fundo fiduciário onde esse dinheiro havia sido colocado desde a morte do pai. Aquele fundo fiduciário se extinguira com o casamento e iria tudo diretamente para o marido, sem qualquer desvio.

Ela pretendera se encontrar sozinha com o sr. Thornapple, em busca de conselhos para uma petição de anulação. Agora, já não havia qualquer razão para fazê-lo. Não podia afirmar uma ausência de consentimento em relação ao casamento, se consentira na consumação.

O que fizera. Por mais que tivesse tentado nos últimos cinco dias, não podia mentir a si mesma sobre o que acontecera naquela noite.

Ele a seduzira, evidentemente, mesmo sabendo que ela queria evitar a intimidade nupcial. Aproveitara-se da sua ignorância e inocência, mas não a forçara a fazer nada.

Aquela intimidade mudara a forma como ambos vinham se tratando naqueles últimos dias. Hawkeswell ostentava a confiança de um homem que havia posto um ponto final num assunto importante. Ela, por sua vez, sofria de uma desvantagem cada vez maior em relação a ele e a si própria, enquanto decidia como viver uma vida que nunca deveria ter tido.

– Elas dependem de você? – perguntou ela, voltando às visitantes. – Falaram como se esperassem que você fosse desembolsar uma boa soma de dinheiro agora.

– A minha mãe me pediu para cuidar de sua irmã, e é por isso que o faço. Tia Julia se casou com um oficial do exército e ele lhe deixou muito pouco. Mulheres podem ser bastante dispendiosas, por isso cumprir a minha promessa tem provocado algumas tensões.

– Tenho certeza de que fez tudo o que pôde. Elas pareciam estar muito bem; você provavelmente foi bastante generoso.

– Lamentei não ter sido capaz de aumentar a fortuna de Colleen. A herança dela é muito pequena. É uma sorte, suponho eu, que ela não tenha expressado qualquer desejo de se casar. Ela ainda chora a morte do noivo da sua juventude, que teve a infelicidade de morrer ao cair de um cavalo.

– Talvez agora um dote maior possa ser estabelecido e surjam jovens que lhe façam a corte, fazendo-a terminar o luto. Verei se consigo encorajá-la.

– Se fizesse isso, eu ficaria bastante feliz. Ela e eu temos sido muito próximos desde crianças e considero-a uma irmã.

– Nesse caso, farei o melhor para considerá-la como sua irmã, desde que não tenha de pensar na sua tia Julia como minha sogra.

– Céus, isso não.

A chuva fez com que o crepúsculo chegasse mais cedo e as sombras tivessem se avolumado na sala quando a refeição de ambos chegou ao fim. Verity levantou-se.

– Creio que vou me retirar para os meus aposentos e ficar ouvindo a chuva enquanto desfruto de um bom livro.

Ele agarrou sua mão para impeder-lhe a saída e fitou-a demoradamente. Avaliou o vestido de cor clara e o xale veneziano. O corpete e o pescoço que nunca mais usara as pérolas. Por fim, fitou-a nos olhos.

– Verity, em seu quarto de vestir existe uma porta que se abre para um corredor estreito. Já reparou nela?

– Sim. É uma pequena passagem sem nenhum propósito, mas tem uma janela com uma vista encantadora.

– A passagem tem um propósito muito importante. Liga os nossos dois aposentos.

Ela delineou mentalmente a disposição dos dois aposentos. Ficara com a impressão de que os dele eram mais distantes dos dela.

– Verity, gostaria que deixasse a porta do seu lado da passagem destrancada esta noite.

– Certamente que sim. – Não estava surpresa. Não fazia ideia da frequência com que aquelas coisas aconteciam, mas sabia que era só uma questão de tempo antes que acontecesse de novo.

Ele beijou sua mão e a libertou. Ela subiu até o piso superior, para se preparar para mais um desfloramento.

* * *

Ele esperava que a porta estivesse destrancada, mas com Verity nunca se sabia. Por isso, ficou satisfeito quando o trinco da porta abriu sem incidentes.

Ela exibira um comportamento estranho naqueles últimos dias. Sua postura se tornara formal, como se agora que o papel de condessa era inevitável, ela tivesse invocado toda aquela doutrinação de etiqueta e passasse o dia ensaiando. Saíra-se admiravelmente bem durante as visitas dos vizinhos do condado e conseguira até exibir um pouco de altivez imperiosa com a tia Julia. Infelizmente, ainda o tratava com a mesma distância fria.

Os ventos uivantes do desejo redemoinhavam dentro dele há seis dias. Ela sentava-se à mesa nas refeições, com as costas completamente retas, erguendo o garfo num ritual lento e estudado, mas parte da mente dele estava focada em pensamentos de um erotismo explícito. Agora, enquanto enfrentava a escuridão de breu do quarto de dormir dela e tentava se lembrar da disposição exata da mobília, uma tempestade furiosa queria irromper dentro dele.

Esperou até que os olhos se ajustassem à escuridão, mas o quarto continuou sendo um vazio de um escuro carregado. Começou a suspeitar que ela podia ter planejado aquilo e disposto cadeiras e baús com o único objetivo de fazê-lo tropeçar. Ele riu interiormente com a ideia de que ela pudesse maquinar tal vingança, mas, em todo caso, voltou ao seu próprio quarto de vestir e apanhou uma pequena lamparina.

A luz revelou que não existiam quaisquer armadilhas à sua espera. Verity estava na cama, com o cabelo escuro espalhado em todas as direções sobre o lençol branco que a cobria.

Lembrou a si mesmo que o objetivo daquela noite era dar prazer a ela: tinha erros a corrigir. Esposa ou não, tendo direitos ou não, o bom-senso aconselhava que ele garantisse que ela jamais considerasse aquilo uma tarefa dolorosa. Aproximou-se da cama enquanto lutava infrutiferamente contra os efeitos de uma ereção tão intensa que o deixou espantado.

Ela era pouco mais de uma sombra sob aquele lençol. Os olhos estavam fechados, mas as pestanas espessas palpitavam. Ele pousou a lamparina numa mesa distante, despiu o robe e caminhou até a cama.

Para sua surpresa, ela abriu os olhos e o observou. *Examinou-o.* Perdera a inocência há meros seis dias e observava a nudez dele com a curiosidade de uma cortesã experiente.

Ele deslizou para debaixo do lençol e estendeu a mão para tocá-la, sendo brindado com outra surpresa.

– Já está despida.

– Assim como você.

– Sim. Porém…

– Deveria ter esperado em meu vestido? Ou de combinação? Ninguém explica essas coisas, ou, pelo menos, ninguém as explicou para mim. Da última vez, você rasgou o meu vestido preferido. A minha criada é hábil com a agulha, mas nunca mais será o mesmo. Se cometi um erro, peço desculpa, mas achei melhor poupar o meu guarda-roupa da sua impaciência.

– A sua solução é tão prática como bem-vinda. – Ele trouxe o calor suave dela para junto do seu corpo. – Não haverá qualquer impaciência agora e só é desconfortável para as mulheres na primeira vez. Ao final desta noite, saberá o que é o prazer, Verity. Prometo.

Calor. Força. Carne contra carne e uma intimidade física assustadora que tomou de assalto todos os seus sentidos. Ela escondeu o choque, mas aquele corpo nu tocando o dela de tantas formas diferentes continuava deixando-a aturdida, como se a sua própria nudez não esperasse que a ousadia fosse mútua.

Foi diferente para ela desde o primeiro beijo. Não houve protestos débeis. Não houve tentativas para recuperar o domínio sobre si mesma. Não houve qualquer luta para negar o poder. Ela aceitara o inevitável quando dispensara a criada, despira sua camisola favorita e se deitara na cama.

Ele não estava com pressa. Aliciou-a e a seduziu com beijos profundos e possessivos. A mão dele acariciava com uma mestria que exigia que o seu corpo inteiro se juntasse à sua decisão de se render ao inevitável.

O lençol escorregou dos corpos e já não havia nada que os cobrisse. Ela estava exposta à luz que ele trouxera e ao seu olhar. Observou como os beijos dele se moviam sobre ela, deixando marcas minúsculas, cada um deles fazendo uma palpitação ecoar no seu sangue. O constrangimento se desvaneceu sob a arremetida de sensações que acordaram e cativaram o seu corpo.

Observou a mão que a acariciava. Uma mão muito masculina, forte, dura e mais morena do que a pele dela. Ele a acariciou ao redor dos seios enquanto lhe beijava o pescoço e os ombros de formas que provocaram um pulsar mais abaixo, onde o seu corpo tremia com a memória daquilo que estava para vir.

Desejo. Era esse o significado daquele tremor. Todo aquele prazer fomentava a sua disseminação e intensidade crescente. Ela se deu conta do que estava acontecendo, do jeito como cada carícia e beijo a seduziam com titilações que dali a pouco monopolizaram a sua consciência.

Ela não resistiu ao mergulho rumo à luxúria pura. Não havia mais razões para isso. Libertou-se dos últimos fragmentos de constrangimento e se submeteu com alívio e resignação. Como da última vez, o prazer baniu a culpa durante algum tempo. Mais tarde, talvez, muito provavelmente, ela iria refletir como havia traído suas esperanças, seu legado e até mesmo a sua própria vida não resistindo àquele homem. Mais tarde, pensaria em Michael e em seu sorriso enigmático com nostalgia e se preocuparia com o destino dele.

Quando as pontas dos dedos de Hawkeswell começaram a brincar com o mamilo duro e sensível, ela fechou os olhos para que nada a distraísse da deliciosa excitação que isso lhe proporcionava. A cabeça dele se abaixou e ele intensificou o efeito com a boca, a língua e os dentes no outro seio. Ela se agarrou a ele, prendendo-lhe com força os ombros e braço. As costas dela se arquearam, os seios se elevaram e ela implorou por mais com o corpo e os pensamentos.

Toda ela se sentia viva. Toda ela estava sensível ao menor toque. Toda ela estava receptiva. O desejo ressoava qual um tambor surdo em sua cabeça, na respiração e por todo o corpo. Fundia-se com a própria pulsação do corpo e latejava na cadência das ânsias físicas. Mais, sim, mais. Um prazer rejubilante e lancinante. Beijos e carícias suaves e ao mesmo tempo rudes e uma loucura, uma loucura maravilhosa, destruindo todo o comedimento e revelando-se em toda sua glória primitiva.

Agora aquela mão poderosa, a deslizar mais para baixo, lentamente, muito lentamente, libertando gemidos na sua cabeça e ouvidos. Descendo pelo corpo dela na direção daquele pulsar. Nada mais importava agora, exceto aquilo. Estava tudo ali, todo o desejo e prazer. Ela prendeu a cabeça dele, puxando-o para um beijo. O beijo dela. A fúria dela, querendo mais, exigindo mais. Afastou as pernas à medida que aquela mão se aproximava e deixou escapar um gemido no meio do beijo.

– É impaciente demais – ele a censurou em voz baixa. A mão dele aproximou-se da parte interior da coxa. Os quadris dela se ergueram instintivamente, num ato reflexo dos clamores dentro da sua cabeça.

– É isso que você quer? – Os dedos dele tocaram de leve naquela pele orvalhada que aguardava com um desespero furioso.

Um choque de prazer devastador atravessou-a como um raio. E depois outro e mais outro. A loucura não parava de aumentar. Sua consciência se reduziu a um pequeno círculo no qual não existia nada além da necessidade.

Por fim, uma sensação profundamente diferente, que começou de forma mais intensa, cresceu bruscamente e depois se desintegrou por todo o seu corpo e sua essência, invadindo-lhe o sangue e a carne, num único tremor longo e profundo que lhe aturdiu todos os sentidos.

Ele estivera à espera daquele assombro. Colocou-se em cima dela nesse momento, a parte inferior do corpo dele vindo ao encontro da dela. Penetrou-a e ela não soube se foi doloroso ou não. Os vestígios do tremor ainda se repercutiam em todo o seu corpo e o assombro não deixara qualquer espaço para a consciência da dor. Sentiu a intimidade, porém. O cheiro e a proximidade. Mesmo entre sua estupefação, o domínio do corpo dele sobre o seu era gritante.

A mão poderosa dele posicionou as pernas dela como queria, apoiando-a em seguida na cabeceira da cama para suportar os movimentos enquanto a preenchia, a possuía e dominava por completo o seu corpo e alma.

— Vai me dizer sempre que eu tiver de deixar aquela porta destrancada? – A voz dela introduziu o aspecto prático no longo silêncio, mas depois de o poder ter começado a passar.

Ele não se importou, embora a sua cabeça não se sentisse minimamente capaz de discutir pormenores logísticos. Estava acostumado com negociações de outra natureza com mulheres na cama.

– Provavelmente deve fazê-lo todas as noites. Não creio que anúncios formais sejam obrigatórios.

– Então, eu nunca vou saber? Devo esperar, acordada, para me assegurar que estou pronta caso decida vir? Se não aparecer, posso esperar a noite inteira quando devia estar dormindo.

– Não me parece que haja perigo disso.

– Está me dizendo que pretende vir aqui *todas as noites*?

Ele queria dizer que ela provavelmente adormeceria em vez de esperar toda noite, independentemente da sua noção de dever. Todavia, a pergunta dela era legítima e seu espanto chamava atenção para sua ignorância.

– É provável que sim. Durante um bom tempo, sim. É provável que venha para cá todas as noites.

Não perguntou se ela concordava. Não estava disposto a abrir esse tipo de negociações.

– Não me parece que seja assim tão desagradável – disse ela. – Talvez estivesse certo ao dizer que combinamos um com o outro o suficiente, pelo menos neste aspecto.

Ele apoiou-se num dos braços e olhou para o sobrolho franzido dela. Condizia com a voz, que estava repleta de ponderação.

– Combinaremos um com o outro mais do que o suficiente, se continuar sendo corajosa e honesta.

– Corajosa e honesta? É essa a imagem que tem de mim?

– São palavras tão boas como quaisquer outras para descrever o jeito como aceita o prazer. – Descreviam igualmente bem todo o resto que lhe dizia respeito, decidiu ele.

– Fui ensinada pela minha governanta que os maridos preferem a modéstia e a virtude.

– Fico contente que tenha se revelado uma aluna tão sofrível nessa lição.

– Então não achou a minha falta de comedimento chocante?

– Não, de modo algum.

– Eu achei. Calculo que não tenha achado porque experimentou esse tipo de coisa antes com todas as outras mulheres.

De um modo assaz inesperado ela o conduzira até um terreno movediço. Mas não ouviu qualquer acusação em sua voz. Ela estava apenas sendo como era, corajosa e honesta. Em todo caso, prosseguiu com cuidado.

– Outras mulheres? Oh, do meu passado distante, você quer dizer. Já havia me esquecido completamente delas.

Ela soltou uma risadinha e depois riu abertamente. Quando recuperou o fôlego, soergueu-se e deu-lhe um beijo de leve no rosto, caindo depois de volta na cama.

– Agradeço-lhe por tentar, Hawkeswell. Porém, a minha índole corajosa e honesta não me permite ter quaisquer ilusões.

O terreno movediço estava imenso agora. Ele decidiu que aquela pequena conversa já durara tempo suficiente para ela não se sentir negligenciada.

Beijou-a e deixou-se ficar enquanto memórias agradáveis fluíam na intimidade e, em seguida, abandonou a cama.

Capítulo 14

A casa de Hawkeswell em Hanover Square parecia estar menos desgastada do que a de Greenlay Park. Não era a melhor localização, escrevera Celia numa carta. A sociedade elegante já tinha avançado para outras paragens. O fato de os lordes de Hawkeswell ainda residirem ali era um reflexo do desvanecimento das suas fortunas ao longo das últimas gerações.

Certos cômodos levavam Verity a pensar que viver ali seria bastante agradável. A biblioteca podia precisar de uma redecoração nos moldes recomendados por tia Julia, mas Verity gostava dos estofos em tons de pedras preciosas e de madeiras escuras, assim como das janelas esplêndidas e enormes que davam para a praça.

Em contraste, a sala de estar não era nada convidativa, com mobília conservadora, de estrutura delicada, e decoração severamente clássica. Suspeitava que esse cômodo não fora usado com frequência nos últimos anos. Duvidava que Hawkeswell recebesse muitos convidados. Caso seus amigos cavalheiros o visitassem, ele provavelmente os recebia naquela bela biblioteca ou lá em cima, em seus aposentos.

– Aqui é o jardim – disse Hawkeswell, abrindo uma das muitas portas envidraçadas ao longo do comprido salão dos fundos que também fazia vezes de salão de baile. – Prometa que não vai me repreender.

Ela avançou para um belo terraço comprido revestido de um material semelhante a mármore bruto. O jardim se estendia diante de seus olhos, amplo e longo, até um muro de tijolos nos fundos que ocultava algumas construções – presumivelmente, cocheiras e edifícios de apoio.

– Ah, céus!

– O jardineiro não é dos melhores, você quer dizer.

– Ele é inapto. Os teixos estão arruinados e todos os arbustos estão mal podados. Receio que ele não saiba absolutamente nada de paisagismo.

– Confio que vá corrigi-lo.

Ela desceu as escadas e deteve-se no meio do desastre.

– Não sei se sou capaz. Isto pode ser demais até para mim.

– Peça toda a ajuda que precisar. Dispense este jardineiro e contrate outro. Contrate três. Deixo isso em suas mãos.

Ela inspecionou os vários canteirinhos disparatados que dividiam as passagens. Todo o terreno precisava de um novo desenho.

Concluíram a visita guiada nos aposentos dela. Assim como os aposentos em Greenlay Park, aqueles tinham sido agraciados com tecidos novos há relativamente pouco tempo. Ela se perguntou se isso havia sido feito por Colleen e tia Julia em ambas as casas, não sendo nem de longe uma ideia de Hawkeswell.

Todavia, parecia importante para ele obter a sua aprovação. Ele a observou apalpando o tecido do dossel e olhando pela janela. Seguiu-a enquanto ela abria portas e gavetas no quarto de vestir.

Ela percebeu uma porta na parede mais distante, atrás da penteadeira.

– Outra passagem peculiar?

Fiel a sua palavra, ele tinha usado a passagem todas as noites desde aquela primeira vez. Ela começara a esperar por ele. Por vezes, enquanto esperava, via-o como na primeira noite, caminhando em sua direção, nu e ereto, os olhos escuros e a expressão tensa.

Sentia seu corpo se inflamar e os seios ficarem mais sensíveis com a expectativa.

– Dessa vez, não existe passagem. Nossos quartos de vestir são interligados. – Ele abriu a porta para mostrar o seu próprio quarto de vestir, com os respectivos armários, mesas e algumas cadeiras. Um criado interrompeu a tarefa de pendurar um casaco e fez uma reverência. – Este é o Sr. Drummund. Ele é o meu criado pessoal há... Quanto tempo faz, Drummund?

– Tenho a honra de ser seu criado já há doze anos, *sir*. Desde que o senhor estava na universidade. – Drummund parecia comovido pela atenção.

– Ele esteve bastante ocupado desde o começo – disse Hawkeswell. – A vida se tornou muito mais aborrecida nos últimos cinco anos mais ou menos, não é, Drummund?

– Nunca aborrecida, *sir*. – Ele regressou ao casaco. – Chegou correio para o senhor. Estava prestes a enviá-lo para Surrey.

Hawkeswell concentrou sua atenção nas cartas. Verity regressou a seus aposentos e também encontrou correio à sua espera. Fora enviado naquela mesma manhã.

Audrianna escrevia dizendo que ela e Lorde Sebastian também tinham regressado à cidade. Verity suspirou de alívio com a reafirmação de que uma das suas queridas amigas estaria por perto.

Hawkeswell mergulhou a pena na tinta e assinou as pilhas de papel que Thornapple colocara à sua frente. Com cada rabisco da sua assinatura, assumia o controle da fortuna de Verity.

O procurador fora a imagem da indiferença profissional a respeito de todo o assunto. Porém, quando a última página pesada estava assinada, tirou os óculos e observou Hawkeswell enquanto dobrava cuidadosamente cada uma das páginas.

– Espero que aceite um pequeno conselho a respeito da herança que sua mulher recebeu, Lorde Hawkeswell.

– Claro que sim.

– Trata-se de um empreendimento industrial. Está mais sujeito aos caprichos da economia do que a riqueza obtida da terra. O potencial é muito maior, assim como o perigo. Lady Hawkeswell traz consigo um belo rendimento e, com a dissolução do segundo fundo fiduciário que acumulou lucros enquanto ela era menor, uma boa soma de dinheiro reservada desde esse período. Não existe qualquer garantia, porém, de que o rendimento continuará.

– Julgo que a necessidade de ferro irá aumentar, não diminuir. Embora não existam garantias, tampouco existe razão para presumir um declínio.

– Nesse ponto, o senhor incorre em erro. O declínio está ocorrendo neste exato momento. A fundição é sólida, mas atualmente está sofrendo com a depressão pós-guerra. Além disso, mais de metade da importância de cada ano provém da perfuração e da maquinaria. No momento, a fundição possui uma vantagem, devido ao talento de Joshua na concepção de um novo método. Ele nunca o patenteou, como já deve saber, porque fazê-lo significaria revelar o método em si e ele não acreditava que outros não fossem roubá-lo. Se este se tornar público, porém, a vantagem ficaria muito depreciada.

– E o que aconteceria se se perdesse por completo?

– Nesse caso, a fundição não possuiria qualquer vantagem sobre as demais.

A dependência daquela fortuna na própria sorte não havia escapado a Hawkeswell. Ele estivera pesando os prós e os contras desde que conversara com Verity a respeito do negócio em Essex.

– Lady Hawkeswell está em boas condições de boa saúde? As suas aventuras não tiveram consequências negativas? – perguntou o procurador, num tom despreocupado.

É claro que Thornapple estava tão curioso como os demais. Porém, ao contrário dos demais, ele conhecera o pai de Verity e, na qualidade de administrador dos seus bens, teria se preocupado verdadeiramente com o destino dela.

– Ela não sofreu nada de mal com as aventuras, talvez porque não foram lá muito aventurosas. Esteve não muito longe de Londres durante todo este tempo, morando com uma viúva que considera uma amiga chegada.

Thornapple relaxou a postura na cadeira.

– Posso dizer que estou grato pela informação. Assim como fiquei aliviado por vê-la entrar naquela biblioteca. A minha reação pode ter parecido severa, mas na verdade... – Ele pensou melhor nas palavras que pretendia dizer e voltou à tarefa de dobrar todos aqueles papéis.

– Na verdade?

– Na verdade, parti do princípio que ela estava morta. Não foi o que fizemos todos?

– Não o primo dela.

– Não era do interesse de Bertram Thompson que ela estivesse morta. Ele não é um primo de sangue e não herdaria a participação dela. Posso ver por sua surpresa que não sabia.

– Não, não sabia.

– Ele é filho da esposa do tio de Verity e de seu primeiro marido. Bertram é da opinião de que devia ter herdado um quinhão maior do negócio, mas seria possível argumentar que ele não devia ter recebido absolutamente nada.

O seu interesse naquele testamento havia esmorecido devido aos acontecimentos presentes, mas agora a menção do procurador o despertava de novo.

– Ainda assim, o pai deixou a Verity a participação maior.

– Setenta e cinco por cento. Bertram Thompson recebeu vinte e cinco por cento. O padrasto dele, Jeremiah, ajudou a construir aquela empresa, mas a participação de metade do negócio reverteu a favor de Joshua quando Jeremiah morreu. Bertram provavelmente presumiu que receberia de volta essa participação correspondente a metade do negócio quando Joshua faleceu. Não ficou contente ao saber a realidade dos fatos.

Thornapple empilhou os documentos ordenadamente em dois montes.

– De acordo com o testamento de Joshua, a propriédade deve permanecer no nome dela e ser legada a sua linhagem. Creio que talvez existam parentes distantes em Yorkshire. Não, Bertram não teria gostado de ver esses desconhecidos colocando-o de escanteio. Creio que, mesmo após sete anos, ele teria defendido que, na ausência de um corpo, ela devia ser considerada como estando viva.

Hawkeswell se retirou, levando consigo a pilha de documentos. Refletiu nas revelações de Thornapple enquanto se afastava a cavalo.

Elas explicavam por que Bertram se mostrara tão satisfeito com o limbo dos últimos dois anos. O seu domínio sobre o negócio estava seguro apenas enquanto Verity estivesse viva. E talvez ele também tivesse rezado para que Verity estivesse viva porque sabia que ela era uma das duas únicas pessoas no mundo que conheciam o segredo das invenções do pai.

– Acho que deve ficar aqui mesmo – disse Daphne, pousando o pé em um caminho na parte traseira do jardim. – Se quiser uma estufa adequada à propagação de plantas, tem de ser aqui, para que haja luz suficiente.

– Acho que ela tem razão – disse Celia. – Você também vai precisar supervisionar a montagem. Não deve ser uma estrutura comum, se o propósito é enfeitar o jardim da casa de um conde.

Verity observou a localização que Daphne recomendara. Independentemente do local onde fosse instalada ou do encanto da sua forma, seria uma estufa modesta pelos padrões da Flores Mais Raras. Ela não faria uma produção para fins comerciais.

– Temcerteza de que Lorde Hawkeswell aprova isto? – perguntou Audrianna.

– É melhor não testar o seu mau gênio – acrescentou secamente Daphne.

– Já disse que a ideia foi dele – disse Verity. – Ele entregou ambos os jardins nas minhas mãos, para fazer o que me agradasse.

– Parece que você tem a intenção de ficar aqui tempo suficiente para levar o projeto até o fim – disse Daphne. – Conformou-se com a ideia do casamento?

– Está se intrometendo, Daphne – alertou Celia, com uma risadinha. – Mas não deixe que eu a impeça, *por favor.*

O próprio sorriso de Verity transformou-se num pequeno esgar.

– Espero ficar bastante tempo. Reconciliei-me com a verdade, de que não existirá anulação, a não ser que Lorde Hawkeswell apoie totalmente uma petição dessa espécie e eu apresente provas irrefutáveis de coerção. Nada disso irá acontecer, portanto aqui estou eu.

Celia era a que estava mais perto e deu-lhe um abraço.

– Não é onde querias estar, eu sei. Porém, não é uma posição ruim, quando comparado à maioria.

Um casamento com um conde e o acesso a uma fortuna imensa não é um prêmio de consolação ruim, era o que a prática e mundana Celia queria dizer.

– É verdade, e não sou tão teimosa a ponto de me sentir infelicíssima com a minha situação, agora que se tornou inevitável. Estou descobrindo inclusive um certo contentamento.

Regressaram ao terraço e debateram o resto do plano para o jardim dali mesmo. Celia desenhou aquilo que elas descreviam tal como seria visto a partir da casa.

– Gostaria de mandar fazer um caminho sinuoso que passe por uma série de casinhas no jardim – explicou Verity. – Assim, a estufa seria apenas mais um cômodo.

Celia continuou desenhando.

– Deixo a tarefa de incluir cores para você, Verity – disse ela. – Farei algumas cópias para que possa planejar para as várias épocas do ano.

– Pode fazer apenas uma cópia – disse Daphne. – Leve-a com você e Katherine fará o resto. Ela é uma artista talentosa, Verity. Ainda preciso comprar alguns pigmentos para ela antes de deixarmos a cidade hoje.

– Ela ficará vivendo com você?

– Ah, sim – respondeu Celia. – Creio que ela ficará conosco bastante tempo.

Os olhos de Audrianna e de Verity se encontraram, exibindo alguma curiosidade. Ambas tinham reconhecido durante uma das suas recentes conversas particulares que era muito mais difícil obedecer à regra agora que já não viviam sob ela.

– Espero que ela seja como nós. Não perigosa – arriscou dizer Audrianna. – Sebastian sempre se mostrou preocupado a respeito disso.

Daphne inclinou-se para ver o esboço de Celia.

– Espero que ela não seja mais perigosa do que você foi, Audrianna. Ela não mostrou qualquer interesse na minha pistola, por exemplo.

Audrianna corou diante da referência a um contratempo com aquela pistola que conduzira à sua união com Lorde Sebastian.

– Ele vai regressar em breve? – perguntou Daphne, referindo-se a Hawkeswell. Daphne só concordara em visitá-la naquele dia porque Verity mencionara no convite que o conde não estaria presente.

– Sebastian foi se encontrar com ele no clube – disse Audrianna. – Julgo que passarão algumas horas antes que qualquer um deles volte a cavalo.

– Nesse caso, Verity tem tempo de me mostrar o seu novo guarda-roupa – disse Celia enquanto erguia os seus dois desenhos para compará-los.

– Preferia mostrar a vocês outra coisa. Estou precisando de suas mentes astutas.

Meia hora depois, estavam todas reunidas no quarto de dormir de Verity. Daphne, Celia e Verity estavam sentadas na cama, estudando cuidadosamente recortes de jornais. Audrianna puxara uma cadeira para perto para poder ver também.

– Sempre achei que você gostava demais de jornais – disse Celia. – Mas vejo agora que tinha um propósito maior do que eu suspeitei. – Ela fez um gesto para as pilhas de papéis. – Alguns destes recortes têm dois anos, da época em que você chegou na Flores Mais Raras. Insurreições de trabalhadores, manifestações. – Pegou uma pilha pequena. – Detenções e execuções.

– Aqui estão alguns sobre Brandreth e seus seguidores – disse Daphne. – Já temos problemas suficientes aqui no sul. Hoje até fomos obrigadas a entrar na cidade por outro caminho que não o normal, devido a uma multidão que se juntou na estrada principal. Todavia, temos sido poupados de revolucionários como Brandreth.

– Creio que ele foi apanhado numa armadilha, tal como o poema do Sr. Shelley sugere. Muitos concordam com esse ponto de vista – disse Audrianna, lendo atentamente os artigos que Verity guardara. – Posso dizer, porém, que o seu condado natal, assim como os vizinhos, parecem ser razoavelmente perigosos, Verity. Talvez seja mais sensato ficar morando aqui.

– Eu não guardei esses textos para manter um registro do perigo. Estive à procura de nomes de pessoas. Vejam aqui. Estas são histórias dos condados próximos da minha casa, de pessoas que desapareceram. Homens, em quase todos os casos. E estas são as notícias de pessoas encontradas depois de algum tempo desaparecidas ou feridas. E estes são os nomes daqueles julgados por crimes. Se os compararem, há seis homens que desapareceram e dos quais não existe mais nenhuma informação.

– Porque é que você guardou estes? – perguntou Daphne, tocando numa das pilhas.

– Inicialmente tentei me manter a par das sessões de tribunal das quais tinha conhecimento e das quais havia me esquecido. Estava à procura de um nome em particular, que está completamente ausente. Só muito recentemente é que me dei conta desta singularidade.

– Então, você esteve procurando informações a respeito de uma pessoa desaparecida em particular?

– Sim. Trata-se do homem de que falei, a quem o meu primo ameaçou fazer mal.

Celia lançou um olhar de esguelha a Daphne.

– Ele era um velho amigo de infância – explicou Verity, mas sentiu o rosto se aquecer. – Preciso descobrir o que lhe aconteceu e se Bertram de fato traiu a minha confiança.

– É claro que precisa – disse Daphne. – Mas as ausências inexplicadas destes outros homens não são significativas. Eles podem, muito simplesmente, ter fugido de suas famílias e suas vidas. Alguns fazem isso.

– Numa situação normal, eu concordaria. Porém, olhem para isto. – Ela estendeu vários artigos diante delas. – Esses dois homens eram de Staffordshire, perto de Birmingham. Ambos tinham sido questionados pelo juiz de paz local a respeito de queixas de proprietários rurais. O juiz não os prendeu, mas logo em seguida eles desapareceram. E esse aqui sumiu depois de um confronto na estrada com Lorde Cleobury. Esse outro foi preso em Shropshire depois de o meu primo ter informado que ele estava provocando problemas na fundição, mas foi libertado. Depois também desapareceu.

– Provavelmente, todos eles fugiram assim que a atenção se voltou para eles – disse Audrianna.

Era provável, pensou Verity. Contudo, quanto mais reordenava as pilhas de artigos nas últimas semanas, mais pressentia que algo estava errado em todos aqueles casos de homens desaparecidos.

Posso causar problemas ao filho dela. Ninguém conseguirá me impedir. Posso fazer com que ele seja deportado ou pior, e quem é que a alimentará depois? Foi o que Bertram havia dito quando fizera as ameaças. Ele tinha sido presunçoso em seu poder. Confiante e cruel.

Daphne pegou os artigos publicados mais recentemente.

– É estranho que tenham todos entrado em conflito com pessoas importantes, mas se estavam incitando problemas, estas são as mesmas pessoas que se dariam conta e tentariam impedi-los. Já nos falou bastante sobre o seu primo e Lorde Cleobury é conhecido por suas posições extremistas. O nome deste magistrado também me é familiar, mas não sei porquê.

– A mim não é familiar – disse Verity. – Não me lembro de ouvir meu pai nem o meu primo falarem do Sr. Jonathan Albrighton.

O nome desencadeou uma reação numa das pessoas do grupo. Celia retirou bruscamente o artigo da mão de Daphne e leu-o com atenção.

– Você o conhece, Celia? – perguntou Daphne.

Celia franziu o sobrolho sobre a notícia.

– Ele ficou conhecido em Londres há alguns anos. Achei que tivesse ido para o estrangeiro. Parece que está de volta, se for o mesmo homem.

– Talvez me encontre com ele quando for para casa – disse Verity. – Gostaria de faze-lo, para poder avaliar seu caráter e descobrir se ele acha isso estranho. – Ela passou a mão sobre os recortes de jornal.

– Está planejando uma viagem para o norte em breve? – perguntou Audrianna.

– Assim que conseguir me organizar.

As amigas eram generosas demais para contrariá-la, mas suas opiniões estavam escritas em cada um dos rostos, respectivamente. Existia a possibilidade de ela nunca poder se organizar completamente, se o marido emitisse sua palavra sobre o assunto.

— Maldição! – Hawkeswell praguejou por entre os dentes enquanto observava um homem alto sombreando a soleira da sala de jogos do clube de cavalheiros Brook's. – Que diabo ele está fazendo aqui?

Summerhays olhou por cima do ombro para o homem em questão.

– Ele também é membro do clube, é claro. É muito raro vir até aqui, mas...

– Está vindo nesta direção. Provavelmente se arrastou para fora da cama de alguma meretriz só para me procurar e alardear sua esperteza às minhas custas. Prepare-se para uma boa briga, Summerhays, porque macacos me mordam se vou ficar aqui sentado pacificamente enquanto ele me arrasa com aquele senso de humor...

– Castleford – saudou Summerhays, visto que o recém-chegado já se encontrava junto à mesa de ambos. – Que estranho vê-lo aqui antes do cair da noite e, ainda por cima, quase sóbrio. Nem sequer é terça-feira.

As terças-feiras eram os dias de dever do duque de Castleford, em que se dedicava à obrigação de ser um par do reino e um homem de uma fortuna obscenamente imensa. O resto da semana era apenas gandaia.

Outrora, Hawkeswell e Summerhays foram seus companheiros na devassidão. A maturidade e a responsabilidade tinham moderado o comportamento de ambos nos últimos anos. Castleford, porém, conseguira escapar das restrições à sua diversão, e ainda assim exercia mais influência no governo e na sociedade do que era de se esperar de alguém com uma vida tão dissoluta.

O jovem duque baixou o olhar sobre eles, de rosto afável e com um brilho no olhar, o cabelo castanho elegantemente penteado caindo sobre a testa com a irreverência apropriada. Era a própria imagem de um velho amigo saudando os companheiros pecadores de sua juventude. Todavia, aqueles olhos reluziam diabolicamente.

O mau gênio de Hawkeswell começou a fumegar e ainda não tinha sido proferida nenhuma palavra.

– O quê? Não é terça-feira? – pronunciou Castleford lenta e vagarosamente com um choque fingido. – Perdi a noção dos dias, claramente. É bom sabê-lo, porém. – Puxou uma cadeira para a mesa deles, deixou-se cair pesada e indolentemente nela e gesticulou para um dos criados pedindo uma garrafa de um excelente vinho caríssimo.

– O seu preferido, se bem me lembro – disse ele a Hawkeswell. – Espero ter acertado, porque comprei para dividir com você.

– Muito generoso de sua parte.

– Compete aos amigos celebrar a boa sorte uns dos outros. Ouvi dizer que sua noiva foi encontrada. Deve estar muito feliz e aliviado.

– É claro que está – disse Summerhays.

Chegou o vinho. Castleford insistiu para que fossem servidos três copos e depois ergueu o seu na direção de Hawkeswell numa saudação muda.

– Então – disse ele após o brinde –, onde diabo esteve ela todo esse tempo?

– Maldição, Tristan – disse Summerhays. – Se você se juntou a nós só para ser grosseiro...

Hawkeswell fez sinal para que Summerhays parasse.

– Você acordou cedo e se recusou a beber vinho o dia todo só para conseguir parecer civilizado quando me fizesse essa pergunta? Sua vida é tão desprovida de significado que o fato de estar esperando este encontro te distraiu por alguns dias?

Castleford exibiu um sorriso lento.

– Sim. Para ambas as perguntas. Há dois dias, depois de ter ouvido a notícia, fiquei sóbrio num estalar de dedos. Pelos deuses, aqui tem uma boa história, disse a mim mesmo. Talvez o enredo de uma ópera cômica. – Ele bebericou mais vinho. – Venho tentando encontrar você acidentalmente desde então.

– Se quisesse mesmo encontrá-lo, teria ido à casa dele – disse Summerhays.

Castleford reagiu àquela ideia com se fosse algo peculiar e devolveu a atenção à sua presa.

– Deveria me contar a verdade. Os rumores que correm por aí não lhe fazem justiça. Dificilmente poderei defendê-lo se não souber que são, de fato, apenas rumores.

– Que tipo de rumores?

– Não contou a ele? – perguntou Castleford a Summerhays.

– Hawkeswell, não precisa escutar isso – disse Summerhays. – Ele está mais embriagado do que parece.

– *Que... tipo... de... rumores?*

Castleford inclinou-se adiante, para falar confidencialmente.

– Ficará feliz em saber que tomei nota de quem disse o quê, para o caso de querer desafiar alguém para um duelo.

– Que amável de sua parte.

– É para isso que os amigos servem, não é?

– *Não!* – exclamou Summerhays, com exasperação. – Os amigos não colocam lenha na fogueira só para se divertirem. Maldição, se ele desafiar mesmo alguém para um duelo, você vai se arrepender dessa brincadeira.

– Summerhays ainda teme o meu mau gênio, mas a verdade é que tenho sido um poço de calma nos últimos cinco anos, pelo menos. Não vou desafiar ninguém para um duelo. Agora, que tipo de rumores?

Castleford serviu-se de mais vinho.

– Primeiro, as más línguas dizem que ela fugiu devido a um medo adolescente do leito matrimonial. Essa história não é de todo interessante. É muito mais curiosa outra que diz que ela fugiu *após* sua experiência no leito matrimonial, porque você estragou tudo ao ponto de a história se transformar num conto de horror. – Castleford concedeu-lhe um olhar masculino cúmplice. – Ficará feliz em saber que me ofereci para dispor em fila vinte mulheres que testemunhariam publicamente a seu favor com respeito a esse assunto.

– Ninguém acreditaria em tal disparate – disse Hawkeswell. – O idiota que diz isso será conhecido pela sua própria estupidez.

– Exatamente. Depois, houve o homem que me confidenciou que sabia de fonte segura que ela tinha estado com o amante todo o tempo. Isso é, temo eu, uma presunção amplamente aceita, e a mais popular *on dit*. A de que você foi enganado mesmo antes de a tinta ter secado na certidão de casamento.

As más línguas tinham se voltado contra Verity. O fato de que Hawkeswell havia suspeitado do mesmo não importava. Ele tinha o direito de se perguntar sobre isso, mas os outros não tinham o direito de proferir a mentira como se fosse um fato.

O seu mau gênio começava a se soltar das amarras. À semelhança de um dragão adormecido espicaçado para despertar, retesou as correntes até estas arrebentarem, uma por uma.

– Quem confidenciou esta última história?

– *Não* lhe diga – advertiu Summerhays.

– Se vai entrar num duelo com alguém, este não é o homem certo – disse Castleford com um gesto descuidado. – Além disso, como eu disse, está na boca de toda a gente e não pode matar todos. Não, aquele que você vai querer matar é o que me disse que a sua mulher estava em Shrewsbury, onde se estabeleceu como abadessa de um bordel de algum renome entre os elementos radicais da nossa sociedade.

O dragão libertou-se repentinamente e rugiu labaredas.

– Qual é o nome desse maldito mentiroso?

– Com mil diabos – disse Summerhays. – Castleford, não lhe dê esse nome!

– Não existe qualquer necessidade de fazê-lo: ele não se encontra disponível para ser morto. Aconselhei o tratante a desaparecer, porque seria um homem morto assim que isso chegasse ao conhecimento de Hawkeswell e eu iria me certificar de que chegasse. Ouvi dizer esta manhã que ele apanhou um paquete para França.

– Então por que é que contou? Olha para *ele*! – Summerhays estendeu o braço na direção de Hawkeswell.

Hawkeswell tinha a certeza de que Sebastian parecia bem mais agitado do que ele. Bebeu um gole de vinho e ponderou a ideia de apanhar um paquete para França e de eviscerar e esquartejar aquele homem que insultara Verity.

Castleford franziu o sobrolho a Summerhays.

– Teria ficado calado se fosse *você* que ouvisse tamanha afronta à mulher dele? Queria que eu ficasse calado se tivesse ouvido falar da *sua* mulher naqueles termos? Ele precisa saber o que foi dito e precisa desafiar para um duelo a próxima pessoa que o repita.

– Foi amável da sua parte me informar – disse Hawkeswell. – E todo o trabalho que se deu para fazê-lo. Confio que me comunicará se tornar a ouvir o mesmo, para que eu possa fazer aquilo que me é de direito.

– Claro que sim. Contudo, tive algum tempo para pensar. Dois dias inteiros de abstinência permitem isso. Concebi um plano para desviar a atenção de todos do interlúdio marital inoportuno de Lady Hawkeswell.

Hawkeswell trocou um olhar com Summerhays. Castleford parecia muito satisfeito consigo mesmo. Ele partia do princípio que o seu plano era brilhante, o que era normal. O mais peculiar era o fato de ele ter se incomodado em engendrar qualquer tipo de plano.

– Um plano? – arriscou Summerhays.

– Um plano muito bom. Confiem em mim. Hawkeswell, daqui a pouco mais de um mês, ninguém irá murmurar a respeito do desaparecimento da sua mulher porque estarão murmurando sobre algo muito mais interessante. Irei visitá-la esta terça-feira para colocar tudo em marcha.

– Faz parte do plano que você a visite?

– Preciso ver se ela é merecedora da minha atenção. Aquele vislumbre no teu casamento não foi suficiente. Se vou inclui-la em meu círculo de amigos, devo pelo menos trocar impressões com ela durante alguns minutos primeiro.

Hawkeswell voltou a trocar um olhar com Summerhays. Aquilo não soava nada bem a nenhum dos dois.

– Quando você fala do seu círculo de amigos, refere-se aos seus amigos de terça-feira, presumo – disse Hawkeswell.

– Inicialmente, sim.

Hawkeswell teve visões de Verity sendo atraída para orgias e devassidões. O fato de ele ter apreciado esse tipo de coisa em sua juventude não significava que permitiria que sua mulher fizesse o mesmo.

O dragão começara a dormir, mas agora voltava a exalar labaredas.

Castleford distraíra-se com alguns homens próximos dali discutindo política em altos brados. Hawkeswell tentou atrair sua atenção de volta.

– Castleford... Tristan... *Vossa Graça.*

– Hum?

– Certamente que pode visitar a minha mulher amanhã enquanto eu estiver presente. Ou em qualquer outro momento, desde que eu esteja lá. Mas, previno-o desde já, jamais lhe faça uma visita se eu não estiver presente.

Ele achou aquilo muito engraçado.

– Não seja imbecil, Hawkeswell.

– Escute-me até o fim. Se o seu plano for benigno, eu lhe agradeço. Porém, se pensa em pôr um fim à especulação a respeito da ausência de Verity oferecendo à sociedade um escândalo ainda maior a respeito do comportamento dela no seu círculo, não se atreva. E que Deus não permita que a sua mente ébria tenha decidido encorajar especulação em torno de um caso amoroso contigo...

– Você mal tinha acabado de proferir os votos e ela o deixou durante dois anos, meu amigo; esse é um fato inegável. Duvido que ela precise de toda a proteção que lhe dá agora com uma mão tão pesada. Contudo, eu não seduzo mulheres de amigos e, embora você e Summerhays tenham tornado dois chatos, ainda os considero meus amigos. O meu plano consiste simplesmente num jantar, com a nata da nata da sociedade. Isso é tudo.

– Você não dá jantares para a nata da sociedade.

– Não, não dou. São entediantes. Porém, num acesso de nostalgia pela nossa velha amizade que surgiu sabe-se lá de onde, decidi ser o anfitrião de um para o qual você e a sua mulher serão convidados. – Levantou-se, aborrecido com as suspeitas expressas, embora soubesse muito bem que não podia censurá-los. – Será daqui a um mês, a partir desta terça-feira. Contem com convites, os dois.

Antes que os abandonasse, Summerhays ergueu o dedo no ar para questionar um ponto importante.

– Castleford, a nata da sociedade não estará presente em um jantar oferecido por você. Você ofendeu praticamente quase todos os seus membros.

– Verdade. Mas eu disse a nata da nata, não apenas a nata. E a nata da nata da sociedade virá.

Capítulo 15

De manhã, Verity tomava o desjejum na sala de estar matutina antes de sair para o jardim. Tomava sempre chá, uma pequena indulgência para se lembrar do fato de que ser condessa possuía as suas regalias.

Normalmente, o correio chegava enquanto estava lá e um punhado de cartas vinha sempre endereçado a ela. Colleen escrevia para convidá-la a visitar uma de suas amigas que continuava na cidade. Daphne ou Celia escreviam para descrever o progresso da nova estufa quente que tinham decidido acrescentar na Flores Mais Raras. Audrianna rabiscava um bilhete para organizar um passeio.

Ela reconhecia todas as letras, por isso, quando chegou uma carta que exibia uma caligrafia diferente, ela saltou imediatamente à vista na pilha de cartas. Também reconheceu aquela letra. Nancy Thompson, a mulher de Bertram, enviara uma carta.

Verity ponderou não abrir, mas sabia que devia faze-lo.

Nancy dirigia-se a ela pelo título e em seguida exprimia um alívio excessivo por sua boa saúde. Por fim, informava que ela e Bertram se tinham instalado no Hotel Mivert e pedia permissão para visitá-la.

A tentação de assumir o papel de uma condessa altiva quase a dominou. Respostas cáusticas passaram pela sua mente, cada uma delas concebida para romper quaisquer laços com o primo e a mulher. Podia ter utilizado uma delas se achasse possível ou sensato criar uma desavença permanente com um homem cujas decisões relativas ao negócio afetavam diretamente a sua fortuna. Em vez disso, foi até a biblioteca, sentou-se à escrivaninha e sugeriu, numa breve resposta, que todos se encontrassem em Hyde Park naquela tarde.

Em seguida, escreveu um bilhete para o marido, informando-o do compromisso, e enviou-o lá para cima para aguardar que ele despertasse.

Hawkeswell achou que Verity estava esplêndida enquanto desciam da carruagem em Hyde Park. Ela usava um chapéu de crepe azul-claro com plumas brancas que emoldurava seu rosto delicado e um vestido de passeio que realçava sua forma graciosa. Ela abriu uma sombrinha branca para se proteger do sol e ambos se juntaram à torrente de pessoas que desfrutava da hora chique.

O parque não estava apinhado em comparação com o pico da temporada social e, por esse motivo, ele avistou Bertram Thompson a alguma distância. O cabelo castanho e escorrido de Bertram e sua figura mediana e seca não anunciavam tão notoriamente a sua chegada quanto a pele pálida e os olhos sonolentos. Sempre semicerradas, aquelas pálpebras pareciam ora altivas, ora aborrecidas, independentemente do verdadeiro estado de humor de Bertram.

A mulher ao seu lado tomara tanto cuidado com a sua aparência quanto Verity. A aba em ângulo do chapéu de Nancy Thompson permitia que seu cabelo dourado pudesse ser admirado e ela segurava a sombrinha de maneira que o mundo pudesse apreciar sua expressão orgulhosa, seu rosto severamente belo e os grandes olhos verdes.

Que imagem viera à mente dele quando Colleen os apresentara? Ganância. Alpinistas sociais com esperança de subir mais alto e mais depressa do que os outros por meio do casamento. Não os recriminava por isso. Tendo nascido no topo da pirâmide, ele compreendia por que outros se esforçavam arduamente para escapar das áreas mais baixas.

À exceção de Verity, é claro.

Os Thompson surgiram nitidamente à frente de ambos. Nancy deteve-se por um momento quando viu Verity e depois precipitou-se para a frente de braços abertos. Os transeuntes perceberam o ato, como era intenção dela.

– Lady Hawkeswell – exclamou ela, forçando um abraço em uma Verity muito hirta. – Minha querida menina.

Bertram conseguiu dar um beijo constrangido na face de Verity.

– Estamos aliviados e encantados por ter regressado para junto de nós e por estar bem.

Hawkeswell esperava que Verity nunca olhasse para ele do jeito que olhava naquele momento para Bertram. Embora a sua fúria glacial também se dirigisse a ele, na realidade. Todo o ressentimento a respeito daquele casamento estava presente em seus olhos. Mesmo que considerasse Bertram o principal culpado, as outras duas pessoas presentes tinham sido cúmplices.

– Também fico contente por vê-los. Esse é um conjunto muito encantador, Sra. Thompson. O cinzento prateado lhe cai bem.

Nenhum dos presentes deixou de reparar na forma de tratamento ou em seu significado. A condessa de Hawkeswell acabara de indicar que dali em diante as formalidades seriam mantidas.

– Continuamos o nosso passeio? – sugeriu Hawkeswell. – Estamos criando um gargalo inoportuno no trânsito.

Retomaram a caminhada vagarosa, agora juntos. Bertram murmurou alguns comentários educados e Hawkeswell respondeu com iguais murmúrios. As senhoras encarregavam-se do grosso da conversa, por assim dizer.

– Corre tudo bem em Oldbury? – perguntou Verity. – Consultei jornais do condado sempre que pude, mas sei que perdi a maioria das notícias a respeito das pessoas de lá nestes últimos dois anos.

– Há tantas novidades que dificilmente conseguiria transmitir todas agora. Mas escreverei a você sobre aquelas de que me recordar – disse Nancy.

– O Sr. Travis ainda está na fundição?

– Claro que sim. – A voz de Nancy baixou uma oitava. *Não temos outra escolha em relação a isso, não é?*

– E o pastor, Sr. Toynby... ainda faz o seu rebanho dormir todos os domingos?

– O Sr. Toynby nos deixou há mais de um ano. Agora temos um novo pastor.

O perfil de Verity endureceu.

– E o filho de Katy Bowman, Michael. O que foi feito dele, Sra. Thompson?

Tanto o marido como a mulher reagiram intensamente à pergunta, mas não da mesma forma. Nancy enrubesceu e lançou a Verity um olhar de relance cauteloso. Bertram ficou ruborizado de raiva.

– Já se foi há bastante tempo, esse aí – disparou Bertram. – E que vá com Deus, digo eu. Só causava problemas, o patife ingrato.

– Foi para onde? – insistiu Verity.

– Quem sabe? Para a cidade, talvez. Para se juntar aos amigos revolucionários. Onde quer que esteja, está muito bem para mim, desde que seja bem longe do meu condado e da minha fábrica.

Nancy permaneceu calada. Verity não parava de olhar para ela, como se achasse aquele silêncio interessante.

– A sua fábrica, Thompson? – Hawkeswell sentiu-se obrigado a dizer. – A sua devoção aos interesses da família é admirável, mas creio que se exprimiu de forma errada.

– Sim, exprimiu-se efetivamente de forma errada. Obrigada, Lorde Hawkeswell, por notar. Poupou-me à necessidade de eu mesma recordar o meu primo. – Verity fitou Bertram de forma expectante.

O rubor de Thompson se intensificou.

– Reconheço o meu erro. A *nossa* fábrica, Lady Hawkeswell.

Aquele encontro não começara bem e piorava a olhos vistos. Hawkeswell decidiu pôr fim ao tormento de todos. Tomando o braço de Verity, disse:

– Foi bom ver vocês. Passou-se tempo demais desde a última vez. Thompson, vou lhe escrever em breve com algumas questões que tenho a respeito do negócio. Venha, minha querida. Temos uma noite cheia à nossa frente.

Ele conduziu Verity para longe depois de despedidas embaraçosas. A Sra. Thompson não parecia feliz pelo fato de não ter sido estendido nenhum convite.

Verity ficou pensativa enquanto se apressavam para a carruagem. Ele a ajudou a subir e instalou-se à sua frente.

– Está satisfeita? – perguntou ele. – Se o seu objetivo era informá-los de que não restou qualquer sentimento bom da sua parte e que eles agora estão reduzidos a meros conhecidos, foi bem-sucedida.

Ela mal parecia prestar atenção ao que ele dizia.

– Estou plenamente satisfeita, obrigada. – Falou de forma ausente e apática, com outra coisa a ocupar sua mente.

O som era inconfundível. Penetrava pela parede e a porta enquanto ele se despia. Irrompeu através da sua reflexão acerca daquele encontro no parque e da curiosidade de Verity em relação a alguém chamado Michael.

O som vinha dos aposentos ao lado, provavelmente do quarto de dormir. Verity estava chorando.

Drummund fingiu não ouvir nada até Hawkeswell se deter e erguer uma mão pedindo silêncio para que pudesse escutar melhor. Aí os olhos do criado pessoal procuraram os dele.

Hawkeswell o dispensou. Ainda vestido com camisa e calça, ele atravessou o quarto de vestir de Verity.

Ela estava de pé perto da cama quando ele entrou e já não chorava. Engolira a dor ao ouvir os passos dele. Hawkeswell ponderou sair de novo para que ela pudesse ceder à emoção sem a sua interrupção.

– Não estou pronta. Lamento. – Verity descalçou um dos sapatos e apoiou o pé numa cadeira, começando a desenrolar as meias, como se a sua aparição nos aposentos dela pudesse significar apenas uma coisa.

O que sempre significara. Mesmo assim, ele não apreciou a forma como ela agora se sentia obrigada a ficar "pronta" quando na realidade só queria chorar. Perguntou-se se isso acontecia com frequência e ele só não percebera em noites passadas por ainda não estar no quarto de vestir quando ela chorava.

Talvez ela chorasse todas as noites e depois secasse as lágrimas, despisse as roupas e deitasse na cama para aguardá-lo e desempenhar os eus deveres. A ideia o enfureceu.

Ela apoiou o outro pé na cadeira e começou a desenrolar a meia da outra perna.

– Pare com isso, Verity.

Ele provocou-lhe um sobressalto. Ela pousou o pé no chão e o fitou diretamente.

– Estava chorando agora mesmo, antes de eu entrar. Por quê?

Ela limitou-se a olhar para ele, os olhos azuis inexpresivos ocultando seus pensamentos. Isso só o enfureceu ainda mais.

Ele queria insistir que ela lhe dissesse o porquê. Quase disse que, na qualidade de marido dela, tinha o direito de saber. Mas não era verdade e ela sabia disso. Podia exigir dela obediência, seu futuro e seu corpo, mas se ela escolhesse guardar o seu coração e sua alma para si mesma, ele não tinha como impedir.

Para seu espanto, o olhar dela se tornou lacrimejante. Verity passou as mãos pelos olhos, fungou com força, voltou-se para a cama e pegou um papel que estava lá pousado.

– Nancy não perdeu tempo para atender ao meu pedido. Enviou as novidades a respeito de Oldbury por mensageiro esta noite. Aqui estão elas. Uma lista de vizinhos que morreram, jovens e velhos, enquanto eu estava longe e ignorava o sucedido e, por isso, encontrava-me incapaz de chorar a morte deles. Incluiu também uma explicação para aqueles que partiram e até mesmo algumas notas sobre aqueles que chegaram.

Ele pegou a folha de papel que ela lhe estendia e sentou-se na cama perto da lamparina. A carta continha listas de nomes, cada uma com um título. Morto. Mudou-se. Recém-chegado. Desaparecido. De forma bastante proeminente, o próprio nome de Verity fora classificado sob aquele último cabeçalho e depois riscado. Nancy encontrara uma forma de extravasar o seu despeito por último.

Katy e Michael Bowman estavam classificados sob o item "Mudou-se".

– Ela não diz que Katy está desaparecida ou morta – disse ele. – Isso é um bom sinal, não?

– Suponho que sim. Porém, não saberei até vê-la. Escrevi ao pastor, perguntando por ela e pedindo que lhe lesse uma carta que anexei à missiva dirigida a ele. O problema é que ele agora aparece nesta lista com a classificação "Mudou-se". Se a carta seguiu no encalço dele, pode estar perdida ou viajando pelo país todo.

– Estava chorando pela crueldade de Nancy em classificar esses nomes sem pensar na forma como iria receber tais notícias?

Ela abanou a cabeça.

– Fiquei comovida porque conheço muitos deles. Ou conhecia. – Ela deu um passo em frente e apontou para a lista de nomes classificados sob "Morto". – Esta era uma menina. Ainda não teria feito dez anos neste momento. Uma coisinha linda com caracóis ruivos. O meu pai ajudou o pai dela a construir a casa da família quando ela nasceu, como tinha o hábito de fazer.

Ela apontou para mais alguns nomes, de pessoas da sua meninice e descreveu o que tinham significado para ela.

Sorriu quando chegou ao final da explicação, com suas memórias servindo de conforto em vez de provocarem sofrimento. Ele decidiu esperar por outro dia para perguntar a respeito do jovem chamado Michael, sobre o qual ela tivera o cuidado de perguntar a Nancy.

Ele pegou a carta e dobrou-a. De seguida, pegou a mão de Verity e a beijou.

– Vou deixá-la com as suas memórias, Verity.

Os olhos dela se umedeceram de novo. Ela não largou a mão dele.

– Para um homem que conheceu inúmeras mulheres, Lorde Hawkeswell, não as conhece nem um pouco. Não quero ser deixada sozinha chorando mortes passadas e passar a noite com fantasmas.

– Nesse caso, ficarei, se me quiser aqui.

Ela pareceu grata, o que o comoveu. Ela voltou as costas para ele e começou a se despir. Não havia nada de sedutor em seus movimentos. A sua distração significava que ela mal reparava no que estava fazendo.

Ele teve de assistir enquanto ela tirava a roupa, é claro, ao mesmo tempo que se despia também. A familiaridade daquele gesto cotidiano dela o encantou.

Encontraram-se sob os lençóis e ele presumiu que ela não lhe pedira para ficar com o prazer em mente. Só não queria ficar sozinha. Sentia necessidade de companhia, nada mais.

Ele puxou-a para perto e prendeu-a contra si de forma a ficar voltado para as costas dela e ela se enrolar contra ele. Ela suspirou de forma audível, aquietou-se e a sua respiração serenou para um ritmo constante.

Dali a pouco tempo, achou que ela estava dormindo. Cogitou esgueirar-se da cama para que também pudesse dormir. O que seria pouco provável se continuasse ali, com as nádegas dela aconchegadas contra o seu ventre.

Para sua surpresa, a mão dela pegou a dele, a mão do braço que a enlaçava. Ela a moveu até que envolvesse o seu seio. Ele o acariciou e ela suspirou de novo numa pequena melodia de contentamento.

Ele não precisou de mais encorajamento. Afagou o seio até o fôlego dela ficar entrecortado e as nádegas se enroscarem mais contra ele. Ela tentou se virar.

– Não. Fique assim – disse ele. Afastou-a ligeiramente e apoiou-se no outro braço para que pudesse beijar-lhe o rosto e o ombro, as costas e o cabelo. Deslizou a mão pelo corpo dela, traçando círculos em torno dos mamilos até os gemidos dela parecerem impacientes e as nádegas subirem um pouco, pressionando a sua ereção, em busca de mais.

Acariciou-lhe as nádegas. Os dedos dele seguiram a sua abertura até tocarem a carne mais suave e quente. Observou o rosto dela e a forma como o prazer o transformava até ela agarrar a roupa da cama e soltar num grito sua necessidade, seu consentimento e, por fim, sua explosão de prazer no meio da noite.

Ele a possuiu tal como ela estava naquele momento, meio a abraçar o colchão, e observou o prazer se elevando de novo enquanto ela se arqueava eroticamente para receber as investidas dele.

— Tenho de ir para casa.

– Esta é a sua casa.

– Quero ir a Oldbury – disse ela, reformulando a frase. – Você disse que eu poderia ir.

Eles não se tinham mexido. O corpo dele ainda estava curvado ao longo do dela. A mão dele ainda estava pousada no seio dela, tal como ela o encorajara a fazer, mas num gesto confortável e de posse agora, não de estimulação. Fora uma união longa e lenta e, no final, quando a necessidade dela crescera ao ponto do frenesi com as repetidas investidas dele, ele rodeara-lhe o corpo e friccionara a protuberância sob o montículo dela.

O resultado tinha sido a espetacular segunda explosão dela que impusera a dele. Verity gritara para a madrugada com abandono e puxara a cabeça dele para junto dela para poder beijá-lo agressivamente, com uma selvageria que intensificara o clímax. O êxtase violento dela ainda ecoava dentro da sua cabeça.

Tudo isto o deixara despreparado para o anúncio inesperado.

– Eu disse que podia ir quando fosse conveniente para mim acompanhá-la. Não é o caso agora. As sessões parlamentares começam em breve e temos de estar aqui daqui a um mês, seja como for.

– Eu regressarei muito antes de um mês se passar. – Ela afofou o travesseiro, abraçou-o e aninhou-se confortavelmente. – Irei até lá.

– E se eu a proibir?

Ela não disse nada.

– Bom, pelo menos, se fugir, dessa vez eu saberei onde está, Verity.

Ela virou-se para olhá-lo de frente.

– Tenho coisas a resolver por lá e pessoas que preciso ver. Eu o avisei que não iria renunciar à minha vida por você, mas creio que espera que eu o faça, mesmo assim. Isso não vai acontecer, independentemente daquilo que proibir e de quanto prazer você me dá.

– É perigoso demais ir sozinha. Falaremos a respeito disso amanhã. – Diabos o levassem se ele se limitaria a capitular. Todavia, naquele preciso momento, com visões da lindíssima paixão dela ainda assombrando sua mente, não queria discutir ou pensar em como pôr um ponto final naquela rebelião.

Ela sorriu com satisfação. Partia do princípio que ganhara. Bom, conheceria a realidade dura dos fatos no dia seguinte.

– Por que motivo tenho de estar aqui daqui a um mês? – perguntou ela.

– Será convidada para um jantar oferecido pelo duque de Castleford. E ele vai acontecer daqui a um mês, contando desta terça-feira. Creio que estarão presentes membros da realeza.

– Quem diria que a filha de um ferreiro se sentaria lado a lado com membros da realeza? São as vantagens de me casar com um conde, suponho eu. Vou me esconder atrás de você e tentarei me desencumbir o melhor que puder.

– Não precisará da minha ajuda naquele meio. Nem tampouco será capaz de se esconder. A festa é em sua honra, por assim dizer.

Ela apoiou-se num cotovelo para se erguer. Franziu o sobrolho pensativamente enquanto observava os seus dedos caminhando sobre o peito dele numa agradável marcha leve.

– Porque é que esse duque se dará a todo esse trabalho por mim?

– Ele e eu éramos bons amigos até há alguns anos e ele se deixou levar pela nostalgia para facilitar a sua chegada, ao que parece. Virá visitá-la amanhã. Eu estarei aqui.

Ficou pensando se devia expressar algum tipo de aviso. Infelizmente, com Castleford, era provável que fosse necessário, apesar de toda a conversa dele a respeito de padrões a manter. Tristan ficaria indubitavelmente fascinado por Verity, em especial se ela não exibisse um temor respeitoso. Ele podia considerar isso um desafio impossível de ignorar.

– Ele possui uma reputação de dissoluto e libertino. Seria melhor se o recebesse apenas quando eu também estiver presente.

– Eu conheço a reputação dele pelos jornais sensacionalistas. Celia parece saber um pouco mais, mas ela costumar mesmo saber mais, e acrescentou algumas notas à margem desses artigos. Se foi um bom amigo dele, deve ter sido igualmente dissoluto. – Ela lhe lançou de esguelha um olhar crítico. – Orgias e afins.

– Já não considero esse tipo de distrações divertidas.

– Porque não? Imagino que sejam eternamente divertidas.

Ela podia estar perguntando por que ele preferia agora o azul ao marrom e observando calmamente que, embora ela mesma nunca tivesse usado marrom, presumia que o hábito de usá-lo não o tornaria entediante.

– Quando um homem tem dezenove anos, ficar estrondosamente bêbado é divertido, audacioso e rebelde. É preciso estar bastante embriagado para se juntar a uma orgia sem inibições. Há cerca de cinco anos, decidi que nunca mais ficaria tão embriagado. A partir deste ponto as orgias se tornaram peculiares, não divertidas.

– Está querendo dizer que seus gostos mudaram.

– Sim. Os meus gostos tornaram-se muito mais tediosos.

– Ou simplesmente mais privados. Você não se tornou um monge. Simplesmente parou de copular com mulheres numa sala repleta de outros homens copulando com outras mulheres.

Jamais se poderia dizer que Lady Hawkeswell usava eufemismos ou se preocupava em demasia a respeito da adequação de suas próprias palavras.

– Por que decidiu não ficar assim tão embriagado de novo?

Eis o problema das mulheres. Independentemente do quanto um homem se esquivasse e desse voltas, do quanto efetuasse inteligentes manobras de diversão e de ocultação, as mulheres possuíam uma capacidade perturbadora de localizar precisamente aquilo que estava sendo evitado e de focar nisso com uma precisão implacável.

– Já se deve ter dado conta que eu tenho um pouco de mau gênio.

Ela soltou um risinho abafado.

– Não diga!

– Ficar bêbado dificulta controlá-lo. Em meus esforços para aprender comedimento, aceitei as minhas limitações.

Ela pareceu achar aquilo uma explicação sensata. Não estava à espera de mais nada. Talvez não quisesse saber mais, mesmo acreditando que havia mais alguma coisa.

Ela reajustou a sua posição, bocejou profundamente e fechou os olhos.

– Quase matei um homem. Foi por isso que decidi não me embriagar mais.

As pálpebras dela se ergueram e seus olhos azuis procuraram o rosto dele.

– Mas não o matou.

Ele abanou a cabeça.

– Summerhays estava lá, tão bêbado como eu, mas com um caráter melhor do que o meu desde o começo. Ele viu como aquilo iria terminar e me arrastou para longe do pobre sujeito. Deu-me uma surra até me deixar sem sentidos, para ter certeza de que eu fosse impedido. Quando recuperei a consciência e a sobriedade, compreendi como as coisas deveriam ocorrer daquele momento em diante. – As memórias daquela noite continuavam vagas, perdidas numa névoa de falsa euforia que dera lugar a uma raiva explosiva. A única coisa de que se recordava claramente era de arremessar o seu punho várias vezes enquanto a fúria lhe inundava a mente. – O homem me insultara de alguma forma. Nem sequer me lembro do que ele disse. Se Summerhays não estivesse lá...

Perguntava-se muitas vezes como teria sido viver sabendo que a sua falta de controle custara a vida de um homem. Isso, mais do que tudo, ensinara-o a desenvolver o comedimento.

– A maior parte dos homens não admitiria seu erro nem aceitaria como teria de viver dali em diante, especialmente se a decisão implicasse o afastamento de um bom amigo, como parece ter causado em relação a Castleford. É compreensível que sinta a falta dele às vezes e que inveje a liberdade que ele tem da necessidade de bom senso.

– Não sinto falta dele. E certamente não o invejo. – Mas, na realidade, sentia ambas as coisas. Que típico de Verity perceber que a nostalgia era mútua no que dizia respeito a Castleford.

Ela não argumentou. Ele gostava dessa qualidade nela. Ela exprimia a sua opinião, mas não exibia qualquer compulsão para converter mais ninguém. Também não suspirou com a sua teimosia ou sorriu ironicamente à negação. Limitou-se a fechar os olhos para dormir.

A sonolência também se apoderou dele e o corpo relaxou sobre o colchão contra a suavidade dela. O primeiro era muito confortável e o último estranhamente reconfortante e uma paz agradável começava a atraí-lo. Ele lutou para voltar a um estado alerta e começou a jogar para trás o lençol para voltar aos seus aposentos.

– Não tem de ir embora, se não quiser. – A voz dela dava a entender que já estava meio adormecida. – Digo, a não ser que haja alguma regra que ninguém me comunicou.

Não se tratava de uma regra, mas seria mais sensato ir. Manter algumas formalidades com uma mulher não era necessariamente algo ruim. Porém, ela afirmara que não queria ficar sozinha com os fantasmas e talvez estes ainda estivessem à espreita na orla dos seus sonhos.

Ele decidiu que ficaria daquela vez. Por ela.

Capítulo 16

Mais uma vez, Hawkeswell dava por si na garupa de um cavalo debaixo de chuva seguindo uma carruagem. A viagem até Shropshire transformara-se num drama maior do que ele esperara.

A culpa era de Colleen. Depois de ouvir por Verity que planejavam a viagem – uma viagem com a qual Hawkeswell ainda não concordara quando Verity revelou a notícia à sua prima –, Colleen pediu para se juntar a eles. Ela não via a prima da mãe, a Sra. Geraldson, que vivia perto de Birmingham, há dois anos e o fato de acompanhar Verity iria matar três coelhos com uma só cajadada. Colleen deixaria para trás o calor e fedor do final de verão londrino, desfrutaria de boa companhia enquanto viajava pela região rural e evitaria regressar à companhia da sua mãe por pelo menos uma quinzena. O último ponto arrancou uma concordância relutante de Hawkeswell.

Se Colleen ia, sua criada pessoal também iria. Ambas as criadas seguiam agora viagem com as suas senhoras na carruagem carregada de malas.

Ele passou a maior parte do tempo a desfrutar da paisagem rural, o que ainda lhe deixou bastante tempo para ponderar as lições que estava aprendendo a respeito do casamento. Antes de mais nada estava o fato de, apesar de que Verity talvez não fosse o tipo de mulher que persuadia o marido a lhe oferecer joias quando o prazer o deixava à sua mercê, qualquer pedido que não fosse imediatamente recusado seria considerado concedido. *Falaremos a respeito disso amanhã* somente anunciava uma derrota.

A chuva se revelou leve e efêmera e o sol irrompeu pelas nuvens no céu. Eles chegariam ao destino em breve. A Sra. Geraldson insistira que ficassem todos hospedados em sua casa, e visto que a propriedade ficava a uma hora de carruagem de Oldbury, ele concordara.

Podia ter autorizado aquela visita a Verity, mas não gostava da ideia de ela se instalar em aposentos alugados tão perto da fundição. Uma hora de distância parecia uma boa forma de manter uma série de distâncias necessárias.

A Sra. Geraldson vivia junto à fronteira com o condado de Staffordshire. Hawkeswell já sabia que ela era uma senhora de meia-idade com o dom da franqueza que apreciava sua vida tranquila no campo. A propriedade era de um bom tamanho, com cômodos espaçosos e diversas construções exteriores. Verity e Hawkeswell foram agraciados com os melhores quartos. Os aposentos de ambos não eram luxuosos, mas eram mais do que adequados.

Uma vez instalados, juntaram-se à anfitriã para tomar refrescos. Na companhia de Colleen, reuniram-se numa sala de estar aprazível e feminina, bebendo ponche e comendo bolinhos.

– Sinto-me honrada por tê-los como hóspedes, Lorde Hawkeswell e Lady Hawkeswell. – Sra. Geraldson sorriu indulgentemente a Verity. – Talvez possa ser perdoada pela minha falta de modéstia se me gabar de ter tido um pequeno papel em sua felicidade. Jamais imaginamos o poder de uma simples carta e de como esta pôde dar início a uma série auspiciosa de acontecimentos.

– Hermione se refere à carta de apresentação que deu aos Thompson quando viajaram até Londres na primeira visita prolongada de ambos – explicou Colleen quando percebeu a confusão de Verity. – Embora eu conhecesse o Sr. Thompson da época em que estive aqui de visita na minha infância, a carta dela serviu para nos reapresentar.

– Conhece o meu primo? – perguntou Verity a Sra. Geraldson.

– Acredito conhecer qualquer pessoa de importância na vizinhança de Birmingham.

Ela conhecera também o pai de Verity, descobriram. Tinha notícias até a respeito da fundição.

– Diz-se por aí que há problemas crescendo por aquelas partes. Bom, estão crescendo por todo lado nos tempos que correm, não é? Com todos esses radicais e manifestações. Lorde Cleobury afirma que existem comitês revolucionários secretos em todo lugar. Uma pessoa não se sente segura ao sair de carruagem, por medo de um ataque executado por aqueles cuja ordem natural decretou que possuíssem apenas carroças e charretes.

– Tem havido violência real? – perguntou Hawkeswell. – Ataques recentes, como esses que descreve? Não ouvimos falar de nada semelhante em Londres.

– É só uma questão de tempo depois do que aconteceu em Derbyshire no verão passado e em Manchester na primavera. O Sr. Albrighton está fazendo o que pode para manter as coisas sob vigilância, mas ele é apenas um homem.

– Albrighton? – perguntou Hawkeswell. – Por acaso está se referindo a Jonathan Albrighton? Se for, não sabia que ele possuía uma propriedade aqui, nem que estava de volta à Inglaterra.

– É esse o nome dele, de fato, Lorde Hawkeswell. O senhor o conhece? Ele recebeu uma herança de um parente e estabeleceu residência em Losford Hall.

A revelação fascinou Hawkeswell.

– Irei visitá-lo amanhã. Passaram-se pelo menos cinco anos desde a última vez que nos falamos.

– Como o Sr. Albrighton tem mantido as coisas sob vigilância? – perguntou Verity. – Ele ameaça os homens? Envia-os para fora do condado?

– Com tantos condados fazendo fronteira uns com os outros, isso não seria de grande serventia. Eles poderiam atravessar a fronteira de novo num piscar de olhos, não é? Lorde Cleobury teme que as fronteiras próximas dos condados sejam, por si sós, um terreno propício a problemas e que a rebelião começará exatamente num lugar assim. Ele levou canhões para sua propriedade. Estão dispostos em fila no terraço, em antecipação a um ataque.

– Duvido que exista uma rebelião aberta – afirmou Hawkeswell. – As pessoas estão zangadas e inquietas, isso é verdade. O final da guerra trouxe privações. A maior parte das manifestações exprime esse descontentamento, não crenças de alta traição.

– Receio que sua forma de pensar seja muito branda e que Lorde Cleobury tenha razão. Eles nunca ficarão satisfeitos até terem destruído tudo o que é bom – disse Colleen. – É preciso uma resposta firme. O exército terá de entrar em ação, tal como aconteceu com Brandreth e a sua turba.

– Se tivesse se deparado com essa traição quase às portas do seu jardim, Lorde Hawkeswell, compreenderia a preocupação das pessoas respeitáveis desta região – disse Sra. Geraldson.

– As pessoas só querem poder alimentar suas famílias – disse Verity. – É do interesse de todos ajudá-las a fazer isso.

Sra. Geraldson não estava habituada a que discordassem dela.

– A sua família tem uma opinião diferente. O Sr. Thompson informou todos os seus trabalhadores que, se participarem de tais atividades sediciosas, serão expulsos da fábrica e de suas casas. E não hesitou em chamar a milícia dos pequenos proprietários rurais no inverno passado quando alguns homens começaram a levantar problemas por lá.

– Não posso falar pelo meu primo. Contudo, o meu pai jamais teria proibido os homens de se exprimirem livremente, quer junto a ele, quer junto a qualquer outra pessoa. Somos um povo livre, não?

– Certamente que somos – disse Hawkeswell, vendo uma discussão se aproximando. Era necessária uma mudança de assunto. – Diga-me, Sra. Geraldson, que notícias tem de meus outros familiares destas partes? Confesso que nunca conheci alguns dos parentes da minha mãe. Existem muitos neste condado?

– Existem mais em Derbyshire.

A conversa avançou para um longo relatório a respeito de primos muito distantes. Enquanto Hawkeswell distraía a anfitriã com conversas a respeito de rebeliões, suspeitava que Verity se afligia com as revelações da Sra. Geraldson a respeito de Bertram e da fundição.

Na manhã seguinte, Verity vestiu-se cedo num conjunto próprio para viajar de carruagem. Estava tomando o desjejum quando Hawkeswell entrou na sala. Ele fitou o seu vestuário, a sombrinha e a bolsinha enquanto comia e trocava impressões com a Sra. Geraldson.

– Vai a algum lugar? – perguntou, quando a anfitriã se retirou.

Ela adotou um tom descontraído e leve, esperando que isso ajudasse.

– Pretendo mandar vir a carruagem e visitar Oldbury.

– Sozinha, não.

– Você falou em visitar o Sr. Albrighton hoje, por isso terei de ir sozinha. Regressarei à tarde e tomarei muito cuidado com a minha segurança.

Ele tinha aquela expressão no rosto – a que dizia que estava se esforçando arduamente para ser justo. O problema era que a sua ideia de justiça geralmente significava que ele esperava a concordância dela com a sua noção, e abdicasse da dela, depois de tê-la exposto algumas vezes.

– Verity...

– É por isso que estou aqui. Não consigo ficar parada, muito menos desempenhar o papel de hóspede educada. – Ela pegou a sombrinha e a bolsinha para reforçar a sua determinação.

– Largue isso. Não vai a lugar nenhum se eu não permitir. O cocheiro jamais irá me desobedecer, mesmo que você o faça.

– A minha casa fica a poucos quilômetros de distância. Por que permitiu que eu viesse até tão longe para agora me negar isso?

– Não estou lhe negando nada, exceto uma independência perigosa. Isto pode não ser Manchester, mas ouviu a sra. Geraldson descrever o clima que corre por estas paragens. Não é seguro.

Ela queria dizer que a filha de Joshua Thompson estaria sempre segura na fundição. Mas não tinha certeza de que isso continuava sendo verdade. Talvez não a vissem como a filha de Joshua, mas como a prima de Bertram e a mulher de um par do reino.

Pousou a bolsinha.

– Eu sabia que não combinaríamos um com o outro.

A expressão dele se endureceu e o olhar trespassou-a.

– Acredita que não? Nenhum homem que se preze agiria de forma diferente. Preferia que eu me revelasse indiferente para com a sua segurança?

Não, ela se deu conta. Consideraria isso desalentador. Mas ela vivera de forma independente por dois anos e não gostava de ser obrigada por terceiros a colocar de parte os seus planos, fosse por capricho ou por razões legítimas. Não gostava de precisar obedecer, mesmo discordando da ordem dada.

– Talvez não seja tanto você e eu que não combinamos, mas o casamento e eu – disse ela. – Eu ficaria aborrecida com a interferência de qualquer marido.

– Terá de aprender a viver com isso, uma vez que estamos casados e eu sou seu marido. Agora, venha aqui.

Ele estava zangado. Um medo antigo e vil irrompeu, querendo se apoderar dela. Repreendeu-se, pensando que reagir dessa forma era estúpido. Aquele homem nunca tinha sido cruel ou perdera o controle em sua presença. Ainda assim, aquela sensação visceral do passado havia renascido e ela hesitou antes de contornar a mesa para chegar até ele.

Ele empurrou para trás a cadeira e bateu de leve nas pernas.

– Sente-se.

Ela baixou o corpo até ficar empoleirada no colo dele.

– Agora me beije como fez na noite em que fiquei com você, como fez depois de gritar de prazer no meio da noite.

O rosto dela ardia e olhou de relance sobre o ombro para confirmar se alguém os podia ver.

Sequer estava certa de que sabia a que ele se referia. Tocou os lábios dele com os seus e, quando o fez, recordou-se daquele beijo, resultado das sensações intensas que haviam se abatido sobre ela. Não tinha certeza se podia beijar alguém assim, sentada à mesa de uma sala de desjejum.

Porém, tentou. Beijou-o audaciosamente e fez o que ele tinha feito com a língua e os dentes. O seu corpo reagiu quando ele aceitou, recebeu e, por fim, correspondeu numa precipitação de beijos mútuos e famintos.

Ela se obrigou a parar porque podiam abrir a porta a qualquer momento. Imaginou se pareceria tão ruborizada e excitada como se sentia.

– Agora, peça-me para acompanhá-la até Oldbury hoje, para que tenha proteção e ajuda caso se depare com problemas.

Ela engoliu o impulso orgulhoso de recusar.

– Gostaria imensamente de ir até Oldbury hoje. Poderia me levar até lá?

Ele arreganhou os dentes ligeiramente e fechou-os com delicadeza em torno do dedo dela. Um calor breve, intenso e selvagem surgiu nos olhos dele. Ela não conseguia desviar o olhar. Descobriu neles a memória vívida daquela noite, dele se movendo tão profundamente dentro do seu corpo e dela perdendo o controle pela sensação de ser preenchida de forma tão completa.

Ele a colocou de pé e se ergueu.

– Vou mandar vir a carruagem e verei Albrighton outro dia, caso seja necessário.

– Obrigada – disse ela, excitada demais para se sentir confortável.

Ele ergueu-lhe o queixo e a beijou.

– Viu? Combinamos muito bem um com o outro, Verity.

* * *

Hawkeswell achava sempre surpreendente o fato de a maior parte dos terrenos industriais ter uma aparência tão rústica, quase agrícola. A fundição a meio quilômetro de distância de Oldbury, num terreno isolado e separado de Shropshire totalmente rodeado por outros condados, não era diferente.

As construções eram feitas de tijolo e pedra da região. Distribuíam-se na propriedade à semelhança dos edifícios anexos nas fazendas, com árvores, arbustos, ervas e até mesmo algumas flores silvestres espalhadas. Ao longe, talvez a cerca de trezentos metros dali, uma casa de pedra era visível numa colina pouco elevada, com um dos lados virado para a fundição e o seu tamanho indicando que o proprietário ou o administrador residia ali.

Uma comunidade havia crescido a norte da fábrica com um bom número de pequenas casas de campo. Um riacho amplo corria ao longo de uma das extremidades, jorrando na direção da fundição, onde um dique controlava a sua corrente antes de fazer girar a grande roda do martelo de forja.

Verity chamava aquilo de lar. Ele não percebera exatamente a que ela se referia. Ela tinha crescido naquela casa em frente, com a fornalha e as forjas praticamente em seu jardim. Imaginou-a correndo colina abaixo, para se juntar aos filhos dos trabalhadores nas suas brincadeiras.

– Quer ir até a casa? – perguntou ele. – Os Thompson ainda não tinham deixado Londres quando nós partimos, por isso não creio que estejam lá agora. A governanta vai deixá-la entrar.

Ela observou demoradamente a casa.

– Não preciso ir até lá. Para mim, nada dele permanece lá dentro. Ele ainda está aqui, porém, nas forjas e nas fornalhas. – Ela apontou para o riacho. – Ele se afogou ali. É difícil acreditar como se transformou num rio impetuoso naquela primavera. Ele estava ajudando os trabalhadores a salvarem suas casas quando foi levado pela corrente.

Ela caminhou vagarosamente pela terra batida que fazia vezes de rua. Todos os olhos pelos quais ela passava a acompanhavam, assim como ao cavalheiro a seu lado. No final, ultrapassada a maior parte das construções, depararam-se com trilhos montados no chão.

– O ferro é levado para o canal através de vagões de mercadorias especiais que circulam nestes trilhos – explicou ela. – Não é longe daqui. Não existem muitas fundições como esta. Tudo é feito aqui, do início ao fim. Entra o minério bruto e saem daqui vergalhos, peças de fundição, assim como ferro forjado.

Uma casa mais modesta, mas ainda de um bom tamanho, erguia-se na outra extremidade da fábrica.

– Aquela é a casa do Sr. Travis. Ele não estará lá agora. Deve estar na oficina de perfuração.

Ele a seguiu enquanto ela apertava o passo até um edifício baixo com poucas janelas. Ninguém entrou ou saiu enquanto eles se aproximavam e da chaminé não escapava nenhuma fumaça.

Seis homens trabalhavam em tornos lá dentro, encaixando vergalhões de ferro em grampos, oferecendo-os como alimento para a ferramenta que tragava o seu interior. O trabalho se interrompeu quando Verity entrou. A suspeita e o silêncio lentamente deram lugar a olhares fixos de choque.

– Sr. Travis – chamou um homem velho. – A filha do patrão está aqui. Ela devia ser um fantasma, mas não me parece que seja.

Uma porta se abriu, revelando outro cômodo, repleto de tornos menores e uma mesa comprida coberta de pedaços pequenos de ferro e aço. Sr. Travis espreitou para fora através dos óculos e em seguida retirou-os e olhou com mais atenção.

Ele era um homem grande, com cabelo ruivo ficando grisalho e um rosto avermelhado tão duro como o ferro que trabalhava. O sorriso que irrompeu ajudou bastante a suavizá-lo, porém, e, por alguns momentos, Hawkeswell julgou que o homem iria se desfazer em lágrimas.

– Esta não pode ser a Srta. Thompson, Isaiah. Essa aí é uma verdadeira senhora, se os meus olhos não me enganam. Uma senhora refinada que se perdeu, creio eu.

– Sou eu mesma, Sr. Travis – disse Verity, entrando no jogo.

Travis avançou na direção deles, examinando-os e franzindo o sobrolho como um ator cômico. Chegou bem perto dela e agachou de forma a conseguir olhar sob a aba do chapéu.

– Macacos me mordam! E não é que é mesmo? Os anos transformaram a menina numa mulher e a mulher numa senhora, ainda por cima!

Verity o abraçou e a seguir apresentou Hawkeswell.

– Gostaria de conversar um pouco com o senhor, se isso não interferir muito com seu trabalho, Sr. Travis.

– Não tem ninguém aqui para dizer que não pode fazer isso, portanto vou partir do princípio que pode – disse ele. – O melhor é tornar esta sua visita tão longa quanto deseje e precise, porque quando o seu primo regressar, ele não verá com bons olhos mais visitas.

Ele os conduziu até o cômodo de onde saíra e fechou a porta. Hawkeswell examinou os fragmentos e pedaços de metal na mesa de trabalho, assim como as ferramentas e tornos. Ali devia ser o esconderijo do segredo. Aqueles outros tornos utilizavam pedaços formados ali por Sr. Travis e a natureza do próprio pedaço provavelmente constituía o segredo.

– Eu lhe escrevi, Sr. Travis, para dizer que estava viva e bem de saúde – disse Verity. – Não recebeu a minha carta?

– Ela chegou e me deu uma grande alegria e alívio. É curioso fazer o luto por alguém e mais tarde saber que a pessoa ainda está viva. Uma experiência assaz peculiar.

– Peculiar ao ponto de não poder me escrever de volta?

– O seu primo também descobriu que ainda estava viva. Ele veio até aqui me proibir de lhe escrever de volta. Ameaçou me dispensar se o fizesse, e que a fábrica fosse para o inferno. Disse que eu seria responsável por todas essas pessoas ficarem sem trabalho. Ele não ficará satisfeito quando descobrir que estivemos conversando hoje. – Ele retirou duas cadeiras penduradas em dois pregos no alto da parede e pousou-as no chão.

Verity sentou-se. Hawkeswell declinou a oferta.

– Temos muito a discutir enquanto temos essa oportunidade, Sr. Travis. Antes de falarmos do negócio, preciso perguntar onde está Katy. Escrevi também a ela assim que... – Ela olhou de relance para Hawkeswell. – Assim que pude, mas enderecei a carta ao pastor, que agora sei que partiu.

– Partiu, é bem verdade. Perdeu a posição. O detentor do benefício eclesiástico colocou um familiar da Sra. Thompson no seu lugar. O Sr. Thompson acreditava que o último pastor utilizava o púlpito para fomentar a discórdia. Isso significa que ele falava frequentemente do seu pai com mais louvor do que costumava falar a respeito do atual ocupante da casa grande.

– E Katy?

– Ela está aqui perto, mas não aqui. Ela depende da caridade da paróquia agora, numa pequena casa de campo não muito distante do canal.

Eles passaram a conversar então sobre a própria fábrica. Hawkeswell a escutava, enquanto examinava todos aqueles pedaços de ferro e máquinas que Travis utilizava ali.

Travis descreveu os problemas ocorridos no inverno passado, sendo da opinião que Bertram havia lidado com a situação da pior forma. Falou também do descontentamento geral dos trabalhadores por conta de um decréscimo dos salários agora que a guerra terminara e os canhões e mosquetes não eram mais necessários.

Verity despediu-se do Sr. Travis com promessas de um regresso muito em breve. Uma vez lá fora, ela exprimiu a sua preocupação.

– Sempre suspeitei que Bertram não ocupara bem o lugar deixado pelo meu pai. Ele me proibiu de vir até aqui assim que se tornou meu tutor e já passaram anos desde a última vez que falei com o Sr. Travis sozinha. Ele tem muito mais a me contar, estou certa disso.

– Quer dizer, quando eu não estiver com você.

– Não é nada pessoal. Ele não conhece você, nem sua opinião a respeito de tudo isso.

– Ele não tem certeza se eu sou conivente com Bertram, é isso que quer dizer. – Dificilmente podia censurar o Sr. Travis, quando a própria Verity ainda não estava convencida disso.

– Você é um *conde*. Ele não falará abertamente à sua frente, independentemente do que pense do seu envolvimento com Bertram. A Câmara dos Lordes raramente se mostrou solidária para com este tipo de pessoas. – Ela desceu a ruela com determinação. – Agora, tenho de encontrar Katy.

Capítulo 17

O chalé perto do dique do canal revelou-se um casebre de pedra com um velho telhado de palha. Uma horta crescia no solo rochoso que o rodeava e possuía apenas as janelas para conter a força dos elementos ou o frio.

O coração de Verity se partiu quando viu aquilo. Queria desesperadamente ver Katy de novo, mas quase desejava que tivessem sido enviados para o lugar errado.

Hawkeswell saiu da carruagem. Ela passou para as mãos dele o cesto de comida que havia comprado em Oldbury.

Em seguida, ele ajudou Verity a sair da carruagem.

– Esperarei aqui – disse ele.

Ela estava se perguntandocomo pediria esse favor. Sensibilizou-a o fato de ele compreender a sua vontade de ficar a sós com Katy. Além de ambas terem assuntos a discutir que ela não desejava que Hawkeswell ouvisse, também havia emoções que exigiam igual privacidade.

– Posso demorar algum tempo. Quer levar a carruagem e voltar depois?

– Vou caminhar até o dique e observar a paisagem durante algum tempo. Caso decida levar a carruagem, eu a informarei.

Ela levou o cesto à porta da casa de campo. A pancada na porta provocou movimentos no interior e, logo depois, aproximaram-se passos pelo piso de madeira. A porta se abriu para revelar Katy, mais magra agora, e com um cabelo mais branco, mas ainda forte e ereta.

Ela franziu o sobrolho perante o chapéu e vestido requintados à sua frente e inclinou a cabeça para ver a carruagem para lá do seu pequeno jardim.

– Sou eu, Katy. Verity.

Katy agarrou-se com força ao umbral da porta, deu um passo para fora da casa e fitou intensamente o rosto de Verity. O reconhecimento invadiu seus olhos, acompanhado de lágrimas. Puxou Verity para um abraço tão apertado, tão quente, tão *familiar*, que Verity também chorou.

– A minha criança – bradou em voz baixa Katy. – A minha querida criança!

— Era o seu marido aquele ali fora? – perguntou Katy. Ela insistira que Verity ocupasse a única cadeira e estava sentada num banco não muito longe dela. – É um homem muito bonito.

– Isso é verdade. – Bonito demais, talvez. Fora a sua desgraça e continuava a sê-lo. Em conjunto com a posição social, tornava-o extremamente autoconfiante, o que, por sua vez, tornava Verity um pouco menos autoconfiante. – Ele consegue ser deveras atencioso – acrescentou ela porque não queria que Katy se preocupasse a seu respeito. Ele *conseguia* ser deveras atencioso. – Trouxe-me até aqui para poder encontrá-la e dizer que estou viva e com boa saúde.

– Já perdera há muito a esperança de vê-la de novo. Isso é quase como um milagre para mim. Se ele consegue ser atencioso, por que é que você fugiu, filha?

Típico de Katy saber de imediato que ela havia fugido. Nem podia ser de outra forma: no passado, quando ela fugia, era para os braços de Katy.

O abraço lá fora fizera com que ela relembrasse por que isso acontecia, enchendo-lhe o coração de nostalgia. Aqueles braços tinham confortado uma menina após a morte da mãe e de novo uma jovem após a morte do pai. Quando aquela governanta a repreendia demais, ou Nancy a castigava com severidade, ela se esgueirava da casa – por vezes, sabendo perfeitamente bem que iria pagar por isso mais tarde – e descia a colina até a pequena casa de Katy para ser abraçada e confortada.

O cheiro e a brandura daquela mulher tinham se conservado com ela nos últimos dois anos. Naquele momento, sentada neste chalezinho triste com o seu piso de tábuas de madeira grosseiras, Verity se sentiu mais parecida consigo mesma do que há muitos anos.

Todavia, não podia responder com honestidade à pergunta de Katy. Não queria preocupá-la ao descrever aquilo que Bertram ameaçara fazer.

– Eu fugi porque não concordei realmente em me casar. – Ela explicou o seu plano e como esperara se libertar do vínculo do casamento assim que atingisse a maioridade, voltar para casa e expulsar Bertram. Contou a Katy tudo a esse respeito.

– Era um plano infantil – disse Katy. – Da filha do seu pai, porque existem muitas coisas do caráter dele nesse plano; mas ainda assim, de uma criança que conhecia muito pouco do mundo. Contudo, está aqui agora, e se aquele lorde consegue ser atencioso, estar de volta a esse casamento não vai lhe fazer mal. Pelo menos, estará em segurança.

– Já conheço um pouco melhor o mundo agora, e finalmente estou contente, agora que a encontrei. – Inclinou-se na direção do banco e envolveu Katy em mais um abraço. – E Michael? Como é que ele está?

Os olhos de Katy se fecharam e Verity soube que tinha tocado numa dor profunda. Sentiu o coração se apertar.

– Ele já está distante há muito tempo. Há mais tempo do que você. Não dei importância de início; não era a primeira vez que ele partia, como você bem sabe, mas...

– Para onde ele foi?

Katy abanou lentamente a cabeça.

– Não sei. Às vezes, sonhava com ele e com você, juntos como costumavam ficar quando eram crianças, e me preocupava pensando que o sonho significava que ele também estaria morto. – Passou as mãos pelos olhos e forçou-se a sorrir. – Mas visto que você não está morta, como posso ver com meus próprios olhos agora, talvez o sonho não signifique absolutamente nada.

– É possível que ele tenha sido preso? Ele pode ter dito coisas sem pensar, Katy. Talvez estivesse envolvido em algo e tenha sido preso.

– Se isso aconteceu, não foi em Shropshire ou Stafforshire. Se ele tivesse sido levado a julgamento, eu teria sabido. Isso teria chegado ao conhecimento do Sr. Travis.

Verity tomou as mãos de Katy nas suas.

– Então, esteve todo esse tempo à espera, sem saber se devia chorar a morte dele ou não.

– Ou a sua, filha. Ou a sua.

– Eu vou descobrir o que aconteceu com ele, Katy, mesmo que isso implique notícias nada felizes, para que não precise esperar mais. – Ela olhou para a casinha minúscula e escura com as suas duas janelinhas. – Esta casa deve ser desconfortável quando chove, assim como no inverno.

– Considero-me uma felizarda por tê-la. Depois da partida de Michael, fui expulsa do chalé da fábrica onde vivia.

Isso não devia ter acontecido. Parte do acordo com Bertram incluía o fato de Katy jamais ser expulsa da casa onde vivia. Esta prova adicional da traição de Bertram enfureceu Verity, que teve dificuldades em esconder sua ira.

– Vou me certificar de que tenha mais conforto no futuro. – Ela queria ser mais específica. Quase foi, antes de se lembrar que não tinha poder para prometer nada. Teria de pedir a permissão de Hawkeswell para ajudar Katy. Teria de implorar para que um fragmento minúsculo da sua própria herança fosse utilizado em proveito daquela querida mulher.

Levantou-se e se dirigiu à pequena mesa onde o cesto estava pousado.

– Trouxe coisas para depois, mas algumas são para agora também. – Desembrulhou um pastel de carne e um pedaço grande de queijo. – Vamos partilhá-los enquanto me conta tudo a respeito dos vizinhos. Apenas as notícias alegres, Katy. As tristes, eu já conheço.

Hawkeswell observou uma barca à espera de que o dique do canal fizesse o seu trabalho. Retida por duas robustas cancelas, ia subindo à medida que a água se acumulava. As pilhas de carvão no convés não podiam vencer as forças da natureza e a coberta elevou-se até ficar mais alta do que as próprias cancelas. Depois, as cancelas se abriram lentamente e a barca flutuou para longe.

O canal de Birmingham fazia uma curva mais adiante, uma de muitas curvas, acompanhando a configuração do terreno entre Wolverhampton e Birmingham. Mesmo assim, não podia evitar algumas colinas, e mecanismos a vapor tinham sido montados para bombear água suficiente para garantir que o canal funcionasse entre elas.

Leis relativas aos canais continuavam a ser propostas no Parlamento, à medida que homens ávidos por fazer dinheiro, deslocando mercadorias ou produzindo as mercadorias que seriam deslocadas, solicitavam permissão para abrir essas vias navegáveis. Em consequência disso, ele sabia mais sobre canais do que a maior parte das pessoas. Sabia que este não era o melhor canal, por ser muito estreito e complicado devido às grandes curvas do seu percurso sinuoso. Mesmo assim, era bem melhor do que tentar rebocar o carvão daquela barca por via terrestre.

Caminhou de volta à carruagem, consultando o relógio de bolso enquanto avançava. Verity provavelmente desejaria ficar com Katy mais um bom bocado.

Quando ela falara da mulher, ele pensara que Katy ocupava o lugar de uma ama ou governanta em suas afeições. Mas assistindo ao reencontro de ambas, observando o abraço repleto de alegria e lágrimas das duas, havia posto essa ideia de lado. Verity não exagerara no que dizia respeito a Katy. Era como uma mãe para ela.

A área parecia suficientemente segura. Decidiu então levar a carruagem e mandou o cocheiro informar Verity de que regressaria dali a duas horas.

Losford Hall situava-se numa colina, no final de uma vereda que serpenteava por entre as árvores. À medida que Hawkeswell se aproximava, achou-a uma bela propriedade, à qual a localização dava um ar de mistério. Algo apropriado para o homem que lá vivia agora.

Jonathan Albrighton o recebeu numa biblioteca apinhada de livros e papéis. Nem todos tinham vindo com a casa. Volumes por encadernar e pilhas de panfletos misturavam-se com as encadernações de bom gosto que habitualmente se encontravam numa casa rural daquele tamanho.

– Fico satisfeito por me visitar. Tinha esperança de que o fizesse – disse Albrighton.

Ele parecia mais magro do que Hawkeswell se recordava, mas ainda exibia uma postura que sugeria deferência e arrogância ao mesmo tempo. O cabelo escuro, amarrado num rabinho antiquado, e os olhos também escuros, todo seu semblante, aliás, convidava a confidências e confiança. Hawkeswell sabia, porém, que independentemente do tempo que a pessoa observasse aqueles olhos e da frequência com que fizesse confidências, a mente por trás daqueles olhos permaneceria para sempre desconhecida.

– Então sabia que eu estava na região. – Não se deu ao trabalho de disfarçar sua afirmação de pergunta. – As notícias se espalham realmente depressa no campo, não é assim? Na qualidade de juiz de paz, não tenho dúvidas de que você fica sabendo delas muito antes dos outros.

– Elas só confirmaram o que eu já esperava. Acabaria precisando vir, para tratar da herança de sua mulher.

Estavam sentados em poltronas confortáveis, do tipo em que um homem podia ficar lendo durante horas. Não havia dúvidas de que aquele homem o fazia. Albrighton havia sido um aluno muito aplicado na universidade e todos imaginavam que se tornaria docente universitário. Em vez disso, ele escolhera uma existência nômade, viajando por toda parte, e suas estadias em Londres tinham sempre duração incerta.

Isso, em conjunto com sua renda de origem ambígua, tinha levado Hawkeswell, Summerhays e Castleford a concluir que Albrighton estava envolvido em atividades legalmente ambíguas, talvez até para o governo.

– Então agora é um cavalheiro da província – disse Hawkeswell, admirando a biblioteca. – Embora condiga com seus interesses intelectuais, de certo modo, não consigo vê-lo aqui satisfeito durante muito tempo. É claro que a função de magistrado dá à sua curiosidade propósitos mais ativos.

– Foi uma nomeação inesperada. Contudo, tento desempenhar bem os meus deveres.

– Tenho certeza de que os desempenha admiravelmente bem. Vai fazê-lo durante muito tempo? Pretende ficar na Inglaterra agora?

– Isso ainda está em aberto. – Albrighton sorriu afavelmente. As profundezas eternas de seus olhos escuros eram convidativas, mas, como sempre, não revelavam nada depois de mergulhar nelas.

– Encheram os meus ouvidos com histórias de atividades sediciosas nessa região. A minha anfitriã está certa de que a revolução é iminente. Relatou um disparate qualquer a respeito de Cleebury andar comprando canhões. Não vi nada no dia de hoje que justifique receios dessa espécie.

– As pessoas falam demais. O medo corre à solta, mais do que seria justificável, como você diz. Eu me tornei mais discreto ao falar com homens que podem estar fomentando o descontentamento, para evitar que a minha atenção sirva para alimentar a preocupação. Quanto a Cleobury... bom, ele nunca foi muito esperto, não é verdade?

– No Parlamento, muitos acreditam que o Ministério do Interior está instigando as sublevações, em vez de acalmá-las. Que existem agentes provocadores em ação por aqui, a mando do Secretário do Interior, Lorde Sidmouth. Por acaso sabe de alguma coisa sobre isso?

Albrighton limitou-se a olhar para ele, com uma expressão vagamente divertida aflorando na boca e nos olhos.

– E eu aqui pensando que se tratava de uma visita social. Os pares do reino enviaram você até aqui para investigar os rumores? Se for isso, não posso ajudar. Não travei conhecimento com qualquer agente provocador, se é que eles existem de fato.

– Ninguém me enviou. Estou simplesmente curioso pelos meus próprios motivos. – Acima de tudo, estava curioso quanto à razão pela qual Albrighton estava ali. Era óbvio que o trabalho para os espiões teria diminuído com o final da guerra, assim como ocorrera com a procura por ferro. Uma vez que as suas competências já não eram necessárias, o homem precisava ir para algum lugar.

Hawkeswell se levantou e foi até a janela. Esta dava para um pequeno jardim que dava lugar a uma área onde a natureza reinava em estado selvagem.

– Voltou à Inglaterra há muito tempo? É estranho que ninguém na cidade tenha conhecimento disso.

– Há um ano, talvez. Minha passagem por Londres foi fugaz e não tive tempo para visitar os velhos amigos.

De qualquer forma, Hawkeswell achava que não estaria incluído nesse grupo restrito de pessoas. Perguntou-se se algum homem teria esse privilégio.

– Esta é uma bela propriedade. Faz parte de um legado, não?

– Obrigado. Também acho que se trata de uma bela propriedade.

Hawkeswell riu.

– Você sempre vai guardar os seus mistérios, não é?

– Penso nisso como a minha privacidade, não um mistério.

– Duvido que Cleobury permita muita privacidade, se você criou uma relação de amizade com ele.

– Não tomaria a liberdade de descrever Lorde Cleobury como meu amigo.

Hawkeswell deu meia-volta.

– O que diabo você está fazendo aqui? Não se aposentou para apreciar o ar puro do campo, espero eu.

– Quer que eu minta, Hawkeswell? Que invente uma história que condiga com suas suposições a meu respeito? Se você insistir, é o que farei. Preferia evitá-lo. Já nos conhecemos há bastante tempo e partilhamos de bons momentos no passado. Você e alguns outros merecem mais do que mentiras.

Sim, tinham partilhado de bons momentos. Albrighton por vezes se juntara a Summerhays, Castleford e ele nos bons e nos maus momentos. Não ombro a ombro, porém. Albrighton manteve-se sempre um pouco à parte e envolto numa incógnita. Privacidade, dizia ele.

Hawkeswell regressou à poltrona.

– Não, não minta. Conte-me como vão as coisas em Paris, em vez disso. Tenho certeza de que esteve lá mais recentemente do que eu.

— Já terminou suas visitas hoje? – perguntou Hawkeswell quando Verity surgiu à porta do pequeno chalé de Katy naquela tarde.

– Estão mais do que terminadas. – Ela instalou-se na carruagem e ele subiu atrás dela. – Aonde foi?

– Ver a região rural.

Verity observou-o com uma expressão especulativa. Para surpresa dele, ela saiu do lugar onde estava, à sua frente, e aconchegou-se ao seu lado. Ele colocou os braços ao redor dela, para que pudesse ficar tão próxima como desejasse.

– O meu primo estará de volta daqui a um dia mais ou menos. Nancy escreveu à governanta de ambos informando-a que estão regressando, e é claro que a notícia se espalhou – disse ela.

– Não esperava que ele se demorasse em Londres depois que você partisse, por isso, não me surpreende.

– Pretendo falar com ele sobre Katy, mas ele não vai me escutar. Vai negar suas mentiras e as promessas que me fez.

Ela aconchegou-se para mais perto dele e depois se virou desajeitadamente, deslizando para o colo dele. Beijou-o impetuosamente, do mesmo modo que fizera naquela manhã por ordem dele. Uma vez que Hawkeswell não havia ordenado desta vez, a ousadia de Verity o deleitou.

– Tem certeza de que quer começar isso aqui e agora? – perguntou ele, quando ela finalmente terminou o beijo. Já não conseguia manter as mãos longe dela.

– Certeza absoluta. – A voz ofegante e quente dela o enrijeceu ainda mais. O calor consumiu suas vagas preocupações de comedimento.

Ela o beijou de novo para demonstrar sua certeza. Ele dificilmente precisava de mais encorajamento, embora as nádegas dela se movendo e contraindo no colo dele ajudassem a eclipsar quaisquer preocupações a respeito de tempo e lugar.

Febril, ele pousou os pés dela no chão. Ela inclinou-se sobre ele, apoiando-se nas costas do assento dele para se equilibrar. Com uma das mãos ele ergueu-lhe a cabeça para um beijo feroz, enquanto erguia sua saia com a outra.

Puxou-a bem alto, levantando até as costas, juntamente com a combinação.

– Segure isso aqui em cima.

Ela arrebanhou o tecido com um braço, prendendo-o contra o seio. Sob as pregas suaves, ela estava nua, exceto pelas ligas. Continuou inclinada sobre ele. As nádegas se ergueram, as costas se arquearam e as suas pernas afastadas buscaram equilíbrio na carruagem em movimento.

Ele achou essa posição insuportavelmente erótica, mas imaginar como ela estaria se vista pelo outro lado quase o enlouqueceu. Queria virá-la, saboreá-la e possuí-la com violência enquanto as lindas nádegas se empinavam, as pernas dela se afastavam mais e...

Não agora. Não ali. Não havia tempo. Ele ergueu a cabeça para um beijo e acariciou os caracóis úmidos no centro de Verity, afagando-os depois com gestos profundos e longos até os primeiros brados dela exprimirem a sua própria impaciência. Provocou-a impiedosamente, estimulando suavemente a carne sensível até ela soltar um grito a cada toque.

Ergueu-a e instalou-a em seu colo de novo, de frente para ele com as pernas dobradas. Ele deslizou para a frente, empurrou os joelhos dela para trás e entrou nela com mais força do que pretendia – tanta força que ela soltou uma exclamação abafada.

Deteve-se e esperou que o corpo dela o aceitasse, como tantas vezes precisava fazer. Manter o autodomínio nunca tinha sido tão difícil como naquele momento. Ele cerrou os dentes enquanto o calor aveludado dela se relaxava e encontrava o conforto à volta da carne dele. Depois, agarrando-a pelas nádegas, conduziu os movimentos dela e deixou o fogo queimar descontrolado.

Ela repousava contra ele, com a cabeça em seu peito, sem sequer tentar se mexer. Algumas pregas do vestido já tinham caído, mas as nádegas ainda eram visíveis sob a orla, lindas, brancas e tão femininas em sua forma encantadora.

Achou que ela estava dormindo. Deixou-a dormir e a manteve no lugar com um abraço. Com o passar do tempo, porém, começaram a se aproximar da casa da Sra. Geraldson. Não podiam chegar lá daquele jeito.

Assim que ele se mexeu, ela endireitou as costas e se conscientizou de seu extremo desalinho. Recuou para sair do colo dele e deixou a roupa de baixo e o vestido caírem até seus pés. Os dois rapidamente se tornaram apresentáveis.

– Suponho que isso tenha sido escandaloso – disse ela.

– Nem de perto tão escandaloso como aquilo que pensei em fazer.

Ela pareceu tentar decifrar as palavras dele para descobrir o que mais ele poderia ter feito.

– Não fique com dor de cabeça, Verity. Em outro momento, eu lhe mostro.

Ela assentiu e deixou que passasse um minuto antes de falar de novo.

– Estou muito angustiada pela forma como Katy está vivendo. Um local como aquele pode arruinar a saúde de alguém. Ela ainda precisa caminhar toda aquela distância até o canal para ter água. A paróquia mal lhe dá o suficiente para comprar comida.

– A situação dela é bastante desafortunada.

– Gostaria de enviá-la para Surrey, para Greenlay Park. Lá deve existir um chalezinho no qual poderia viver ou, se preferir, ela poderia ajudar o cozinheiro ou a governanta. Eu diria para a levarmos para Londres, mas ela não está habituada à vida numa cidade grande e não creio que fosse feliz.

– Surrey é melhor, estou certo disso.

– Obrigada. Isso é muito importante para mim.

Ela partiu do princípio que a resposta dele significava que já tinha concordado. Parecia muito satisfeita consigo própria.

– Verity, você me seduziu para obter minha permissão para isso?

– Você insinuou esta manhã que beijos e afins ajudariam a conquistar seu assentimento em questões importantes para mim.

Ele teria concedido o pedido mesmo sem a audácia dela. Depois de ver o amor expresso naquele reencontro e ouvir aquela mulher tratando Verity como se fosse sua filha, como poderia recusar? Não havia qualquer necessidade de recorrer a artimanhas femininas.

Mas decidiu que não era de seu interesse informar Verity disso.

Capítulo 18

— Ouvi dizer que os Thompson já voltaram – anunciou a Sra. Geraldson dois dias depois. – Você, sem dúvida, vai querer visitá-los, não, Colleen? Talvez pretenda fazer o mesmo, Lady Hawkeswell?

– Podemos levar o cabriolé e conduzi-lo nós mesmas – disse Colleen. – Sou boa com as rédeas e a égua de Hermione é muito dócil, Verity.

– A minha mulher estava se queixando de uma dor de cabeça esta manhã – disse Hawkeswell. – E você não devia ir até tão longe sem proteção. Eu lhe farei companhia, Colleen. Seja como for, tenho algumas coisas a tratar na fundição.

Verity pareceu grata por tê-la poupado uma mentira, inventando algo ele mesmo. Ele sabia que ela não queria ver o primo de jeito nenhum, muito menos fazer uma visita com Colleen.

Uma hora depois, ele pegou as rédeas do cabriolé e, com Colleen ao lado, encaminhou-se para Oldbury.

– Você precisa convencer Verity a ter mais cuidado com a saúde – disse Colleen. – Ela estava de pé muito cedo esta manhã caminhando lá fora enquanto o ar ainda estava úmido de um orvalho carregado. Nem sequer usava um xale.

Ele não percebera que Verity acordava tão cedo.

– Não creio que ela seja frágil. Suspeito que sua saúde já teria se deteriorado, caso fosse. Porém, esta visita tem deixado a mente dela inquieta.

– Provavelmente apenas a relembrou o quanto sua situação na sociedade será sempre difícil . Ela nunca se sentirá à vontade em seu novo mundo, especialmente enquanto ainda possuir este tipo de laços com Oldbury. Não cabe a mim dar conselhos, mas talvez esta deva ser sua última visita. Ela pode sempre ver os Thompson quando visitarem Londres e eles são os seus únicos parentes.

– Não, não cabe a ti dar conselhos.

Colleen adotou uma postura tão hirta com a censura que ele se arrependeu de ter falado de forma tão direta. Segurou a mão dela para que soubesse que não estava zangado.

Ela entrelaçou os dedos enluvados nos dele.

– Perdoe-me. Tem razão. De fato, às vezes me esqueço do meu lugar.

– Imagine. É só que o melhor conselho nem sempre é aquele que seria mais sensato seguir.

Ele soltou a mão para poder ter as duas livres para as rédeas, mas fez questão de sorrir para Colleen até que sua passividade cuidadosa se dissipasse.

O conselho dela tinha sido bem-intencionado e perspicaz. Aquela visita relembrava Verity das diferenças entre as posições sociais de ambos. Essa fora a primeira razão que ela dera para não desejar o casamento, e agora, aqui estava ela, de volta ao lar. A intensidade com que os conhecidos dela queriam mantê-lo à distância era clara. Ela previra, de forma correta, que o círculo de amizades dele revelaria-se ainda menos aberto a recebê-la do que o dela para com Hawkeswell.

Ele deixou Colleen na casa dos Thompson, mas não quis se demorar. A Sra. Thompson exprimiu seu desapontamento e fez votos de que ele pudesse regressar em breve.

Fez a carruagem descer a colina e foi em busca do Sr. Travis. A cautela era evidente à medida que os homens o saudavam e talvez mais ainda quando o Sr. Travis insistiu que fossem até sua casa para a conversa entre ambos.

Havia uma Sra. Travis, uma pequena mulher de rosto cheio e feliz. Ela trouxe um pouco de cerveja para a salinha de estar e depois desapareceu.

– Tenho algumas perguntas a respeito da fundição – disse Hawkeswell. – Minha mulher deposita uma grande confiança no senhor, por isso decidi questioná-lo em vez de ao Sr. Thompson.

Travis não permitiu que a mais leve reação movesse o seu rosto de traços duros.

– Verity me disse que ela e o senhor são os únicos que sabem o segredo de Joshua. Tendo visto aquela parte da fábrica, não percebo como é que isso possa ser verdade.

– A perfuração é perfuração, *sir.* Os tornos são tornos. Não existe nada de novo nisso. É a ferramenta utilizada para perfurar que importa. O seu engenho não é visível ao olho e é feito de aço, não ferro e eu trabalho com ela apenas de certa maneira. Aqueles homens que viu utilizam aquelas pontas, mas não as fazem, e descrever seu formato não lhes servirá de nada. Eu as monto naqueles tornos e recolho as pontas depois para que nenhuma desapareça.

– O Sr. Thompson não poderia simplesmente levar uma?

– Suponho que poderia, sim... se conseguisse arrancá-la do meu corpo sem vida. E depois, ainda que leve, o que irá fazer com ela? Entregá-la a outro homem para que a copie? Se aquele segredo se espalhar, isso será a ruína dele; logo, não faz muito sentido.

– Faria com que ele se visse livre do senhor.

Travis soltou uma gargalhada.

– Decerto que sim. Há dias em que ele bem que gostaria disso, mas são esses trabalhos especiais que mantêm a fundição viva, agora que a procura por peças de fundição praticamente desapareceu. Ele deve querer manter as coisas em funcionamento ainda por alguns anos, pelo menos. Existem grandes oportunidades se abrindo no mundo, Lorde Hawkeswell, e haverá necessidade de ferro para torná-las realidade.

– Enquanto isso, porém, percebo que a fundição não está atarefada.

– Digamos apenas que não devíamos estar gastando este ano como se os lucros fossem os mesmos de dez anos atrás. Não tenho dúvidas de que o velho Sr. Thompson teria resistido bem a estes tempos mais magros, mas o atual não toma os cuidados necessários. Vai muito a Londres, não é? A empresa está aqui em cima, não lá embaixo. O ideal seria ele ir a Manchester e Leeds, jantar com outros homens do comércio e da indústria, não com condes.

Hawkeswell deslizou o olhar pela ruela, na direção do grupo de construções que abrigavam a fundição. Estavam fundindo minério naquele dia e ondas de fumaça escapavam da enorme chaminé do alto-forno.

– Fale-me sobre o Sr. Thompson mais velho.

Travis bebeu a cerveja em grandes goles. Hawkeswell também bebeu para encorajá-lo a soltar a língua.

– Ele não era um homem fácil, se é que me entende. Tinha um exterior rijo, mas talvez fosse mole demais por dentro. Como um belo pão. Seguia suas próprias ideias; isso era certo. Mas nenhum homem era capaz de trabalhar o ferro como ele. Quer fosse na forja ou na fundição, ele o compreendia como se fosse feito da mesma substância.

– Parece-me que talvez fosse.

Travis riu daquelas palavras e assentiu com a cabeça.

– Todos nós respeitávamos isso. Ele era um de nós, sabe? Até o final, ele descia até aqui às vezes, despia aqueles casacos caros e batia no ferro. É difícil ficar contra um homem que suou ao seu lado. E ele era honesto, mas sabia que isso era uma coisa rara. É por isso que não existe nenhuma patente. Para obter uma, temos de tornar público o segredo, fazer desenhos e afins, e outros que não se importam com patentes poderiam roubá-lo.

– Contudo, confiou o segredo ao senhor.

Travis encolheu os ombros.

– Ele não podia fazer tudo sozinho. Gerir a fundição, buscar novos negócios, fazer as peças. Tinha de confiar em alguém e eu era bom no trabalho com máquinas de ferro.

– Mas Bertram Thompson não era.

Travis ficou calado.

– Por que ele ensinou à filha o segredo? Ela não trabalha o ferro.

– Creio que ele lhe ensinou com imagens, para que ela pudesse desenhá-lo caso fosse preciso. Era possível reproduzi-lo assim, exatamente como ele faria se decidisse registrar a patente. Quanto à razão, acho que ele o fez para que não coubesse a mim decidir o futuro. Passou-o para a próxima geração. E através dela, para aquele que ocuparia o seu lugar, creio eu.

Ele se referia ao marido dela. Se Joshua Thompson não tivesse morrido naquela enchente, teria levado a cabo seus próprios planos em relação a um casamento para Verity. Com um homem parecido com ele. Que trabalhasse o ferro e que fosse rijo por fora e talvez mole demais por dentro, no que dizia respeito a seus trabalhadores e sua família.

Hawkeswell suspeitava que Verity tinha razão, que Bertram gostara especialmente de casá-la com um lorde porque, nesse caso, não haveria qualquer perigo de surgir alguém para competir pelo controle do negócio. Nenhum lorde sujaria suas mãos com isso e Bertram estaria a salvo.

– Se tivesse de passar o segredo a outro homem, Sr. Travis, a quem o faria? Se Verity tiver de tomar essa decisão um dia, a quem ela pode recorrer?

Travis ficou instantaneamente sóbrio, como qualquer homem ficaria quando são feitas alusões a sua morte.

– Bom, *sir,* isso é um problema. Teria de ser um homem com a perícia e a integridade necessárias, não é? E não é fácil encontrá-las na quantidade exigida. Se eu tivesse de escolher, porém, seria um jovem cuja perícia fosse bastante promissora e em cujo caráter eu confiasse, mesmo que outros não o fizessem.

– Esse homem existe?

– É difícil de dizer. Existia, mas já não anda mais por estas bandas. Seria Michael Bowman, o filho de Katy Bowman.

Tratava-se do mesmo Michael pelo qual Verity perguntara a Bertram. Hawkeswell evitara remoer essa dúvida ou atribuir-lhe significado excessivo, pois suspeitara que não iria gostar da implicação em tudo isso.

Agora se revelava que este Michael Bowman talvez tivesse todas as qualidades que faltavam a Bertram, tendo sido um candidato para ocupar o lugar de Joshua.

Ele não desejava que eu me casasse com alguém como o senhor. Não, o pai dela não desejara isso. Ele quisera que ela se casasse com alguém como o filho de Katy, o homem que Verity quisera proteger ao casar com o conde de Hawkeswell.

Hawkeswell deu por si contando os passos no regresso ao cabriolé.

Verity passou a manhã num estado agitado, tentando evitar a preocupação melíflua da Sra. Geraldson a respeito da sua dor de cabeça. Sempre que podia, punha-se à espreita nas janelas que davam para o caminho.

Por fim, viu um cavaleiro a meio galope na direção da casa. Ela tentou alcançar a porta antes do criado que tinha essa tarefa, mas chegou demasiado tarde. Teve de vê-lo levar a carta até sua senhora para que a Sra. Geraldson pudesse examiná-la e reencaminhá-la ao destinatário pretendido.

O lacre inconveniente aborreceu a Sra. Geraldson. Ela franziu o sobrolho para a carta. Ergueu-a no ar contra a luz, junto à janela, numa tentativa de ler o conteúdo. Verity deixou clara sua presença com uma pequena tosse.

Sra. Geraldson precipitadamente deu meia-volta e teve a decência de corar.

– Chegou uma carta para você, Lady Hawkeswell. Não foi colocada no correio. Foi trazida por um cavaleiro, mas não um mensageiro urgente.

– Que peculiar. Se me der licença, vou lê-la lá fora.

Uma vez no exterior da casa, abriu-a com um rasgo. Alguém havia escrito em nome de Katy, de acordo com o que tinham combinado antes de se despedirem há dois dias. A carta informava que Katy conseguira levar a cabo a pequena tarefa que Verity lhe confiara.

Verity voltou para dentro da casa e informou a Sra. Geraldson que se sentia muito melhor e levaria a carruagem de Lorde Hawkeswell para um passeio para desfrutar do dia.

Os três jovens mal cabiam dentro do chalezinho de Katy. Um deles era, como Hawkeswell, era alto o bastante para precisar se curvar se estivesse de pé, por isso sentou-se no chão.

Eles encheram os ouvidos de Verity com o tipo de notícias locais que a Sra. Geraldson jamais teria ouvido. Dois deles trabalhavam na fundição e falaram sobre o descontentamento que havia por lá. O fim da guerra afetara a todos os ferreiros e os de Oldbury não eram exceção.

– São os trabalhos especiais que mantêm a fundição trabalhando – disse um. – As máquinas e a perfuração. Mas o Sr. Thompson... bem, minha senhora, ele não é como o seu pai no que diz respeito a conseguir novos trabalhos desse tipo, por isso alguns dos mais velhos foram dispensados, assim como o Timothy, aqui. As famílias deles foram obrigadas a depender da paróquia, como a Katy, mas a caridade vai só até certo ponto.

– Ele também fez um corte nos salários no último inverno – queixou-se outro. – E é sovina com o combustível quando labutamos no inverno. Precisa guardar para ele mesmo, imagino, para comprar as joias da sua esposa.

Katy estava sentada e silenciosa, com o corpo balançando sutilmente em concordância. Verity procurou o seu olhar por vezes, para ter certeza de que não se tratava apenas de resmungos de rapazes, queixando-se como os jovens costumam fazer em sua irrequietude.

Katy não tivera dificuldades em reunir aqueles jovens em particular, pois todos tinham sido amigos de Michael. Depois de terem exprimido suas opiniões sobre a fábrica, Verity pediu para que a acompanhassem até o lado de fora por causa de um conserto na pequena cerca que Katy tinhaem volta da horta.

Afastou-se o quanto pôde da casa para ficar fora do alcance dos ouvidos de Katy. Fez um gesto a Timothy para que se aproximasse.

– Não quis falar disso na presença dela, Tim, mas quero que me diga tudo o que souber a respeito de Michael.

A boca dele endureceu.

– Sei muito pouco, e o que sei não é bom.

– Conte-me.

– Ele falava mais do que a maioria, especialmente queixas. Não esperava a filha do patrão convidá-lo a falar, como acabamos de fazer. Era mais corajoso do que nós, julgo eu. E estava envolvido com outros, nas cidades grandes. Foi até Liverpool algumas vezes e a reuniões secretas perto de Shrewsbury. O Sr. Travis disse a ele para não fazer isso, mas ele fazia mesmo assim. – Encolheu os ombros. – Então, um dia, ele saiu e nunca mais voltou.

– Ele foi preso?

– Nunca ouvimos dizer que tenha sido. Estranho, isso. É difícil um homem ir a julgamento sem que ninguém ouça falar do assunto.

Difícil, certamente. Mas seria impossível?

– Alguns acham que ele simplesmente foi embora, rumo a coisas melhores. Não posso censurá-lo. Ele era bom com o ferro, como a senhora sabe. Melhor do que qualquer um de nós. Hábil como o seu pai. O patrão mostrava uma predileção por ele quando ele era rapaz em parte por causa disso. O novo patrão, porém... Não gostava nada dele, sabe?

Não, não gostava. O seu pai gostara de Michael e não só por causa da posição de Katy na casa deles. Chegou a ir até a fundição algumas vezes mostrar a Michael como fazer coisas com ferro forjado que só o rapaz conseguia aprender rapidamente.

Agora ele tinha desaparecido, na mesma época em que Bertram ameaçara deportá-lo. Porém, ninguém ali ouvira falar da sua prisão e julgamento.

Bertram podia ter feito com que Michael fosse preso em outro país, é claro. Mesmo assim, um julgamento de radicais ou revolucionários atrairia atenção e muito provavelmente seria até noticiado pelos jornais londrinos.

Durante dois anos, ela se preocupara por não fazer nenhuma ideia do destino dele. Tinha nse permitido a esperança de que Nancy mentira e que Michael ainda estava na fundição, aperfeiçoando sua habilidade e cuidando de Katy, pronto para o dia em que ela voltasse para casa e lhe oferecesse uma parceria especial. Agora era óbvio que Nancy não mentira. Bertram realmente fizera algo que levara ao desaparecimento de Michael.

– Ele foi o único a ir embora de forma tão abrupta? – perguntou ela. – Houve outros, não foi?

Timothy pareceu refletir naquelas palavras.

– Harry Pratt, da fundição, no início deste ano. A mulher dele não queria acreditar que ele tinha fugido, mas tinha ocorrido alguns problemas entre ele e o Sr. Thompson, por isso a maioria de nós acha que foi isso que aconteceu. Correm rumores por aí de mais alguns em Staffordshire, mas como as leis estão agora, eu também fugiria se alguém começasse a reparar muito em mim.

– Gostaria de falar com alguns dos outros homens – disse ela. – Talvez um dos mais velhos saiba algo que você não sabe.

Timothy abanou a cabeça.

– No seu lugar, eu não iria à fundição sozinho, minha senhora. As coisas não são mais como no tempo do seu pai. Há homens zangados por lá e eles não esperam grande coisa desse lorde com quem se casou. Ainda há carinho pela senhora, mas...

Mas ela deixara de ser quase um deles. Muitos anos haviam passado desde que costumava descer a colina correndo para brincar com as crianças da aldeia. Na qualidade de mulher casada, ela era inútil para eles. Na qualidade de condessa, sequer era digna de confiança.

O olhar de Timothy se desviou, como se alguma coisa na estrada chamasse sua atenção. Sem proferir uma palavra, seus companheiros reagiram àquele aviso mudo. Deixaram para trás a pequena cerca de Katy e aproximaram-se para ficar lado a lado.

Verity virou-se para ver o que havia provocado a frente unida. Um cavalo chegava a galope, transportando um cavaleiro de grande estatura. Hawkeswell.

Ela avançou em passos largos para que ele parasse distante dos amigos de Michael. No entanto, os olhos dele estavam fixos neles quando parou o cavalo. Ele conseguia intimidar uma pessoa apenas com o seu tamanho e força; naquele momento, a sua ira fazia com que a intimidação fosse bem real. Ele até que a continha bem, mas ela estava visível em seus olhos e no corpo tenso. Não o via assim tão furioso desde aquele primeiro dia em Cumberworth.

Por fim, infelizmente, ele olhou para baixo, na direção dela.

– Um encontro peculiar, Verity.

– Pedi a Katy para reuni-los aqui para descobrir a verdade sobre como vai a fábrica.

– Com que finalidade? Não possui qualquer autoridade neste assunto e seu primo não será compreensivo com a sua interferência. A sua teimosia em interferir foi provavelmente a razão pela qual ele a forçou a se casar.

Esta era, ao menos em parte, a realidade cruel das coisas e ele não hesitou em fustigá-la com ela. Estava ainda mais zangado do que ela havia pensado.

A sua expressão, fitando-a lá de cima, não exibia qualquer brandura.

– Enganou-me hoje. Só posso crer que também o fez no passado. – Ele não aguardou resposta. Levou o cavalo a trote até o local onde o cocheiro conduzira a carruagem ao ver a chegada do seu senhor. – Leve-a de volta para casa agora.

Ela não teve opção a não ser entrar na carruagem quando o cocheiro abriu a porta. Hawkeswell não seguiu a carruagem quando as rodas começaram a rolar. Ela olhou pela janela e o observou levando aquele grande cavalo a passo na direção de Timothy e dos outros.

Capítulo 19

Quando Verity voltou para casa, ficou sabendo que Colleen e a Sra. Geraldson tinham usado o cabriolé para uma visita de final da tarde ao vizinho mais próximo.

Será que Hawkeswell tinha pedido para elas desocuparem a casa de modo que ele pudesse cuidar da mulher malcomportada em particular? Ou teria Colleen reconhecido o seu estado de espírito, desconfiado da razão e sensatamente afastado a anfitriã e ela mesma do local?

Verity subiu aos seus aposentos, tirou o chapéu e sentou-se numa cadeira. Ele não demoraria muito tempo, já que a seguira a cavalo. Independentemente do que estivesse dizendo àqueles jovens, e duvidava que fosse algo amistoso, ele chegaria em breve.

Fez um grande esforço para se controlar e não sucumbir ao pavor que embrulhava seu estômago. Havia se passado muito tempo, um tempo maravilhosamente longo, desde a última vez em que precisara fazê-lo e estava destreinada. O medo lamuriento continuava a se esgueirar para fora do cantinho onde ela o trancara. Uma docilidade hedionda sussurrava que ela devia implorar perdão e esperar que isso fizesse acabar tudo mais depressa.

Em minutos, voltara a ser uma menina, uma menina isolada e solitária que só podia rezar para que a ira passasse rapidamente e a punição terminasse. Sensações, sons e imagens do passado invadiram-lhe a mente, corroendo a sua compostura. Procurou se retirar para longe do mundo e para dentro de si. Encontrou ali um terreno firme para as suas emoções.

Um cavalo lá fora destruiu essa suspensão temporária da realidade. Os sons de um cavaleiro deixaram-na nauseada. Passos no piso de baixo fizeram o sangue latejar dentro da sua cabeça.

Ele tinha aquilo dentro dele. Todos os homens tinham. Toda a gente tinha. Ele admitira o quanto daquela ira possuía. Ele dissera que a controlava agora, mas o mundo lhe dava o direito de libertar essa ira sobre ela se assim o desejasse.

Ela queria acreditar que Hawkeswell não faria isso, mas não tinha como ter certeza. A ira podia revelar uma crueldade desconhecida nas pessoas e levar até ao passo que ela, infelizmente, sabia ser muito fácil de dar.

Ouviu os passos dele do outro lado da porta e preparou-se para o pior. Os pensamentos dela se despedaçaram em todas as direções. O medo fez com que começasse a tremer. A ira bradava em revolta.

Pediria desculpa se fosse preciso, mas não iria implorar. Ela não pedira *nada daquilo*, não concordara com *nada daquilo* e diabos a levassem se voltaria a ser a menina quase destroçada que fora um dia.

Hawkeswell estava preparado para uma boa discussão quando abriu a porta de Verity. Tinha muitas coisas a dizer entre ordens e perguntas, e pelos deuses, elas seriam ditas agora!

Não sabia o que esperar naqueles aposentos, mas sabia que não era nada daquilo que encontrou.

Verity estava sentada numa cadeira, de forma muito similar à que usara em Cumberworth naquele primeiro dia. Sua expressão era a mesma. Determinada. Calma. Forte, tinha de admitir, embora fosse uma força interior que transpirava de forma invisível. A postura dela espicaçou ainda mais o seu mau humor, como também o fizera naquele dia.

O olhar dela se ergueu do ponto onde estivera fixo no chão. O que ele viu nos olhos dela deixou-o aturdido.

Força, certamente. Revolta. Mas também resignação. E medo. Um medo real, oculto sob as outras coisas, mas tão real que deixava acre o ar dentro daquele quarto.

Ela estava com medo *dele*, percebeu. De sua ira. Tinha medo que ele a castigasse fisicamente.

Isso o chocou. Insultou-o. Ele nunca lhe dera motivos para…

Um pensamento o invadiu, uma suspeita antiga. O que só fez a sua ira subir em disparada, agora com direção a um alvo diferente e por uma razão diferente.

Mais tarde. Não agora. Ele ficou bem longe dela, para tranquilizá-la, mas falou mesmo assim.

– Espero que nunca mais me engane desta maneira, Verity.

– Eles nunca teriam concordado em se encontrar comigo se você estivesse presente.

– *Estou pouco me lixando para isso!* Como eu disse há pouco, você é inútil para eles; logo, as informações deles são inúteis para você.

A cabeça dela se curvou. Ele não se deixou enganar. Ficou à espera e ela não o desapontou.

– As coisas não deviam ter acontecido dessa forma.

– Não, não deviam. Você deveria ter-se casado com um deles. Foi por isso que lhe ensinaram o segredo.

– Não com um deles. Não necessariamente. Mas, sim, como já havia lhe dito, o meu pai esperava que meu marido ficasse no controle da fundição.

– Ele determinou que seu noivo deveria ser esse tal de Michael, com o qual tem andado tão preocupada? – Apesar de toda a irritação, ele balbuciou ao fazer a pergunta e esperou pela resposta com uma espécie peculiar de temor.

– Michael e eu éramos crianças quando o meu pai morreu. A minha preocupação tem sido para com Katy, e faço perguntas a respeito do filho dela porque creio que o meu primo tenha feito algum mal a Michael.

– Eu acho que é mais do que isso. Quero a verdade agora. Quero que me diga sob juramento. Vocês...?

– Se precisa que eu jure, confia o bastante na minha palavra para acreditar num juramento solene?

– Não sei, maldição! Porém, é o melhor que posso ter, e terá de servir. – Ele abordou a pergunta de forma diferente, para que ela visse que não tinha sido provocada apenas pelo despeito. – Quando Katy a viu pela primeira vez à porta, exibiu choque e depois um sofrimento profundo.

– Um sofrimento profundo, não. Lágrimas, sim, mas não sofrimento.

– Repeti a imagem na minha cabeça muitas vezes desde aquele momento e se tratava de sofrimento, tenho certeza disso. Eu vi o rosto dela durante aquele abraço. Você não. As palavras que ela lhe dirigiu, a respeito da criança dela... pensei que ela se referia a você, mas depois mudei de opinião.

– Então, a quem...

– Ao filho dela. A pobre criança dela. Ela pensou que ele estava *com você* esses dois anos, Verity. Pensou que ele partira para se juntar a você quando fugiu. Ela nunca acreditou que você estivesse morta, e sim que estava escondida com o filho dela. A sua chegada aqui provou que isso não era verdade. A preocupação e o sofrimento dela não terminaram quando ela abriu aquela porta. Apenas começaram.

Ela repudiou aquela perspectiva do ocorridido, mas ele podia ver que ela estava revivendo aquela tarde em sua mente.

– Também esperava que ele fugisse para se juntar a você, Verity?

Novamente aquele temor insidioso, pesado e visceral. Muito semelhante ao sofrimento. Muitosemelhante ao medo. Ele o odiava, assim como à fraqueza insinuada por ele, e recorreu à ira latente e surda para o abafar.

– Desde que a encontrei viva me pergunto se foi essa a verdadeira razão para ter partido. Agora, quando vejo a sua preocupação excessiva por ele e por saber o seu destino, penso que o fracasso dele em se juntar a você é o motivo pelo qual tem tanta certeza de que algo de mal lhe aconteceu.

– As coisas não eram assim entre Michael e eu.

– Não? Quando saía às escondidas para ver Katy, também o via. O amigo da infância tornou-se o amigo da juventude. – Ele fulminou-a com o olhar, à medida que outra memória lhe ocorria. – Aquele primeiro beijo. Foi ele, maldição! *Não foi?*

Ela desviou o olhar, mas o rubor crescente confirmou que ele tinha razão. Uma emoção nova cresceu no meio da fúria. Uma emoção inesperada, que concretizava o temor e lhe dava significado. Desapontamento. Um desapontamento tão intenso que nem a ira podia ocultar.

Ela havia amado aquele jovem; ainda o amava. Esperara se casar com ele. Concordara com outro casamento apenas para salvá-lo e fugira para estar com ele. O seu atual casamento, sua posição social e seu marido eram partes de uma vida que ela jamais desejara nem viria a desejar. *As coisas não deviam ter acontecido dessa forma.*

Ele voltou-lhe as costas quando se deu conta da totalidade dos fatos. Por dentro, riu de si mesmo. Diabos, ela havia lhe dito tudo aquilo, não? Ponto por ponto, explicara a maior parte dos fatos e ainda lhe oferecera uma forma de se livrar dela. Então por que essa... consternação, essa sensação de perda? Nada daquilo importava de fato, afinal.

– Eu não parti por causa de um pacto para me juntar a ele, ou ele a mim, posso lhe jurar. Juro pelo nome do meu pai. Eu parti pelos motivos que já lhe contei. Estou preocupada com Michael porque foi a ele que Bertram prometeu prejudicar e a quem Nancy disse que tinha sido feito mal, independentemente do acordo feito comigo. Preciso saber o que lhe aconteceu.

– Então, casou-se comigo para protegê-lo?

– Ele é filho de Katy. A família dela. O arrimo da família. Eu o conheço a minha vida toda. É claro que fiz o que fosse preciso para protegê-lo. Embora não tenha adiantado nada.

Ele deu um passo à frente para proferir exatamente o que lhe passava pela cabeça sem que houvesse cinco metros de distância a separá-los. Assim que ele se mexeu, ela retesou-se e recuou, mantendo a distância entre ambos tão ampla quanto possível.

Medo, de novo. Nos olhos e na postura dela. Dele. Da ira que ela vira na estrada junto à casa de Katy. Do quer que seja que estava vendo nele agora.

Ela não estava mentindo, mas também não estava sendo honesta. Dava à sua história um verniz mais adequado porque o receava e receava o que ele faria se admitisse que amava aquele jovem.

A mente dele se voltou para a outra suspeita, que se tornara cada vez mais uma certeza quando ele entrara naquele quarto.

– Verity, quando disse que foi coagida, antes da ameaça a este homem e a Katy, a que se referia?

A mudança de assunto a confundiu. Ela não respondeu de imediato. Aqueles olhos grandes o observaram, mas aquela inexpressividade absoluta os invadiu.

– O seu primo lhe batia, Verity?

Ela encolheu os ombros.

– É comum fazê-lo às crianças. O senhor foi poupado a isso?

– Os preceptores e mestres da escola usavam chibatas, isso é verdade, mas eu não vivia constantemente com medo. Sentiu-se assim durante aqueles anos com Bertram?

Ela levantou-se abruptamente.

– Eu não quero falar sobre isso. Está enterrado no passado.

– Está? Tinha todo o ar de uma mulher à espera de que lhe batessem quando entrei por esta porta. Nunca dei qualquer motivo para que pensasse isso de mim.

– Aquele homem. O senhor disse que quase o...

– Eu estava bêbado, ele me insultou e era um homem. E foi errado da minha parte fazê-lo. Pergunto de novo, Verity: seu primo alguma vez ergueu a mão contra você?

– Por que pergunta isso agora? Isso foi há muitos anos. Não tem nada a ver com você.

– Eu acho que tem muito a ver comigo. Diga-me.

A insistência dele a perturbou. Ela não o olhava nos olhos. O olhar dela corria em todas as direções. A expressão se contraiu e os olhos ostentavam lampejos de ira, medo e... aversão.

– Ele não o fazia com frequência. Deixava Nancy fazê-lo por ele. – Ela esfregou os olhos com as costas da mão. – Ela odiava o fato de ele não ter recebido uma parte maior da herança. Ele odiava minha existência. Eu não conseguia agradá-los. Eu não conseguia...

Um soluço abafou as palavras. Ela tapou os olhos e voltou-lhe as costas.

– Que Deus me perdoe, no final eu queria matá-los. Ainda sinto essa vontade quando os vejo. Eles tiravam prazer do meu sofrimento. – Ela conseguiu proferir as palavras furiosas entre arquejos para recuperar a compostura. – Eu mal me atrevia a respirar naquela casa. Não podia me permitir qualquer tipo de alegria. Eu estava sob a vista de todos os conhecidos, numa casa que era minha, e, no entanto, estava separada de quem eu tinha sido.

A ira dele não havia desaparecido, mas restara muito pouca dirigida a ela agora. Ele previu que um pouco fosse regressar muito em breve quando refletisse no que descobrira a respeito de Michael, mas a angústia dela tornava esse fato insignificante naquele momento.

Aproximou-se de Verity e virou o corpo dela para abraçá-la. Ela perdeu o controle e desatou a soluçar com sons estrangulados e frenéticos, como se as próprias lágrimas não pudessem aliviar o que tinha dentro de si.

Ele a abraçou enquanto a mágoa era derramada, tentando ao máximo não imaginar uma Verity mais jovem escondendo sua natureza, enterrando sua presença e torcendo para que não houvesse nenhuma chibatada ou surra naquele dia.

Ela se acalmou. A respiração voltou ao normal. Ele afagou-lhe de leve a cabeça e falou antes de soltá-la.

– Ele sabia? Bertram estava a par do tratamento que a mulher dele lhe dava?

Ela acenou com a cabeça.

– Quando ela estava tentando me obrigar a concordar com o casamento, era ele quem lhe entregava a chibata.

Ele beijou-lhe a cabeça.

– Tenho de ir agora. Vou terminar esta conversa como a iniciei, Verity. Por favor, não saia desta propriedade sem mim.

Os cavalariços ainda não tinham terminado de desarrear o cavalo, por isso não demoraram muito a selá-lo novamente. Hawkeswell içou-se para a garupa e encaminhou-se para Oldbury a galope.

Anoitecia quando ele se apresentou na casa da colina com vista para a fundição. O criado levou seu cartão e regressou apressadamente para acompanhá-lo até seu senhor.

Os Thompson tinham se acomodado em sua sala de estar. Na sala de estar de Verity, para ser honesto. Hawkeswell os observou longamente enquanto expressavam o seu deleite com a visita, por mais estranha que fosse a hora.

– Fiquei sabendo de algo assaz chocante hoje, Thompson. Espero que possa lançar alguma luz sobre o assunto – disse Hawkeswell, pousando a seu lado o chapéu e a chibata.

– Ficarei honrado em lançar luz sobre qualquer que seja o assunto, *sir.*

– Descobri por intermédio de Verity que enquanto tentavam convencê-la a aceitar minha proposta de casamento, a sua mulher a surrava com uma chibata com frequência, e que o senhor não só permitiu isso, como o encorajou.

A expressão de Nancy ficou estarrecida com o choque. Bertram ficou boquiaberto com a acusação.

– Que vileza da parte dela dizer tal coisa – disse Nancy.

– Está dizendo que se trata de uma mentira?

– Ela era obstinada e teimosa, Lorde Hawkeswell, simplesmente pelo prazer que isso lhe dava. Não tinha qualquer objeção real ao casamento. Que jovem teria?

– A senhora ainda não disse se é uma mentira ou não, Sra. Thompson. Usou ou não usou uma chibata em Verity quando ela vivia sob a proteção do seu marido?

– Somente quando ela era desobediente.

– Por exemplo, quando ela não obedeceu à ordem de se casar comigo?

O silêncio ressoou na sala em resposta.

Bertram falou atabalhoadamente. As pálpebras pesadas chegaram mesmo a subir para revelar a sua ira.

– Ouça aqui, Lorde Hawkeswell, não gosto da forma...

– Sra. Thompson, seria uma boa ideia deixar o seu marido e eu a sós agora.

De cabeça erguida e expressão altiva, ela deu meia-volta num gesto dramático e majestoso e abandonou a sala de estar.

Bertram enfiou a mão no colete e encheu o peito de ar.

– Não me agrada nada o fato de vir até aqui e falar desse jeito com a minha mulher, *sir*.

– Limitei-me a fazer algumas perguntas a respeito de um assunto que tem consumido os meus pensamentos.

– É um pouco tarde, não lhe parece, para se preocupar com o estado de espírito da minha prima quando aceitou a sua proposta? O senhor não se importou muito a esse respeito na época, por que motivo isso o consome agora?

– Na época, eu não fazia ideia que a surrara para que aceitasse.

– O senhor pouco se importou em descobrir de que forma as coisas se passaram. Falemos francamente, *sir*. A fortuna dela era tudo aquilo que lhe interessava e não vinha ao caso saber os pormenores quanto à forma como aquele dinheiro encontraria o caminho para a sua bolsa. Deixou isso a meu cargo e eu tratei do assunto.

O mau gênio de Hawkeswell não estava em seu melhor há horas. O comportamento da Sra. Thompson e agora as acusações de Bertram abriram a fechadura que continha o que se transformara num fluxo profundo com muitas correntes. O fato de Bertram ter falado mais verdades do que Hawkeswell estava disposto a lidar não favorecia em nada seu autodomínio.

– Vem ao caso saber agora, Thompson. A sua prima é minha mulher e minha responsabilidade, por muito erradas que tenham sido as circunstâncias em que isso se tornou uma realidade.

– Não venha nos culpar por ela ter lhe dado problemas desde o primeiro dia. Nós não tivemos dificuldades em lidar com ela.

– Com a ameaça de chibatadas, com sua mão ou seu punho? Isso não é lidar com ela. Isso é quebrar-lhe o espírito. Você era o tutor dela. Devia tê-la protegido, não maltratado.

O rosto de Bertram contorceu-se numa expressão de desprezo.

– Não violei nenhuma lei. Eu a alimentei, vestia, ela viveu nesta casa. Tive de ser relembrado da traição de Joshua todos os dias pela simples presença dela na nossa família. Não tenho nada pelo que deva me desculpar no que lhe diz respeito e não serei censurado por *você* por causa de um sentimentalismo despertado tardiamente. Entreguei-lhe a fortuna dela como prometido, por isso não possui nenhuma razão para queixa.

Hawkeswell estendeu a mão, agarrou Bertram pelo casaco e puxou-o para mais perto de si.

– Você é um canalha – rosnou ele para o rosto assombrado de Bertram. – Bateu numa mocinha indefesa. Que tipo de homem é você?

– Não o fazia com frequência! Pergunte a ela!

– Uma vez já foi frequência demais, seu covarde! E permitiu que a megera da sua mulher a sovasse com regularidade.

– Estava dentro dos meus direitos. Ela era rebelde e desobediente. Eu era o tutor dela. Já não pode fazer absolutamente nada em relação a isso.

– Aí é que se engana. Posso fazer *isto*. – Ele arremessou o punho, atingindo o rosto de Bertram. A cabeça de Bertram caiu bruscamente para trás e as pernas cederam.

– Você está louco! Fora de si! – Bertram agarrou-se ao rosto e cambaleou, tentando manter-se de pé. – Ouvi falar de você, da rapidez com que se entregava a lutas e que possuía um temperamento violento. Bem, eu não tolerarei tal coisa. Vou...

– Já tinha ouvido falar de mim? – Ele estava prestes a enlouquecer realmente naquele momento. – Achava que eu era um bruto violento e mesmo assim entregou-a nos meus braços? *Maldito seja, diabo!*

Bertram encolheu-se de medo e ergueu os braços para proteger o rosto. Em seguida, seu olhar deslizou para o lado. Precipitou-se para lá e agarrou a chibata de Hawkeswell. Um instante depois, uma dor aguda, provocada pelo chicote, aterrissou nos ombros e braços de Hawkeswell. Com um sorriso escarninho de vitória que inspirava ódio, Bertram fez voar o chicote de novo.

Hawkeswell agarrou a ponta do chicote quando este caía sobre seu corpo e arrancou-o do punho de Bertram com um puxão. Furioso agora e aterrorizado para além de toda a razão, Bertram agitou os punhos e conseguiu desferir um soco.

A cabeça de Hawkeswell urrava de uma forma que não acontecia há anos. Ele se defendeu, mas a cada vez que atingia Bertram, na realidade, era por Verity que se vingava.

Capítulo 20

Pancadas e brados acordaram Verity. Alguém batia com força numa porta, berrando o nome de Hawkeswell, exigindo a sua atenção. Uma mulher.

Verity se levantou e foi espreitar à porta. Colleen estava no corredor estreito e a sua camisola branca era a única coisa visível.

Ela bateu de novo na porta e chamou-o com uma voz furiosa.

Verity saiu de mansinho do quarto e ficou observando. A porta de Hawkeswell se abriu. Luz suficiente inundou o corredor para indicar que uma lamparina ainda ardia. Ele não estava dormindo.

A porta ficou aberta e Colleen entrou com passos largos.

Verity completou os vinte passos que separavam sua porta da dele e olhou para dentro. Hawkeswell ainda vestia calças e camisa. Colleen estava de frente para ele, de mãos nos quadris, o rosto contorcido pela emoção.

– Ficou louco? – A ira forçava a sua voz de forma a soar quase como um silvo. – Será que seu objetivo é ficar conhecido nesta região como um homem sem bom senso que deve ser evitado por pessoas decentes?

Ele virou as costas e tocou num papel que estava na escrivaninha. Pegou numa pena e inclinou-se para escrever alguma coisa.

– Presumo que se refira a Thompson.

– Sim, refiro-me a ele. Acabei de receber a notícia.

– Então foi esse o cavalo que ouvi lá fora. Ele fez uma algazarra em torno disso?

– Nancy me enviou um mensageiro.

– Pergunto-me o que é que ela espera que você faça. Espero que você tenha respondido que tem certeza de que existe algo mais na história do que aquilo que ela contou. – Ele pousou a pena.

Muito curiosa agora, Verity entrou no quarto.

– Se existe uma história que diz respeito a Bertram, quero ouvi-la.

Colleen fulminou Hawkeswell com o olhar.

– Por favor, diga a ela para se retirar. Preciso falar *com você.*

– Diga o que quer dizer. Ela vai ficar sabendo de qualquer jeito.

– Hawkeswell...

– Se ela quiser ficar, fica. Ela tem bem mais direito a estar aqui do que você.

O rosto de Colleen exibiu uma expressão estarrecida com a repressão. Manteve a compostura e prosseguiu como se Verity não tivesse escolhido ficar.

– É verdade? Você deu uma surra no Sr. Thompson?

– Dei.

– Hawkeswell! – Ela começou a andar de um lado para o outro, espantada e agitada. – Deus do céu, pensei que você já não... Tinha bebido?

– Estava perfeitamente sóbrio.

– Então por que fez isso?

– Isso é entre ele e eu. Não a culpo por ter me apresentado ao sujeito, Colleen, mas ele é um canalha. Não quero ter qualquer tipo de contato com ele de futuro, além do mínimo necessário concernentes à propriedade de Verity.

– Culpar-me? Como é que poderia sequer considerar a hipótese de me culpar?

– Eu disse que não o faria. Porém, desde aquela apresentação muitas coisas vieram à luz, nenhuma delas boa. Não acredito que você conhecesse o verdadeiro caráter dele.

– Independentemente do que ache dele, seu comportamento foi imperdoável.

– Eu tive uma das melhores desculpas do mundo. Se o Sr. e Sra. Thompson quiserem que o mundo saiba, podemos torná-la pública. Prometo a você, porém, que nenhum homem decente ficará do lado de Bertram na disputa.

– E será que pelo menos pode dizer *a mim* a causa da disputa?

Ele olhou de relance para Verity.

– Não, não posso.

Colleen reparou no olhar dele. Os lábios dela se contraíram.

– *Compreendo*. Perdoa-me. A minha preocupação de que tivesse regressado aos velhos hábitos me fez reagir de forma agressiva demais. Boa noite.

Ela passou apressadamente por Verity, com o rosto ruborizado e olhos flamejantes. Verity fechou a porta atrás dela.

– Deu uma surra em Bertram?

Ele encolheu os ombros.

– É estranho que a Sra. Thompson tenha enviado um mensageiro a Colleen. Talvez ela esperasse que minha prima me desafiasse para um duelo por conta disso. – Ele sorriu com o gracejo.

– Ela não enviou aquele mensageiro para pedir a Colleen que o repreendesse. Ela enviou uma mensagem para implorar a Colleen que tentasse mitigar a desavença.

– Eu humilhei o marido dela. Duvido que ela deseje qualquer espécie de mitigação.

– Nancy é ambiciosa. Ela sacrificaria Bertram para manter as relações que este casamento lhe deu. – Ela caminhou até junto dele. – Visto que tudo o que diga respeito ao meu primo e a você também me envolve, vai me dizer por que é que a sua ira levou a melhor sobre você?

– Direi apenas que perdi a cabeça por um bom motivo. – Ele ocupou-se em dobrar a carta que estivera escrevendo.

Ela tomou a carta das mãos dele e pousou-a de novo. Pressentiu que ele não estava orgulhoso por ter permitido que sua fúria voltasse a dominá-lo, mas também não parecia arrependido.

– Fez isso por causa do que lhe contei esta tarde?

Ele baixou o olhar para ela e afagou-lhe o cabelo com as pontas dos dedos, desviando alguns fios do rosto.

– Ele não o negou. Nem tampouco a mulher. Eu não podia dar uma surra nela, é claro.

– É claro que não.

Aquele toque terno e leve prosseguia. A voz dele estava baixa agora, contemplativa.

– Imaginei-a naquela casa, cheia de medo e infeliz e aquela mulher... Só espero que não tenha ainda mais medo de mim por causa disso.

Ela pressionou a mão dele contra a sua face e depois voltou o rosto para beijar a palma.

– Não tenho medo agora. Também não terei no futuro. – Estava assombrada que fosse importante para ele como ela se sentia. Beijou a palma da mão dele de novo. – Pode até ser errado de minha parte, mas estou emocionada por ter ficado tão zangado por minha causa e ter se incomodado em confrontá-lo.

Ela não tinha uma proteção desse tipo desde que o pai morrera e isso a comoveu profundamente.

Ele rodeou-lhe a cintura com as mãos. O olhar dele aprofundou-se até prendê-la nele. Era muito séria a forma como Hawkeswell olhava para ela. Muito pensativa. Como se ele procurasse muito mais nela do que poderia descobrir.

– Foi efetivamente forçada a entrar neste casamento, nas suas próprias palavras. O seu espírito já tinha sido quebrado antes de ele fazer as ameaças contra Katy e o filho dela.

Devia se sentir vingada, presumiu. Ou aliviada por ele agora acreditar nela completamente. Em vez disso, a sua profunda reflexão a perturbava.

– Bertram disse que eu não me havia importado o suficiente antes – disse ele. – Ele achava que isso significava que eu não devia me importar agora. Foi essa sua defesa dos maus-tratos que lhe fez.

Que insensato da parte de Bertram, ter provocado Hawkeswell daquela forma. Será que ele e Nancy não tinham visto o fogo que ardia dentro dele?

– Ele tinha razão – continuou Hawkeswell. – Tal como você, em suas acusações em Cumberworth e Essex. Os meus pensamentos estavam concentrados na sua fortuna, não na sua felicidade. Na minha presunção, achei que era indiscutível sua vontade de se casar comigo. – Beijou-a na testa. – Causei-lhe um grande mal.

– Não pode assumir a culpa por aquilo que não sabia.

– Eu podia não saber na época, mas já sabia quando a seduzi em Surrey... ou tinha fortes suspeitas. Mas não a vinculei a mim naquele jardim naquela noite por causa da sua fortuna, Verity. Se fosse só isso que estivesse em jogo, podia ter agido de forma diferente.

– Então por que razão foi?

– Por você. Eu a queria. Desejava-a. Há dois anos, era uma mocinha submissa e calada. Mas a mulher que me enfrentou em Cumberworth... instigou o demônio que existe dentro de mim, e a partir daquele momento, eu já sabia o que ia acontecer. É a motivação masculina mais antiga do mundo e não é nenhuma desculpa...

Ela ponderou o peso e o custo desta revelação enquanto tateava a borda da abertura da camisa dele junto ao pescoço. Ser desejada por Hawkeswell nunca fora tão desprovido de significado como ele pensava. Tanto a excitação como o prazer tinham desempenhado importantes papéis para chegarem ao ponto que ocupavam agora. Ele a seduzira, mas ela não se recusara à sedução. Mesmo agora, nos seus braços, tendo aquela conversa pendente há tanto tempo, o abraço dele a afetava de muitas formas diferentes.

Desejo, intimidade, conforto, proteção... tudo isso estava expresso na forma calma com que as mãos fortes a agarravam e sustinham, assim como nas emoções fortes e no êxtase que ele lhe proporcionava.

– O que está feito, está feito – disse ela, muito consciente de que, com aquelas palavras, aceitava-o de uma forma que evitara antes. Não sentiu qualquer arrependimento ao fazê-lo. Em vez disso, a aceitação libertou uma onda de alegria. – Existem piores alicerces sobre os quais construir um casamento do que a fortuna e o prazer. – Ela puxou-lhe a camisa de um modo brincalhão. – Uma vez que eu forneci a fortuna, confio que assuma a responsabilidade pelo prazer.

Ele riu e ela ficou feliz ao ver o seu humor melhorando.

– Se continuar a cooperar comigo.

– Já está tentando se esquivar à responsabilidade e deixar esse dever a meu cargo. Cabe a você se certificar de que eu *queira* cooperar, Lorde Hawkeswell.

Com aquela tirada atrevida, deu-lhe as costas para se retirar. Mal tinha dado dois passos quando os braços dele a prenderam e lhe aqueceram as costas. O beijo dele escaldou-lhe o pescoço.

– Não pode me desafiar dessa forma e esperar que eu a deixe abandonar o duelo, Verity. – As suas carícias roçaram de leve o corpo dela. – Eu acho que quanto menos eu permitir a sua cooperação, mais você vai querer fornecê-la, tendo em conta a sua natureza rebelde.

– Não vejo como poderá proibi-la.

– Não? – A voz dele aqueceu-lhe a orelha. As mãos dele agarraram-lhe os seios. Os polegares friccionaram os mamilos através do tecido da camisola.

Começou a compreender como ele pretendia impedir a sua cooperação. Ela não podia abraçá-lo enquanto ele estivesse atrás dela. Apenas podia aceitar o prazer enquanto era sustentada por pernas vacilantes. As sensações penetravam rápida e profundamente em seu corpo naquela posição.

Ela estendeu as mãos para trás para abraçá-lo, tocá-lo.

– Ah, ah – repreendeu-a ele. – Nada de manobras pelo flanco. Terei de encontrar uma forma de impedir. Isto deve funcionar. – Ele deu um puxão nas fitas que fechavam o pescoço e a frente da camisola. A mão dele puxou pelas pontas dos laços e, a cada nó desfeito, a camisola se abria mais.

Ele deslizou a camisola pelos seus ombros e braços até o tecido ficar suspenso nos quadris. Os punhos das mangas fizeram com que não caísse completamente. Ela tentou alcançar um dos punhos com a outra mão, mas o tecido tolhia seus movimentos.

– Parece que não consegue se mexer muito – disse ele. – Terá de suportar.

Suportar significava aceitar as carícias dele passivamente. Os beijos dele pressionaram-lhe a carne dos ombros e pescoço. Ficou observando aquelas mãos provocarem-lhe os seios até uma sensibilidade insuportável. Pontada após pontada de uma excitação enlouquecedora disparavam no sentido descendente, mas ela não conseguia sequer aliviar a necessidade surda com movimento.

Ele a tomou nos braços e levou-a para a cama. Deitou-a e girou seu corpo, para que o rosto dela ficasse pressionado contra um travesseiro e os punhos da camisola a prendessem ainda mais.

Deitou-se ao lado dela, apoiado sobre um cotovelo, de frente para ela. Cuidadosa e lentamente, subiu a bainha e saia da camisola e dobrou-as no nível da cintura até que ela estivesse nua acima e abaixo de um cinto espesso de tecido.

O olhar dele vagueou ao longo do seu corpo. Lentamente, quase languidamente, ele se inclinou para beijar-lhe as costas. Cada um dos beijos era um pequeno choque de prazer. Ela fechou os olhos e se perguntou como é que algo tão pequeno podia afetá-la de forma tão profunda.

Os beijos alcançaram a parte mais estreita das costas dela e pararam. Ela abriu os olhos para vê-lo outra vez fitando-a. Ele tocou lentamente e muito de leve as costas dela com as pontas dos dedos, mas, dessa vez, não parou na camisola. Em vez disso, aquela carícia leve deslizou para as nádegas e as coxas e ficou brincando ali como uma pena, torturando-a.

– Você é uma visão insuportavelmente erotica desse jeito – disse ele, observando a própria mão se movendo de novo. A palma da mão alisou as curvas das nádegas. Tremores de antecipação a percorreram deliciosamente. Ela estava quase dolorosamente excitada e, a bem da verdade, ainda não tinham feito muito.

As carícias dele apontaram para baixo, entre as coxas dela. Ela prendeu o fôlego, fechou os olhos e esperou. Ele a fez esperar até ela estar quase fora de si e depois a tocou de maneira segura e perfeita até ela perder o fôlego de novo.

– Já está pronta. Tão depressa. – Ele afagou-a lentamente de novo e o corpo inteiro dela tremeu. – Devo possuí-la agora? Enquanto está aqui deitada e pronta? Ou será que me certifiquei de que quer cooperar, de acordo com as suas instruções?

Ela não compreendeu. Olhou para ele, confusa.

– A cooperação não significa apenas a aceitação ou submissão ao prazer, Verity. – Ele brincou com os botões do punho no seu pulso que estava junto ao quadril. – A cooperação implica dar e partilhar também. Certifiquei-me de que quer praticá-la?

Será que sim? Aquilo *era* erótico. A passividade a que ele a forçara excitava-a. Porém, agora ele a convidava para uma outra coisa. Algo mais, talvez.

– Foi o senhor que me prendeu assim, para que eu pudesse apenas me submeter ou aceitar.

– A manga está solta agora. Pode se libertar. Ou não. – Ele deitou-se de costas e soltou os punhos da própria camisa. – Daqui a alguns minutos, a escolha não será mais sua. Ver você assim, pronta e à espera, me faz pensar que a cooperação pode ficar para outra noite.

Ela decidiu que a submissão é que ficaria para depois. Puxou o braço para fora da manga e sentou-se na cama. Soltou-se depressa do outro punho e libertou-se com alguma dificuldade de toda aquela quantidade de tecido.

Hawkeswell já havia despido as suas roupas quando ela atirou a camisola para longe. Ele estendeu-lhe os braços, puxou-a para cima dele e a abraçou para lhe dar o primeiro beijo de verdade da noite.

Partilha, dissera ele. Cooperação. Ela sabia do que ele gostava em um beijo e assegurou-se de aquele beijo daria prazer a ambos.

Baixou o olhar para ele depois.

– Eu não sou muito experiente. A minha cooperação pode desapontá-lo.

– Não me desapontou até agora. Também não acho que algum dia desapontará.

Ela mexeu os joelhos para a frente enquanto estava ajoelhada e sentou-se nas coxas dele. Olhos azuis iluminados com humor e provocação sensual desafiavam-na a ser ousada.

Pousou as mãos nos ombros dele e observou os contornos à medida que ia descendo lentamente pelo peito, afagando-o. Abriu os dedos e começou a subir, acariciando-o, fascinada pelos músculos firmes sob a pele aveludada.

Isso não seria tão difícil, deu-se conta. Precisava apenas fazer o que ele fazia, adaptando-se às diferenças óbvias. Apoiando-se nos braços e joelhos, beijou-o e depois moveu a boca para baixo, para o seu pescoço e, por fim, para o seu peito.

Sentindo-se muito ousada agora, ela beijou e saboreou. Uma emoção doce agitou-se dentro dela enquanto o fazia. Uma emoção carinhosa. Ela queria dar alegria, não apenas prazer. Queria que ele sentisse como estava grata por seu carinho também.

A intimidade a emocionou de formas que ela não esperava. Ela não sabia como conter essa emoção. Ao beijá-lo e tocá-lo, não podia fugir dela ou ignorá-la. A emoção preenchia-lhe o coração e a inundava e ela só conseguia comprimir seus lábios contra a pele dele vez após vez para libertá-la.

Sentou-se de novo para trás e olhou para ele enquanto o acariciava. Para o cabelo escuro em desordem e os maravilhosos olhos azuis. Para o fogo no interior deles enquanto ele a fitava de volta. Ela aceitara aquele casamento e o prazer e a fortuna seriam os seus alicerces, mas existia muito mais do que isso dentro dela.

Mesmo assim, o prazer e a fortuna eram importantes para ele. E para ela. Ela desviou o olhar para o seu falo, que se erguia entre eles. Em seguida, voltou a fitar o rosto dele. Os olhos e sorriso vago transmitiam um desafio.

Tocou na extremidade e soube de imediato o que fazer. Verity deslizou os dedos por toda a sua extensão.

A cabeça dele inclinou-se para trás e ele fechou os olhos. Com o maxilar rígido e o rosto tenso do esforço que fazia para se controlar, ele aceitou o prazer enquanto ela acariciava, friccionava e aprendia o que o agradava. As descobertas dela fascinavam-na.

De súbito, ele se inclinou sobre ela. De olhos flamejantes e dentes cerrados, ele a levantou, puxou-a para a frente e baixou-a.

Ela o segurou para que pudessem se unir e depois deixou que ele a preenchesse.

Ela ajustou a posição.

– Parece diferente. – Mais profundo, era a isso que ela se referia. – Posso gostar da cooperação.

Ele sorriu.

– Cabe a mim garantir que goste, lembra-se? – Esticou os braços na direção do corpo dela e traçou um círculo à volta dos mamilos com os dedos. Lá em baixo, onde ela estava sentada, um zumbido físico silencioso começou a se fazer sentir na carne que o rodeava. Quanto mais ele acariciava, pior ficava. Quanto mais leve era o toque dele, mais intensa era a sensação.

Ela inclinou-se adiante e apoiou-se nos braços. Ao se erguer, parou exatamente antes de a união ser interrompida. A seguir, moveu os quadris para baixo e absorveu-o de novo. Um prazer maravilhoso estremeceu em torno da união de ambos. Ela repetiu o movimento, desviando-se um pouco para que ele entrasse ainda mais profundamente.

As mãos dele estavam pousadas nos quadris dela, mas ele não a guiava. Ela moveu-se com mais força, mais depressa, tentando uma coisa ou outra. O zumbido transformou-se em algo mais, numa percepção e um calor profundos que deixavam entrever um novo mistério.

As mãos que estavam pousadas nas coxas dela se retesaram. Guiando-a agora, ele segurou-a ao sabor das suas investidas. Ela se rendeu ao poder destas e acompanhou-o respiração a respiração, investida a investida. O zumbido deu lugar aos mais maravilhosos arrepios. Sensações de outro mundo, diferentes de tudo o que sentira até ali, centraram-se intimamente no ponto onde ele se movia dentro dela. Depois, explodiram numa pequena ondulação acompanhada por um tremor irresistível. De uma forma quase imediata, a pequena ondulação se transformou numa onda espetacular e violenta.

Ela gritou à medida que era inundada com seu esplendor possessivo. Gritou várias vezes ainda quando a onda quebrou de novo durante a arremetida final de Hawkeswell. Era completamente diferente de qualquer êxtase que tivesse experimentado antes e isso a assombrou.

Deixou-se cair sobre ele, exausta e desorientada, dolorida da forma como haviam compartilhado sem restrições. Os braços dele a envolviam e ele manteve-a bem junto dele, comprimida contra o seu peito, durante grande parte da noite.

Ele dormiu, mas ela não. Ela olhou para dentro de seu coração, para as emoções dos últimos dias. Voltou-se e beijou-lhe o peito, sem ele saber, demorando-se ali, comprimindo os lábios contra a pele e sentindo-se próxima dele de muitas formas inesperadas.

Aceitara o destino admitindo que aquele casamento se manteria válido, independentemente do fato de que não o tinha escolhido. Mas teria sido apenas isso que acontecera? Se ela ainda conseguisse se ver livre, iria querer fazê-lo? A pergunta a chocou assim que lhe ocorreu.

Não sabia a resposta, mas sabia algumas coisas. Sofreria se eles se separassem agora. Sentiria falta da intimidade e da paixão. Nunca tinha sido tão ousada com Michael, ou se sentira tão emocionada pelo desejo. Sabia que, tendo de permanecer naquele casamento, não odiaria essa vida que não deveria ter tido.

Não se mexeu até Hawkeswell se virar. Nesse momento, esgueirou-se para fora da cama e vestiu a camisola para regressar ao quarto. Ele despertou o suficiente para perceber isso e estendeu-lhe a mão.

Curvando-se sobre ele, ela o beijou.

– Acho que chegou a hora de voltar a Londres. Já descobri quase tudo o que conseguirei saber aqui. Mas antes, quero fazer uma visita a Lady Cleobury. Tenho sido negligente a esse respeito. Depois disso podemos partir.

Capítulo 21

A propriedade de Lorde Cleobury era o conjunto de terras mais próximo de Oldbury pertencente a um par do reino que possuía realmente um par do reino em residência por grande parte do ano. A maior parte das outras estava arrendada a agricultores ou a minas. Em resultado disso, Lorde Cleobury ocupava uma posição de considerável influência no condado de Staffordshire.

– Via de regra, ele está presente em todas as assembleias do condado de qualquer tamanho ou importância. A chegada dele e de Lady Cleobury é sempre antecipada com entusiasmo – explicou a Sra. Geraldson enquanto avançavam na carruagem ao longo de campos que se aproximavam da colheita. – Ele leva sua posição no condado muito a sério e considera justamente que é seu dever prestar atenção às questões locais.

– Então com certeza sua opinião sobre quem se torna juiz da paz, juiz de instrução e afins deve carregar certo peso – disse Verity.

– Não acredito que uma posição desse tipo possa ser obtida sem a aprovação dele.

A Sra. Geraldson havia se adicionado àquela visita, anunciando que seria uma boa oportunidade para ver sua querida amiga Lady Cleobury depois de algumas semanas afastadas. Colleen então decidira ir também. Com uma proteção daquelas, em conjunto com o cocheiro e um lacaio, Hawkeswell concluíra que a sua presença não era exigida.

Lorde Cleobury exibiu algum desapontamento com a decisão. Dignara-se a receber as senhoras ao lado da mulher quando estas chegaram, somente para esperar em vão pelo seu camarada par do reino na sala de estar.

– Bastante lamentável – murmurou ele por entre os dentes depois de ouvir a desculpa de Verity de que Hawkeswell decidira cavalgar pelo condado para compreender o estado de espírito que corria por ali. – Eu podia ter explicado essas questões a contento e teria todo o interesse em fazê-lo, de modo a evitar me deslocar até a cidade para as sessões parlamentares no próximo outono. Não era para ser, receio eu. Não era para ser. – Ele voltou a cabeça calva e estreita para a mulher. – Terá de vir comigo também, minha querida. Não me atrevo a deixá-la aqui com toda essa ralé que anda por aí.

– Fui informada de que fez preparativos superiores para essa ralé, *sir* – disse Verity.

– Isso é bem verdade, mas é preciso um homem para comandar a muralha, não é verdade? Com a minha ausência, ficaríamos vulneráveis e eu temo que se esta casa cair, o mesmo acontecerá a todo o país.

– Lorde Hawkeswell exprimiu interesse em suas defesas.

– Verdade? Que pena ele não ter vindo para tomar notas pessoalmente. Surrey não fica longe de Londres e ele pode vir a precisar do mesmo. Se quiser me acompanhar, Lady Hawkeswell, eu lhe mostrarei as que estão visíveis e poderá descrevê-las o melhor que for capaz.

Sua esposa não esboçou qualquer movimento para se juntar a ele. Atraiu a atenção da Sra. Geraldson com uma pergunta, deixando bem claro que ela, pelo menos, já vira as linhas de defesa dele incontáveis vezes. A Sra. Geraldson e Colleen se sentaram para tagarelar um pouco enquanto Lorde Cleobury conduzia Verity para o terraço dos fundos.

Não tinha havido nenhum exagero na descrição de seus preparativos. Quatro canhões de um tamanho apreciável erguiam-se ali, com os longos narizes se expandindo para lá do muro baixo do terraço. Uma pilha de bolas de canhão aguardava pela insurreição.

Será que Lorde Cleobury pretendia disparar pessoalmente aqueles canhões? Ou será que partia do princípio que os criados lutariam até a morte para proteger a sua propriedade?

– Manchester fica naquela direção – disse ele significativamente, apontando na direção de uma mata.

– Se a ralé vier em marcha, não será mais provável que venha pela estrada?

– Eles são mais astutos do que suspeita, Lady Hawkeswell. Bem mais astutos. Fiz o levantamento do caminho mais direto de Manchester até esta casa e asseguro-lhe que eles virão exatamente pelo meio daquela mata até este jardim.

Ela admirou os canhões e felicitou-o pela perspicácia.

– Este condado é mesmo afortunado por tê-lo aqui, *sir*. A ralé terá de passar pelo senhor para conseguir saquear o resto.

– Está partindo do princípio que eles estão apenas a norte. Lamento dizer que estão por toda a volta. A vigilância é necessária em todas as direções. A meu ver, falta mais um punhado de enforcamentos para relembrar os homens do direito à propriedade.

– Isso tem sido necessário? Os jornais londrinos não relataram esse tipo de coisas fora de Staffordshire.

– Os jornais londrinos não sabem tudo. Fique descansada que não permitimos comportamentos sediciosos aqui e somos céleres ao lidar com isso.

Faz desaparecer pessoas? Já existiram de fato enforcamentos dos quais os jornais e as pessoas não tiveram conhecimento? Ela estava ansiosa para fazer aquelas perguntas e compreender o verdadeiro caráter sob o comportamento paternal e a figura delgada e aparentemente inofensiva de Lorde Cleobury.

Olhou para as bolas de canhão. Eram de ferro e bem fabricadas. Os canhões também lhe pareciam familiares. Fundidos numa única peça, as suas bocas tinham sido abertas com uma broca.

– Mandou fazê-los na fundição do meu pai?

– Mandei. O exército julga que os canhões feitos lá são de qualidade superior. Considero-me um afortunado por estar a poucos quilômetros de distância.

– Estou certa de que o meu primo, por sua vez, considera-se afortunado pelo seu interesse e apadrinhamento.

– Temos interesses similares, minha cara Lady Hawkeswell, e essa é a causa de qualquer condescendência da minha parte. Os líderes de um condado têm de se manter unidos nos tempos que correm, apesar das diferentes posições sociais. Espero não ser tão intransigente a respeito da ordem social natural a ponto de negar ajuda a meu semelhante se este for atormentado por criminosos.

– Refere-se, sem dúvida, aos problemas na fundição no inverno passado, quando a milícia dos pequenos proprietários rurais foi chamada. A sua voz deve ter sido muito útil, não tenho dúvida.

Ele sorriu com indulgência e agitou rapidamente as sobrancelhas para transmitir um certo mistério.

– Esses e outros problemas. Julgo que haverá mais. Bertram Thompson sabe o que enfrenta. Ele percebeu antes da maioria e é suficientemente esperto para arrancar as raízes antes que as videiras venenosas cresçam. Não se preocupe com o seu primo, minha cara.

Ele a reconduziu à sala de estar e Verity passou a hora seguinte discutindo as últimas modas em chapéus, ao mesmo tempo que escondia a sua angústia dolorosa.

Suspeitava que Lorde Cleebury, Bertram e os outros "líderes" do condado tinham arrancado uma raiz chamada Michael Bowman dois anos atrás.

* * *

Ela não sentiu pesar por ir embora. Tinha descoberto tudo que viera ali para saber, a respeito da herança do seu pai e, temia ela, a respeito de Michael.

Enviou a Bertram e Nancy um bilhete curto informando a sua partida. Além de Sra. Geraldson, havia apenas uma pessoa que exigia uma verdadeira despedida e Lorde Hawkeswell levou-a até o chalé de Katy na tarde anterior à viagem de ambos.

Ele a acompanhou até a porta desta vez e saudou Katy antes de se retirar. Mais uma vez, Verity sentou-se na única cadeira boa e Katy no banco na pequena sala que nunca parecia ter luz suficiente.

– Quero que venha comigo – disse Verity. – Quando partir daqui amanhã de manhã, quero-a ao meu lado na carruagem. Lorde Hawkeswell concordou. Pode viver no campo se assim o desejar. A governanta dele em Surrey é uma mulher gentil e você não será maltratada ou se sentirá mal recebida.

Os olhos de Katy se encheram de lágrimas, mas ela sorriu com alegria.

– Continua sendo uma menininha, verdade? Preocupando-se com a sua Katy, mesmo sendo uma condessa. Mas não posso ir embora daqui. Como Michael vai me encontrar quando voltar?

– Ele vai perguntar na fábrica e eles dirão como encontrá-la. – Cerrou os dentes para reprimir o impulso de desatar a chorar. Sabia que Katy pressentia que Michael estava morto, mas não queria abdicar da esperança. Inclinou-se para a frente e tomou a mão dela nas suas. – Pode esperar pelo regresso dele em Surrey.

A cabeça de Katy se curvou bem baixo, até a testa cobrir as mãos de ambas. Ela ficou naquela posição e as suas tentativas de manter a compostura eram visíveis nas costas tensas.

– Esta é a minha casa, Verity. Vivi aqui a minha vida inteira. Esta casinha é pobre e pouco me resta, mas as pessoas da minha infância ainda estão no final dessa estrada e meus amigos, no cemitério da igreja. Não posso ir embora daqui na minha idade para viver no meio de estranhos.

– Eu não sou uma estranha, Katy.

Ela olhou para cima e estendeu a mão para bater de leve no rosto de Verity.

– Não, não é, mas será, pouco a pouco, com o passar do tempo. É uma condessa agora e se tornará uma, cada vez mais, a cada dia que passar. Não há nada de errado nisso. É uma coisa maravilhosa e estou muito orgulhosa de você. Mas isso vai mudá-la, filha. Quando partir daqui amanhã, Oldbury não será mais a sua casa. Acho que já sabe disso.

Verity sabia. As coisas já não tinham sido as mesmas durante aquela visita. Não fora como ela se lembrava nem aquilo que sonhara.

Todos a olhavam de forma diferente e tomavam cuidado quando falavam. Até mesmo o Sr. Travis, apesar de toda a sua afabilidade, nunca se esqueceu realmente de que falava com uma condessa. O sonho dela de voltar para casa tinha sido um sonho de criança, lembrando-se das brincadeiras inocentes e dos tempos felizes antes da morte do pai. Porém, não podia recuperar isso. Mesmo que Lorde Hawkeswell lhe tivesse devolvido a liberdade para voltar a ser Verity Thompson, ela jamais poderia ser *aquela* Verity Thompson.

Era a vez dela de ficar emocionada. Deslizou para fora da cadeira, para o chão ao lado das pernas de Katy. Deitou a cabeça no colo de Katy, tal como tinha feito tantas vezes enquanto criança e moça infeliz. Katy afagou-lhe a cabeça com carícias reconfortantes enquanto as lágrimas caíam silenciosamente.

Capítulo 22

Hawkeswell abriu as portas envidraçadas e saiu para o terraço. À sua frente se desenrolava um alvoroço considerável.

Três homens cavavam ao fundo do jardim. Bases fundas já tinham sido construídas nos quatro cantos de um retângulo e agora manejavam picaretas e pás, de acordo com as ordens de Verity, para criar uma espécie de fosso.

Daphne Joyes estava ao lado de Verity segurando um dos lados de um grande desenho enquanto Celia segurava o outro. De tempos em tempos, Verity apontava para o desenho e em seguida para a terra, acrescentando mais algumas instruções para os homens.

Colleen também estava ao lado delas, observando. Percebeu a presença do primo e juntou-se a ele no terraço.

– Ela está estragando o jardim – disse ela. – Nenhuma casa de cidade precisa de uma estufa daquele tamanho e ela escolheu um estilo atroz. Repara, sequer terá uma ligação com a casa.

– A sua finalidade não é acolher algumas palmeiras e um limoeiro. Tenho certeza de que o estilo convém aos seus propósitos.

– Não poderia convencê-la de que uma estufa em Surrey é mais do que suficiente? Temo que ela se torne conhecida como excêntrica. E aquelas mulheres... – Ela fez um gesto estarrecido na direção das amigas. – Você precisa realmente levar em consideração o futuro dela, Hawkeswell, e ser mais firme.

Ele estava inclinado a dizer a Colleen para cuidar do seu próprio jardim, mas refreou-se. Ela tivesse sido útil a Verity e oferecido sua amizade quando a maior parte das outras mulheres oferecia apenas fofoca cruel. Se Colleen pressionasse demais, ele previa que Verity criaria mais distância entre as duas.

Além disso, ajudar Verity também dava um propósito a Colleen e uma desculpa para escapar da mãe em Surrey. Ela abrira a casa da mãe em Londres de imediato e agora parecia preferir a cidade ao campo. Tinha-se tornado uma visita frequente ali e estava muitas vezes com Verity quando ele regressava, à noitinha.

– Prometi a ela carta branca no que dizia respeito aos jardins, Colleen. Quanto às senhoras da Flores Mais Raras, ela nunca abdicará dessas amizades. Se eu a proibir de vê-las, ela o fará de qualquer maneira.

A consternação de Colleen refletia a sua opinião acerca de uma mulher tão voluntariosa.

– Talvez possa pedir a ela para não cavar pessoalmente a terra, pelo menos? Ou para usar algo além daqueles vestidos velhos e daquele chapéu horrível?

Ele achou que Verity parecia encantadora naquele vestido velho e chapéu de pala.

– Ela vai cavar pessoalmente a terra sempre, de tempos em tempos, por isso talvez seja melhor que o faça nos vestidos velhos.

Colleen franziu-lhe o sobrolho.

– Não está sendo de grande ajuda, Grayson.

Ele riu.

– A verdade é que não estou inclinado a ser firme com ela a respeito de muita coisa, querida prima. Fale comigo daqui a um ano ou dois, quando a primeira paixão talvez tiver passado.

Ela fitou-o com curiosidade.

– Eu... eu não fazia ideia que o casamento lhe convinha tão bem. – Voltou o olhar para Verity lá longe, repreendendo um dos homens com uma pá. – Fico feliz por você, é claro.

Mas não completamente feliz; isso era evidente. Eles possuíam um laço forte, longo e antigo e, nos últimos anos, o mútuo estado singular de ambos era parte disso. O de Colleen fora causado pelo luto e o seu pela indiferença, mas servia como base de entendimento. Ele praticamente conseguia ouvir a mente dela aceitando o fato de que estaria sozinha de uma nova forma dali em diante.

Ela provavelmente presumira que Verity desempenharia o papel de mulher obediente ou apagada e ele, o do marido que mal se dava conta de que estava casado. Diabos, ele também pensara o mesmo. A sua admissão de que existia mais do que isso lhe dava tanto a pensar como dera à prima.

Dizê-lo em voz alta provocara uma espécie de leveza de espírito nele. Uma espécie de regozijo, concluiu. Se Colleen fosse um homem, um amigo como Summerhays, podia mesmo ceder ao impulso de lhe confidenciar que esta primeira paixão era extremamente intensa e magnífica. Podia até admitir que a sua mulher lhe ocupava os pensamentos por boa parte do dia e que já não era capaz de se imaginar abraçando outra mulher.

– Talvez seja hora, Colleen, de considerar encontrar uma nova paixão também. Já se passaram alguns anos desde a morte dele.

A cabeça dela girou bruscamente para poder olhar para ele.

– Ainda não é tarde demais para que se case. Com o dote certo, nunca é demasiado tarde. Posso me encarregar dessa parte agora. Só precisa encontrar um homem que seja digno de você.

Os olhos dela cintilavam com lágrimas. A boca começou a tremer e voltou a pôr os olhos no jardim à sua frente.

– Talvez tenha razão. Estou grata, como sempre, Hawkeswell, pela sua generosidade comigo.

– É para isso que servem os irmãos, não? – perguntou ele, fazendo referência à infância plena de brincadeiras e fantasia de ambos.

Nesse momento, ele ficou convicto de que ela estava prestes a ceder às lágrimas. Ela colocou-se nas pontas dos pés, beijou-lhe o rosto e depois entrou na casa.

* * *

— Eu só disse que não simpatizo com ela – disse Audrianna. – Ela quer ser uma de nós, mas jamais compreenderia a regra. Nunca se limitaria a aceitá-la e a não se intrometer.

Verity examinou uma pequena planta de mirto. A sua pequena estufa em Londres estava quase terminada e ela fora até a Flores Mais Raras para selecionar as primeiras plantas com que iria povoá-la.

– Colleen não quer ser uma de nós, estou bem certa disso.

– É claro que não. Ela nos despreza – disse Celia. – Mas Audrianna tem razão. Ela se intromete bastante, como a maior parte das mulheres.

– E ela quer que a amizade dela substitua a nossa – disse Audrianna.

– Também não me parece que isso esteja correto – disse Verity. – Ela não quer ser minha amiga. Ela quer ser minha irmã, para poder continuar a ser irmã *dele*.

– Irmãs têm mais autoridade do que amigas – disse Daphne. – Você seria, é claro, a irmã *mais nova* na cabeça dela, presumo eu.

Verity riu. Isso era bem verdade. Colleen queria dirigir tanto quanto ajudar.

– Ela é atenciosa e tem um bom coração. Por vezes, intromete-se mais do que eu gostaria, com conselhos que não me convêm. Uma vez que acredito que ela fará parte da minha família para sempre, decidi fazer a vontade dela. Não quero criar conflitos em assuntos de pouca importância. Confesso que existem coisas mais relevantes consumindo meus pensamentos do que os planos de Colleen para mim.

Daphne pousou uma amarílis germinando na mesa onde escolhiam as plantas que seriam enviadas para Londres.

– Lamento ouvir que há alguma coisa consumindo seus pensamentos, Verity.

Daphne não denunciou qualquer tipo de preocupação, mas Audrianna franziu o sobrolho. Celia manteve-se ocupada com a tesoura de poda, aparando as folhas castanhas de uma grande seringueira.

Lá fora, no jardim, Katherine carpia a horta dos produtos para o mercado.

Katherine fora aceita ali. Segundo Daphne, ela se integrara lindamente e aceitara a regra pela qual viviam. Mas ela não tinha morado ali ao mesmo tempo que Verity, por isso ela estava contente por Katherine não estar com elas naquele preciso momento.

– Lembram-se do dia em que mostrei a vocês todos aqueles recortes de jornal no meu quarto? Nas coisas estranhas que me dei conta a respeito deles?

– Claro que sim – disse Celia. – Descobriu o que precisava enquanto esteve em sua terra natal?

– Receio que sim e não sei o que fazer em relação a isso agora. Quando estivemos em Oldbury fiquei sabendo que o filho de Katy está desaparecido desde a época imediatamente anterior ao meu casamento e nunca mais ninguém o viu ou ouviu falar dele. Tampouco houve qualquer julgamento ou os amigos tiveram conhecimento da sua detenção.

As amigas refletiram no mistério.

– E, todavia, o seu primo afirma tê-lo feito desaparecer – disse Celia.

– Sim. Acredito que isso era verdade. Acho... Receio que ele tenha sido morto.

Celia pousou a tesoura de poda. Daphne perdeu o interesse nas plantas.

– Pelo seu primo? – perguntou Celia.

– Pelo meu primo e outros. – Ela contou-lhes tudo sobre Lorde Cleobury e das alusões dele a respeito de arrancar vinhas danosas.

– Isso dificilmente pode ser considerado uma confissão. Tenho a impressão de que Lorde Cleobury está meio louco. Canhões no terraço, imaginem só – disse Celia. – Não existe nenhum corpo.

Talvez você esteja vendo conspirações onde não existem. Ele pode muito bem ter somente partido para fazer fortuna.

– É verdade que não tenho provas. Posso estar errada e, por vezes, momentaneamente, convenço-me de que é essa a verdade. Não existem provas, como você disse. Não existem motivos para dar voz às minhas suspeitas junto a ninguém, com exceção de três queridas amigas que não podem fazer nada a não ser me deixar finalmente falar disso. Eu sei que não posso fazer nada, mas isto consome meus pensamentos mesmo assim.

– Mas já que é assim – disse Audrianna –, não poderia falar com Lorde Hawkeswell? Ele poderia pelo menos descobrir com toda a certeza se existiu alguma detenção e julgamento naquela época. Um par do reino normalmente consegue saber qualquer coisa que diga respeito ao governo e aos tribunais. Talvez isso tenha ocorrido num condado diferente, por exemplo.

– Não me atrevo a lhe pedir. Ele sabe do fato de eu ter procurado informações sobre Michael, é esse o nome do jovem, e, por causa disso, acredita que Michael significava mais para mim do que na realidade significa.

– Ah – disse Celia.

– O que quer dizer com esse "ah"? – perguntou Daphne.

– Quero dizer que ela tem razão. Um jovem desaparece há dois anos e Verity foge do casamento pouco depois. É claro que Lorde Hawkeswell suspeita que ambos os acontecimentos estejam ligados. Qualquer homem o faria, especialmente se a mulher dele começa a procurar esse mesmo jovem assim que pode.

– Pelo que percebo, porém, você não concorda com as suspeitas de Lorde Hawkeswell – disse Daphne.

– Claro que não. Limitei-me a concordar que ela não pode pedir ajuda a ele para procurar esse tal Michael agora, ou ajudá-la a saber o seu destino.

– Creio que pode – disse Audrianna. – Creio que ele o faria se ela pedisse.

Celia revirou os olhos.

– Audrianna, só porque Lorde Sebastian é o seu escravo, isso não significa que todos os homens se submetam às algemas do amor num casamento. Muito pelo contrário.

Daphne ignorou a pequena disputa delas.

– Ele acreditou em você quando negou que Michael tinha sido um antigo amante, Verity?

Acreditara? Ela não tinha certeza.

– Acho que acreditou em grande parte do que eu disse, mas ainda se pergunta a respeito disso.

– O seu casamento é conflituoso ou harmonioso?

– Eu diria que é sobretudo harmonioso. Em determinados aspectos. – Ela sentiu o rosto enrubescer. – Nós não discutimos muito, é o que quero dizer. Temos um ótimo entendimento a respeito de... determinadas coisas.

Celia soltou risinhos abafados.

– Eu retiro o meu "ah" se essas determinadas coisas te fazem corar tanto.

– Nesse caso, você não o teme? – perguntou Daphne.

– Não, de maneira alguma. Eu sei que você viu o mau gênio, mas por favor acredite em mim em relação a isso.

Daphne retirou as luvas e o avental e olhou pela janela, para o local onde Katherine trabalhava.

– Agradeço por me ter me permitido esse pequeno ato de intromissão. Audrianna havia me assegurado isso, mas eu estava preocupada. – Ela virou-se para trás. – Talvez deva pedir a ajuda dele neste assunto, Verity. Seria bom saber com toda a certeza, se isso for possível. Se algo foi feito fora da lei, se homens estão matando outros homens, independentemente do motivo, não devemos permitir que isso continue se pudermos parar.

Verity não discordou. Mesmo assim, não achava que falar de Michael para Hawkeswell fosse aumentar a harmonia que Daphne havia mencionado.

– Vamos chamar Katherine e beber uns refrescos – disse Daphne. – Audrianna, você trouxe aquela nova canção?

– Escreveu uma canção nova? – perguntou Verity. – Não sabia.

– Isso é porque Colleen estava sempre presente nas últimas vezes em que visitei – disse Audrianna. – Mas Celia vai cantá-la e todas as minhas amigas vão ouvi-la juntas pela primeira vez agora.

– Talvez deva cantá-la pessoalmente no jantar de Castleford na próxima terça-feira – arreliou-a Verity.

Os olhos de Celia se arregalaram.

– Vai jantar com Castleford?

– Verity também estará presente – disse Audrianna. – Sebastian disse que o jantar é especificamente em sua honra.

Celia cruzou o olhar com Daphne. As sobrancelhas desta ergueram-se um milímetro.

– Ah.

Na terça-feira seguinte, Verity preparou-se para estar presente no jantar de Castleford.

– Estou com os nervos à flor da pele – confessou ela enquanto a criada pessoal a ajudava a entrar no vestido de jantar. – Lorde Hawkeswell disse que vou me sair bem, mas depois de ter conhecido o duque de Castleford, tenho receio de me tornar a piada do jantar, e não a convidada de honra.

A criada não respondeu. Verity desejou que Daphne estivesse ali, assim como Celia. Daphne diria coisas tranquilizadoras para aumentar sua confiança e bastaria que Celia tocasse em seu cabelo e vestido quatro vezes para faze-la parecer cem vezes melhor.

Ela olhou-se com atenção ao espelho e forçou um sorriso, para que o reflexo não parecesse tão angustiado.

Um movimento atrás dela atraiu a luz. Vinte pequenas contas balançavam suspensas e cintilantes; em seguida, muitas mais entraram no seu campo de visão à medida que a criada se aproximava com o tesouro. Um colar de fios de pérolas ficou suspenso à sua frente e depois foi encostado sobre a pele nua enquanto dedos o afivelavam na nuca.

O vestido de jantar tinha a mesma cor das pérolas e o colar ficou esplêndido. Ela passou as pontas dos dedos pelas superfícies perfeitas dos pequenos globos.

Depois daquela noite em Surrey, nunca mais favorecera aquelas pérolas com sua preferência. *Coloque a culpa nas pérolas,* dissera ele, e foi o que ela tinha feito. Ainda não podia vê-las sem sentir uma pontada de rebelião e um pouco de raiva pela forma como ele a encurralara através da sua própria fraqueza.

Elas eram o símbolo de tantas coisas... Daquele casamento, daquela casa e até mesmo daquele mundo. Agora, iria usá-las num jantar oferecido por um duque, aceitando o seu lugar como condessa de uma família nobre antiquíssima enquanto se sentava à mesa com a nata da nata da sociedade. Não era tão estúpida a ponto de ficar ressentida ou fazer pouco caso das muitas regalias da vida que tinha agora. Apenas desejava poder continuar sendo também aquela jovem de Oldbury.

Quando partir daqui amanhã, Oldbury não será mais a sua casa, dissera Katy. Ela tinha razão, mas o coração é a última parte de uma pessoa a aceitar uma verdade indesejável. O seu coração ainda queria continuar brincando junto do riacho, comendo o pão de Katy e rindo com Michael. Ela ainda queria ter o poder de impedir Bertram de ser excessivamente duro com aquela boa gente.

– Está tão bela, minha senhora – disse a criada. – As rosetas no seu corpete são perfeitas.

Ela afligira-se a respeito das pequenas rosetas, tal como a respeito de todo o resto daquela noite. Reviu mentalmente os tópicos de conversa que reunira.

– Chegou o momento de descer.

Hawkeswell presumiu, ao ver Verity naquele vestido da cor das pérolas, que ela seria a mulher mais bela no jantar. À chegada de ambos na casa de Castleford, viu que tinha razão.

A sua etiqueta ligeiramente hirta parecia orgulhosa em vez de cuidadosa naquela noite. Uma vez que estava rodeada por pessoas orgulhosas, a postura, na realidade, a favorecia. Castleford não mentira quando dissera que a nata da nata da sociedade estaria presente. Verity teve de se manter firme ao longo de apresentações a dois outros duques, um deles pertencente à família real, e a ninguém menos do que o próprio Príncipe Regente.

Castleford parecia sóbrio. O mesmo não podia ser dito de determinados convidados. Um deles, o conde de Rawsley, decidiu que o fato de estar levemente embriagado lhe permitia um pouco de diversão durante o jantar.

– É uma mulher deveras encantadora, Lady Hawkeswell – disse Rawsley, inclinando-se sobre a mesa para olhar para Verity, que estava sentada a duas pessoas de distância. – O seu marido se saiu bem em dois aspectos, nesse caso.

As conversas fluíam ao redor sem interrupção, mas Hawkeswell reparou que a maior parte dos convidados próximos manteve pelo menos um ouvido atento a esta nova troca de palavras.

– Obrigada, Lorde Rawsley. Se o meu marido achar que se saiu bem em pelo menos um aspecto, já me sinto lisonjeada.

– Uma bela fortuna lisonjeia qualquer mulher – disse Rawsley, gargalhando. Ele relanceou olhos turvos pelos que estavam próximos e ao longo da mesa para se certificar de que apreciavam o seu humor. – Fábricas, não é? De algodão e afins?

– De ferro – disse Verity sem a menor pequena sombra de um rubor. – O meu pai era um inventor e um industrial, mas acima de tudo era um ferreiro.

Os outros membros da nata da nata da sociedade sorriram com indulgência, até mesmo apologeticamente. Não porque achassem esplêndido o fato de o pai dela ter trabalhado ferro, mas porque um dos seus estava sendo um imbecil.

– Ferro, diz a senhora. Forjas, fornalhas e afins? – Rawsley fitou Hawkeswell com um olhar crítico. – Soa a algo sujo e desagradável.

– E igualmente perigoso – adiantou Hawkeswell. – É preciso ser um homem valente para entrar num forno.

– Não podíamos ter triunfado sobre o generalzinho francês sem esses valentes homens – afirmou o Príncipe Regente.

– Verdade, verdade. – Rawsley tragou desnecessariamente mais um pouco de vinho clarete. – Ainda assim... – Voltou a olhar de relance com desdém para Hawkeswell.

– Eu possuo minas de ferro – disse Castleford, inclinando-se adiante o suficiente para exprimir um profundo interesse. A madeixa de cabelo que caía perto de uma sobrancelha fazia-o parecer perigoso por si só.

Hawkeswell imaginou Tristan em frente ao espelho, assegurando-se de que apresentava a imagem perfeita de um duque respeitável e depois puxando aqueles fios de cabelo para fora do lugar para anunciar que, obviamente, tudo aquilo era uma ilusão. As mulheres perto dele não conseguiam tirar os olhos daquela maldita madeixa dissoluta de cabelo castanho.

– Está tentando dizer algo insultuoso em relação a isso, Rawsley, mas o vinho o deixou confuso demais para conseguir abordar convenientemente a questão? – perguntou Castleford, contemplando-o com um ar de troça.

– Não disse nada a respeito de minas, Castleford.

– Falou de ferro. Ouvi-o claramente.

– Não estava falando com você. Dirigia-me a Lady Hawkeswell.

– Está dizendo que tentava insultar uma senhora no meu lugar? Realmente, Rawsley.

Rawsley podia ter estado vendado naquele momento, tão confuso se achava. A sua jovem esposa, porém, não estava. Ela pressentiu aonde aquilo iria levar e fulminou o marido com um olhar que também denotava alguma preocupação. A nata da nata da sociedade podia aceitar o convite de Castleford para jantar, mas os mais espertos evitavam atrair demasiada atenção da parte dele quando o faziam.

Rawsley, infelizmente, não era esperto. Também não estava consciente da inquietação crescente da sua mulher.

– Se uma mulher é filha de um ferreiro, não existe qualquer insulto no fato de mencionar de que ela é filha de um ferreiro – disse Rawsley num tom altivo e sarcástico, cujo propósito dificilmente seria o de apaziguar os ânimos. – Quanto a essas suas minas, minhas felicitações. A fortuna de sua família deve ter triplicado durante a guerra devido a isso e nunca teve de sujar as próprias mãos.

Uma parte apreciável das conversas paralelas se interrompeu nesse momento. Hawkeswell viu as pálpebras de Castleford descerem de uma forma familiar. Ele cruzou o olhar com Summerhays como aviso. Verity, cujas aulas intensivas de etiqueta não haviam incluído como esconder sua surpresa quando a nata da nata da sociedade se comportava mal, olhava-os de boca aberta.

O Príncipe Regente pediu mais vinho e recostou-se alegremente na cadeira para assistir ao espetáculo, aparentemente satisfeito por não ter cometido um erro ao escolher aquele jantar em detrimento dos outros convites que recebera.

– Chamar Lady Hawkeswell filha de um ferreiro não se trata efetivamente de um insulto, uma vez que ela assim se intitula com orgulho, e tem bons motivos para isso. Todavia, insinuou que Hawkeswell se dedica agora a um tipo de comércio e a um bastante sujo, ainda por cima. Duvido que ele aprecie isso – disse Castleford. – Não é, Hawkeswell?

Em uníssono, todos os olhos que estavam postos em Castleford voltaram-se naquele momento para Hawkeswell, que resmungou uma praga em voz baixa.

– Com toda a franqueza, Castleford, preferia ser chamado de comerciante do que alguém que enriquece em tempos de guerra.

– Sim – disse Castleford, a voz acariciando lentamente a palavra. – Ia chegar a isso a seguir.

– Rawsley – pronunciou a sua mulher com uma voz sibilante do outro lado da mesa.

O marido dela hesitou, mas escolheu a bravata em vez de uma retirada.

– Nega que obteve lucros apreciáveis com aquelas minas durante a guerra?

Summerhays soltou um suspiro, audível devido ao silêncio absoluto que reinava.

– Teria de perguntar aos meus administradores. Duvido que se tenha extraído o minério com prejuízo. Isso seria estúpido, não patriótico. Cedeu gratuitamente os cereais cultivados nas suas terras ou a lã das suas ovelhas durante a guerra, Rawsley?

Rawsley tentou perceber como é que justificaria agora o uso que dera às suas terras.

– Não só sugeriu que obtive lucros, mas que, de alguma forma, obtive lucros excessivos devido à guerra – disse Castleford. – Porém, se me dirigir um pedido de desculpas, assim como a Hawkeswell e à sua boa esposa, podemos continuar o nosso jantar sem quaisquer alterações de ânimos.

Rawsley empalideceu com a alusão a duelos. Falou desordenadamente, ruborizou e, visto que estava levemente tocado, procurou limitar sua derrota.

– Mas eu não insultei a senhora, como disse.

– Estou perdendo a minha paciência – disse Castleford. O que era verdade, e uma desgraça se abateria sobre Rawsley se isso acontecesse. – Pretendia embaraçá-la, e por meio dela, embaraçar Hawkeswell, e não permitirei que um dos meus mais antigos amigos seja objeto de semelhante escárnio à minha mesa. Só não conseguiu ser bem-sucedido porque Lady Hawkeswell não se presta a disparates e não fica embaraçada por antecedentes que não tem qualquer razão para lamentar.

Encurralado agora, com os olhos de todos sobre si, protagonizando uma cena que seria comentada durante semanas, Rawsley sofreu a agonia da humilhação, contorcendo-se no lugar com consternação. Por fim, murmurou por entre os dentes algo que provavelmente era um pedido de desculpas que colocava a culpa de suas palavras inapropriadas no vinho.

Castleford sorriu e voltou-se para o Príncipe Regente com uma pergunta. Outras conversas começaram a produzir um ruído surdo. Hawkeswell presumiu que todos achavam que um final melhor para o drama teria sido o de alguém ter desafiado outra pessoa para um duelo, mas, pelo ambiente geral, os convivas tinham decidido que aquele fora um entretenimento interessante, à altura da reputação do duque.

Quando as senhoras deixaram os cavalheiros, Castleford ofereceu a Rawsley o primeiro charuto para aplacar seu orgulho. Summerhays acendeu o seu e avançou discretamente para junto de Hawkeswell.

– Parece que a sua mulher caiu nas boas graças do duque, afinal de contas. Rawsley não se preparava para coisa boa e acho que o objetivo de todo aquele espetáculo era atrair críticas similares.

– Talvez. Embora não exista razão para quaisquer boas graças. A visita que ele lhe fez naquele dia foi muito breve e tão plácida e educada que achei que estivesse possuído por algum espírito amigável. E também estava sóbrio, por isso foram três dias de abstinência seguidos. – Ele deslizou o olhar pelo cômodo até pousá-lo sobre Castleford, entregue a um acesso de riso desbragado com o Príncipe Regente. – Maldição, talvez ele esteja se tornando responsável perante os nossos olhos.

Summerhays riu.

– Se Castleford cair, o mundo também cairá?

– É o suficiente para me levar a beber no lugar dele.

– Agora é tarde demais. Já está domesticado. E se me permite dizer, não parece que isso tenha lhe feito mal.

– O casamento é bastante fácil para um homem. As mudanças foram todas da parte dela.

Summerhays achou as palavras dele muito divertidas.

– Certamente que sim.

– Não estou com disposição para a sua presunção autoindulgente. Vai ter de me desculpar. Tenho uma questão para nosso anfitrião.

Ele deixou Summerhays e reposicionou-se numa poltrona perto de Castleford. A certa altura outro homem reclamou a atenção do Príncipe Regente e Hawkeswell, por sua vez, reclamou a de Castleford.

– Aquela foi uma atuação e tanto.

Castleford tirou uma longa puxada do seu charuto.

– Pode me agradecer quando lhe for mais conveniente.

– Eu deveria agradecer?

– Se eu não tivesse provocado uma cena, você iria se encontrar com o pobre Rawsley ao amanhecer em algum prado. Ele se preparava para insultá-lo com o seu senso de humor ébrio. Uma vez que a sua mulher estava sendo arrastada para o assunto, você não deixaria o insulto passar.

Não, não deixaria.

– Lady Rawsley parecia extremamente grata por você mesmo não tê-lo desafiado para um duelo.

– Lady Rawsley, pelo que descobri, está sempre extremamente grata. Faz parte da sua natureza.

– Bom, agora já sei porque é que foi tão generoso. Não faz sentido matar um homem se podemos enganá-lo com a sua mulher.

– Um duelo também podia complicar as coisas.

Hawkeswell podia ver de que forma as complicaria. Castleford não quereria ver Lady Rawsley grata *demais*. – Em relação àquelas suas minas... Possui muitas?

– Durante a guerra, apenas uma. Fazia parte da propriedade. Contudo, tenho comprado mais.

– É mesmo? A procura de ferro diminuiu consideravelmente nos últimos dois anos. O valor da herança da minha mulher é uma sombra do que era.

– É verdade que a procura diminuiu radicalmente. É por isso que eu compro as minas tão baratas.

– Está à espera de outra guerra?

– Estou à espera dos efeitos de uma guerra, sem uma guerra. Hawkeswell, você não é estúpido. Longe disso. Acho que sabe que a fortuna da sua família foi arruinada por duas coisas. Uma foi a regularidade perturbadora do seu pai em perder sempre que jogava a dinheiro. A outra foi a fidelidade da sua família somente à terra como fonte de rendimento.

Hawkeswell conhecia os limites da posse de terras melhor do que a maioria. Não precisava de conselhos a respeito disso.

Castleford inclinou a cabeça para mais perto dele.

– Agarre-se àquela fundição, meu amigo. Mantenha-a solvente, mesmo que precise vender sua alma. Daqui a dez anos, a procura pelo minério das minhas minas e pelas fornalhas da sua fábrica fará as nossas fortunas atuais parecerem pequenas.

Ele estendeu a mão para agarrar o cálice de vinho do Porto e chamou outro amigo, abandonando o assunto tão depressa como o havia iniciado.

Capítulo 23

Olhando para trás, a caminho de casa, Verity esperava que o jantar tivesse sido um sucesso. Embora a nata da nata da sociedade pudesse desaprová-la como condessa ou lastimar que Hawkeswell tivesse precisado descer tão baixo, ela também podia, no entanto, ser generosa e agradável pessoalmente e guardar a fofoca para uma outra hora.

A noite provocou nela uma euforia, o que lhe deu confiança, e que, por sua vez, a ajudou a tomar uma decisão enquanto a criada escovava seu cabelo.

Vestiu uma camisola nova que havia encomendado. Feita da mais leve cambraia, tão fina e suave que ondulava como seda, sua beleza derivava do tecido branco requintado em vez de quaisquer enfeites. Colleen a julgara simples demais, como algumas pessoas acham sempre as flores com poucas pétalas menos belas do que os botões cheios.

Levou as mãos ao pescoço para desprender as pérolas, depois pensou melhor. Ele gostava de vê-la usando-as. Comentara isso naquela noite na carruagem. Achava que elas engrandeciam a sua aparência. Não, não fora isso que ele dissera. Ele afirmara que *ela* engradecia a beleza das pérolas, o que era uma forma curiosa de se expressar.

Dispensou a criada e bateu levemente à porta do quarto de vestir de Hawkeswell. Ele abriu-a e ela viu Drummund escapulir pelo outro lado.

– Não queria me intrometer – disse ela. – Se ainda estiver com o seu criado pessoal, eu vou...

– Entre. Só tenho de me lavar e podemos conversar sobre o jantar, se quiser.

Ela sentou-se numa das cadeiras. Ele despiu a camisa e voltou-se para a bacia que Drummund já havia preparado. Começou a se lavar com a ajuda de sabão e um pano.

O clarão da lamparina o favorecia e ela admirou as costas fortes e a forma como ele se movia ao desempenhar aquela simples tarefa. Uma excitação surda despertou nela enquanto o olhar se demorava nos ombros dele e no contorno firme e esguio dos braços e torso.

– É verdade que desejo falar com você, mas não a respeito do jantar.

Ele agarrou uma toalha e secou o rosto. Depois, voltou-se para ela enquanto secava a água do peito e dos braços.

– Sou todo ouvidos.

– Tenho um favor a lhe pedir. Quero algo de você.

– Por algum motivo, pela sua expressão, não creio que seja um vestido novo.

– Não. Não é nada material.

– É claro que não. Isso seria demasiado fácil. Não vou gostar desse pedido, não é?

O que ela podia responder? Não, ele não iria gostar. E já sabia isso. A pergunta fora desnecessária. Os olhos tinham escurecido como faziam quando não estava satisfeito. O olhar dele se tornara sério.

– Vejo que ainda está usando as pérolas. Isso significa que não vou gostar *mesmo* disso. – Ele soltou uma pequena gargalhada.

Ela se levantou e caminhou até junto dele. Algumas gotas de água ainda reluziam no seu peito. Ela passou as pontas dos dedos pelas pérolas, erguendo-as uma por uma.

– Disse que elas o fazem perder a cabeça.

– Na verdade, eu disse que o aspecto delas acima dos seus seios nus me faz perder a cabeça. – Ele pegou a mão dela e encostou a palma aberta em sua pele. – Se pretende me pedir algo de que eu não vou gostar, é melhor que use todos os seus artifícios femininos, Verity.

– E se eu não tiver artifícios suficientes?

– Está se subestimando.

Ela não tinha certeza se possuía artifícios suficientes, infelizmente. Mesmo no máximo da sua ousadia, não era muito ousada.

Beijou-lhe o peito, nos locais onde aquelas gotas de água tinham permanecido. A seguir, deu um passo para trás. Os dedos dela remexeram nos botões da sua camisola. O encantador tecido branco se abriu, expondo a pele do pescoço ao estômago. As pontas ficaram esvoaçando levemente junto aos seios.

Ele não esboçou qualquer movimento para abraçá-la. Ela percebeu que ele esperava que ela fizesse o resto, não ele. Com uma excitação profunda agora e os músculos retesados pelo próprio toque, ela fez deslizar o tecido branco pelos ombros e deixou que caísse suavemente até se amontoar aos pés.

Ele afagou levemente a curva das pérolas e depois fez um arco mais baixo no peito dela.

– Quis que o fizesse sozinha – disse ela.

– Sim. Mas deixe as pérolas.

– Vai me dizer o que mais quer que eu faça ou terei de adivinhar?

– Se eu disser, talvez se sinta obrigada a fazer para conseguir o que deseja.

– Não farei nada por obrigação. Não é do meu feitio.

Ele sorriu em concordância enquanto as pontas de seus dedos roçavam cada vez mais abaixo.

– Nesse caso, vou lhe dizer e mostrar, e você pode escolher que favor irá conceder. E eu verei se consigo convencê-la a conceder todos.

O seu pedido final já passara para segundo plano em termos de importância. Expectativas eróticas ocupavam sua mente agora, junto com a forma como ele fitava o seu corpo e as pérolas, assim como aquele roçar leve, tão sedutor e excitante.

Em alguns pontos, ela não precisava de instruções. Podia continuar tomando a iniciativa, pelo menos. Verity se aproximou e encostou as mãos no alto do peito dele. Beijou a pele à sua frente, depois o pescoço e em seguida os lábios.

As mãos dele agarraram as nádegas de Verity e a puxaram agressivamente para junto dele, de modo que os seios se comprimissem contra o peito dele e sua ereção pressionasse o estômago dela, enquanto ele se apoderava da boca de Verity num beijo violento e arrebatador. Quente e furioso, ele a experimentou com a boca e a língua, passando depois para o pescoço e o pulso, o colo e o seio, apertando-a cada vez mais contra si todo esse tempo, com as mãos agarrando-lhe as nádegas, ao mesmo tempo em que a acariciava com a sua rigidez quente até que, no meio da excitação estonteante, ela quis senti-lo e soltar seu desejo ardente da mesma forma que ele o fazia.

Acariciou toda a extensão das suas costas e em volta do cós da calça até a frente. Encontrando os botões, ela remexeu neles até o tecido se abrir. Impaciente agora, puxou a peça para baixo e fez o mesmo com a roupa de baixo, para libertar igualmente a sua nudez. Deixou-se cair de joelhos e puxou as roupas ainda mais para baixo, expondo-lhe as pernas.

Ele baixou a cabeça para olhar para ela, com uma expressão severa e olhos flamejantes. Todo o seu corpo estava retesado, assim como o dela. Retesado, vivo e sensível. A antecipação já provocava um arrepio irresistível e delicioso de desejo.

Ela ajudou-o a tirar as calças pelos pés.

– Parece tão bela nessa posição. Tão heroica – disse ele, observando-a. – Alva. Coberta de joias. Preparada.

Sim, preparada. Ela ficou de pé, com alguma dificuldade. Seu corpo estava interessado em outras coisas além de sustentá-la na vertical.

As pontas dos dedos dele circundaram o pescoço dela da nuca à garganta, brincando com as pérolas e a pele. Deslizaram até a pérola maior e central até o topo dos seios e depois provocaram-nos, traçando círculos ao seu redor, cada vez mais perto dos mamilos duros. O cântico de rogos e súplicas começou dentro da sua cabeça como sempre ocorria quando ela estava pronta. Ela sempre fora fraca face à ânsia que ele podia faze-la sentir.

– Parece que tenho de tentar um outro artifício – disse ela. – Talvez este? – Ela fechou a mão em torno da ereção dele. A reação de Hawkeswell foi uma onda de tensão que o atravessou.

Ela circundou a extremidade com o polegar e depois utilizou ambas as mãos para acariciá-lo. A suavidade no toque dele começou a diminuir e ele friccionou os mamilos de Verity até a sensação se tornar tão intensa que ela sentia como se ele estivesse friccionando sua carne mais oculta, lá embaixo.

– O que você quer? – perguntou ele.

– Você, dentro de mim em breve – disse ela. Estava se tornando cada vez mais difícil ficar de pé. Mais difícil respirar ou falar.

– Referia-me ao favor que deseja de mim. Ao seu pedido.

Ela olhou de relance para suas mãos. Devia ser melhor naquilo do que pensava, se ele estava se rendendo tão cedo.

– Julgava que fossem necessários mais alguns artifícios. – E talvez fosse melhor que ela os pusesse em prática, independentemente do que ele perguntara agora.

Ele agarrou-lhe o rosto com ambas as mãos e olhou intensamente para ela.

– Há coisas que quero de você e com você e não quero que concorde com elas por causa desse tipo de pedido. O que quer que esteja me pedindo, é seu. Não há necessidade de me dar prazer por essa razão agora.

– Nem mesmo sabe do que se trata.

Ele assentiu com a cabeça. Ela o abraçou com força e beijou-o intensamente.

– Sou muito afortunada por ter um marido a quem o prazer torna tão complacente.

Recebeu um beijo feroz em resposta e um abraço tão apertado que os braços dele a rodearam completamente. Uma mão apertou-lhe com suavidade as nádegas e depois seguiu sugestivamente a linha da sua fenda, encontrando finalmente aqueles lábios sensíveis. Ela quase gritou de alegria com a sensação e depois de dois afagos sutis, a loucura começou a se apoderar dela.

– Toque-me de novo – murmurou ele por entre os dentes junto à orelha dela. – Acaricie-me de novo.

Ela obedeceu, sentindo prazer no desvario que pressentia estar colocando à prova o controle dele.

– Isso era tudo o que queria que eu fizesse? Isso já era seu.

– Não tudo – disse ele entre beijos selvagens.

– O que mais, então?

– A sua boca, se estiver disposta a isso.

Aquilo não fazia sentido; no entanto, ela percebeu a que ele se referia.

– Isso parece muito escandaloso.

– Alguns acham que sim. Eu a choquei. – Ele a beijou agressivamente. – Não faça caso do que eu disse. Venha, vou levá-la para a cama. – Ele a ergueu nos braços, levou-a até o quarto de dormir e deitou-a na cama.

Ela esperou enquanto ele baixava a luz da lamparina, observando o corpo dele no clarão de luz dourada cada vez mais fraco. O cabelo escuro caía-lhe irreverentemente em volta da cabeça agora. Ele voltou à cama enquanto ela ainda ponderava o pedido dele. Ela fitou o objeto da sua fascinação.

– Talvez... – disse ela.

– Talvez?

– É algo que as senhoras fazem?

Ele subiu para a cama.

– Não creio que a maioria o faça. Algumas, sim.

– As que vão a orgias e coisas parecidas?

– Umas sim. Algumas. Não dê importância a isso. Eu deveria ter esperado cinco anos para ter mencionado isso.

– Talvez ache a sugestão apenas muito engraçada daqui a cinco anos. Talvez seja o tipo de ideia na qual é preciso malhar o ferro enquanto está quente.

– Foi o que eu pensei. Contudo...

– Vou lhe dizer por que hesito, deixando de lado a estranheza da ideia. – Ela baixou o olhar para o objeto em discussão. – Parece-me que faria mais sentido e seria menos estranho se soubesse que tem um gosto bom.

Ele tapou os olhos com a mão e riu.

– Eu realmente não posso ajudá-la nesse detalhe. Não sei.

Ela tocou com um dedo a ereção dele.

– Tem algum vinho por aqui?

Ele destapou os olhos, sobressaltado e esperançoso.

– Tenho vinho do Porto.

– Eu gosto de vinho do Porto.

Ele desapareceu e regressou num instante com um copo e uma garrafa de cristal de vinho do Porto. Serviu-lhe um pouco de vinho. Ela beberricou-o e fez um gesto na direção da cama. Ele deitou-se de novo.

Ela derramou lentamente o vinho do Porto pelo seu peito e ventre e certificou-se de que uma porção substancial cobrisse a área que ela queria. Algumas gotas escorreram pelos lados e mancharam os lençóis.

– Oh, céus. Drummund vai ficar furioso.

– Drummund que vá para o diabo. – Ele estendeu a mão para agarrá-la.

Ela afastou-lhe os braços com uma palmada.

– Não se mexa. Não quero todo esse Porto em mim, pode estragar as pérolas. Fique aí deitado e reze para que eu não seja ruim nisso ou perca a coragem.

Ele colocou as mãos por trás da cabeça.

– Faça o seu pior. Eu sobreviverei.

Ela o considerou muito valente. Apoiou-se nas mãos e nos joelhos e baixou a cabeça para lamber o vinho do peito dele. Uma boa quantidade de vinho cobria os seus mamilos planos e ele pareceu gostar dessa parte. A língua dela se movia rapidamente e seguiu para baixo, acompanhando o regato de líquido escuro até seu abdômen, tenso agora, muito tenso. Quando chegou à ereção, pareceu-lhe natural continuar movendo rapidamente a língua. Saboreou, saboreou de novo e Hawkeswell murmurou por entre os dentes uma praga de euforia.

Estava perdido.

Este pensamento invadiu a cabeça de Hawkeswell enquanto estava deitado num estado de contentamento levíssimo com Verity nos braços.

Perdido. Pouco ligava para isso agora, mas nem os momentos ditosos que se seguiram ao clímax mais esplêndido de que tinha memória podiam manter a verdade à distância para sempre.

Sentiu alguma satisfação no fato de não tê-la coagido de forma alguma a experimentar naquela noite. Prometera-lhe tudo aquilo que desejasse antes de ela concordar.

Mas agora, tudo podia ser... tudo.

Pior do que isso, ela estava ciente, ele tinha certeza, de que acabara de descobrir um grande segredo para obter tudo aquilo que desejasse, vez após vez, durante toda a vida.

Ele não conseguia afastar a ideia de que acabara de ceder uma porção crítica de terreno numa batalha que não sabia sequer se estava mesmo travando.

Ela estava perfeitamente acordada, mas plena de satisfação à sua própria maneira. Não da maneira mais importante, porém. Não da maneira que ele precisava vê-la satisfeita. Encarregaria-se disso em breve, assim que estivesse recuperado. O seu corpo já estava achando a ideia interessante.

Ele passou os dedos pelos fios das pérolas e admirou sua suave cintilação acima dos seios encantadores.

– Qual é o favor? O pedido?

Ela mordeu o lábio inferior e, de pálpebras semicerradas, observou pensativamente os dedos dele.

– Não vou obrigá-lo a cumprir a promessa. Não foi dada de livre vontade.

– Não me deixei enganar de forma alguma e não preciso de desculpas. Agora, do que se trata?

– Preciso da sua ajuda numa questão. Na qualidade de lorde, conhece pessoas e consegue obter respostas de uma forma que eu não sou capaz. Preciso que me ajude a saber o que aconteceu ao filho de Katy.

– Michael.

– Sim.

– Quer que eu encontre Michael.

Ele não ficou zangado de verdade, mas seu humor ficou mais agudo e a beatitude que sentia se extinguiu. É claro que ela ia querer saber o que tinha acontecido, disse a si mesmo. Isso não significava nada. Michael não era nenhum rival.

Uma outra voz, vinda do fundo de seu ser, da sua alma, relembrou-o que ela havia nascido para Michael ou um homem semelhante a ele e que nunca quisera realmente o conde de Hawkeswell.

A parte estranha, a parte mais difícil e até mesmo mais surpreendente, era a tristeza dessa outra voz ao reconhecer a verdade por trás de todo aquele prazer, independentemente do quão glorioso pudesse ser em sua efemeridade.

Uma boa quantidade de raiva veio à tona com tal admissão. Mais do que esperava. Havia dor no ressentimento. Olhou para as pérolas que deslizavam entre seus dedos, para o branco níveo da pele dela, para o seu delicado perfil e, na fraqueza do momento, não conseguiu ignorar a origem da sua reação.

A pequena Verity Thompson, a filha do ferreiro, havia roubado o seu coração e ele estava condenado a amá-la em vão.

Perdido. Era bem pior do que imaginara.

– Sejam boas ou más notícias, só quero saber o que sucedeu. Mesmo que a verdade seja que ele está morto.

– E se não estiver? O que acontecerá então? Quer também que eu obtenha a sua liberdade ou o traga de volta para Oldbury? – A ira queria rugir agora, desafiando a fraqueza. Queria bloquear o sofrimento que pesava como chumbo no seu peito.

Ela deitou-se de lado e olhou para o rosto dele.

– Lamento ter lhe pedido isto. Mas não se trata apenas de Michael... Acredito que outros possam ter sofrido o mesmo destino. – Ela lhe contou a estranha teoria a respeito de Bertram, Cleobury e outros, talvez até Albrighton, causando o desaparecimento de vários homens. Quando terminou, o beijou. – Não tenho provas, é claro. Eu sei que é injusto pedir isso.

Não obstante, pedira. Ela havia confiado que ele fosse melhor do que realmente era. Ele reorganizou as pérolas para que ficassem bem junto ao pescoço. Depois, estendeu uma mão para alcançar a mesa onde estava pousado o copo de vinho de Porto.

– Estou pensando que devo fazer por você o mesmo que fez por mim.

Ela franziu o sobrolho à medida que o líquido pingava em seus seios. O olhar dela seguiu o caminho que ele traçou ao longo do seu corpo e refletiu uma surpresa crescente. Pareceu aliviada quando ele se deteve antes de seu montículo. Ele voltou a pousar o copo na mesa.

Ele deslizou a língua pelo vinho em seus seios.

– Deite-se como eu fiz e limite-se a aceitar.

Ela levou as mãos para trás da cabeça. A posição arqueou-lhe as costas e os seios se empinaram.

– Afaste as pernas – disse ele. Ela obedeceu, completando a imagem erótica que ele tinha na mente.

Ele deu-lhe prazer com a boca e a língua, mas aquilo também deu a ele mesmo tanto ou mais prazer. Restava pouca raiva dentro de Hawkeswell agora, apenas um pequeno resquício que impregnava o desejo palpitante com uma veemência implacável. Provou-a lentamente, saboreando a pele, o vinho, o cheiro e os gemidos dela. Encaminhou-se para baixo, como ela fizera, determinado a se apoderar daquilo que ela concordara ser dele, especialmente porque nunca possuiria tudo o que queria dela.

Ela se sobressaltou quando ele não parou onde o vinho terminava e, em vez disso, beijou o montículo dela.

– Mas não...

– Não queria estragar você com o vinho. – Ele acariciou suavemente a parte de cima das suas coxas para que o prazer derrotasse o choque. – Prometo-lhe que irá gostar. – Tentava-a com suas mãos e suas palavras, usando a sensação para levar a melhor sobre as apreensões dela.

Ela se mexeu contra a mão dele e fechou os olhos. Instintivamente, quase impercetivelmente, afastou mais as pernas. Ele se posicionou de forma a ficar rodeado por seu odor almiscarado.

Um fervor diabólico o invadiu nesse momento. Guiou-a lentamente, provocando-a, até que ela começasse a gemer. Levou-a à loucura, fazendo-a gritar várias vezes e finalmente implorar por mais. Por alívio. Por ele.

O êxtase dela foi violento, agitado e ruidoso. Seu ápice levou ao limite o controle de Hawkeswell. No meio de um caos uivante de ânsias tanto físicas quanto obscuras, ele rolou para fora da cama, puxou-a para uma das extremidades e pousou-lhe os pés no chão.

Virou-a para baixo e inclinou-a para que as nádegas se erguessem em oferenda. Ela olhou para ele, de novo sobressaltada apesar dos devaneios da sua explosão. Ele estava pouco ligando para isso agora, concentrando-se apenas no efeito insuportável que a posição erótica tinha sobre ele. De dentes cerrados e maxilar tenso, baixou-lhe ainda mais as costas até que ela se submetesse do jeito que ele queria, com os braços e cabeça encostados à cama, as nádegas redondas elevadas e a vulva visível, rosada e úmida.

Acariciou-a até que ela tremesse de desejo e então penetrou-a com violência. Segurou-a pelos quadris e impeliu-se repetidas vezes contra ela até ter libertado todas as iras e ânsias do seu corpo e alma.

Capítulo 24

Hawkeswell conduziu o cavalo ao longo da Strand, após dois dias improdutivos à procura de Michael Bowman.

Passara muitas horas em escritórios de escrivães olhando livros de registros poeirentos e no final não descobrira nada. Michael não fora deportado; quanto a isso, não havia dúvidas. Também não fora enviado para um navio-prisão. Nem julgado num tribunal criminal ou civil. Tanto quanto ele conseguiu saber, também não tinha ido a julgamento nas sessões trimestrais dos tribunais de Shropshire, Staffordshire ou Worchestershire, embora os registros que consultara fossem secundários, uma vez que os completos estariam nos respectivos condados.

Parecia, perante aqueles dados, que o jovem simplesmente partira para fazer fortuna em outras paragens. Esta era uma explicação que Hawkeswell aceitaria de bom grado.

Continuava absorto em seus pensamentos ao se aproximar da extremidade ocidental da Strand. A aparição de outro cavalo junto ao seu flanco o deixou subitamente alerta.

Bertram Thompson fez o seu cavalo trotar até ficar ao lado dele. Com um chapéu alto de pelo de castor e um casaco azul novo em folha, Bertram ocupou o lugar como se tivesse esse direito.

– Preciso falar com você, Hawkeswell. Não respondeu às minhas cartas.

– Tenho ignorado suas cartas. Creio que a minha intenção de não tornar a vê-lo era evidente, Thompson. Tem me seguido por toda a cidade só para me fazer este tipo de emboscada?

– Não tive escolha. Fui abordado por alguns cavalheiros com uma proposta para a fundição. Estou impossibilitado de lhes dar uma resposta até que você considere a oferta deles.

– Foi feita uma oferta para a fundição? – Ele não teve outra escolha senão deter o cavalo e conduzi-lo para a lateral da Strand.

Bertram o seguiu, presunçosamente satisfeito por ter conseguido ao menos fazer com que Hawkeswell parasse sua marcha.

– Uma oferta muito sedutora.

– A fundição não se encontra à venda. Eu detenho o usufruto e o rendimento dessa propriedade, mas Verity continua a ser a proprietária. Um juiz iria querer uma garantia de que ela deu seu livre consentimento para a venda antes de permitir tal coisa. Estou certo de que ela nunca declarará isso sob juramento.

– A oferta não é para adquirir a fundição. É para arrendá-la.

Hawkeswell sabia tudo sobre o arrendamento de terras, mas sentia-se como um peixe fora de água no que dizia respeito ao arrendamento de um negócio. Contudo, não pretendia deixar que Bertram percebesse esse fato.

– Quanto é que eles ofereceram?

– Uma média do rendimento dos últimos cinco anos, menos quinze por cento. Com a atual procura variável de ferro e a diminuição do total de encomendas, a segurança desta quantia por ano é bastante atraente.

Certamente que sim. Seria ainda mais atraente se os cinco anos contabilizados para a média não incluíssem os piores anos da história da fundição. Ainda assim, só um louco não consideraria seriamente uma oferta que tirava de questão o risco essencial inerente a qualquer negócio.

– Qual é a duração desse arrendamento?

– Cinquenta anos.

Cinquenta anos de rendimento estável, a não ser que os novos gerentes fossem idiotas, hipótese na qual abririam falência e o contrato de arrendamento seria quebrado. Não podia negar a atração daquela oferta e o sorriso de Bertram dizia que ele podia ver isso nos seus olhos.

– E o senhor? O que fará se isso for adiante?

– Tenho outros interesses aos quais me dedicar; não se preocupe com isso. Não me importarei de deixar aquela casa, a colina e todos os problemas. Peço para que eles preparem os papéis para vermos exatamente os pormenores?

Cinquenta anos. Ele estaria morto quando aquele arrendamento terminasse. Com a segurança daquele rendimento, poderia cuidar de suas propriedades e responsabilidades com uma tranquilidade que nunca seria possível se tivesse de esperar todo ano para ver que lucros haviam atingido.

É claro que Verity ficaria horrorizada se ele assinasse um contrato assim. Furiosa. As suas memórias, a sua vida, estavam enraizadas lá e um arrendamento daquele tipo exigiria que ela cortasse esses laços de uma forma que a situação atual não exigia. Nunca poderia lhe pedir tal coisa. Nem queria fazê-lo.

– Não vejo sentido em fazê-los preparar os papéis. Nós não daremos a fundição em arrendamento.

O desapontamento de Bertram ficou claro em sua expressão espantada de desprezo.

– *Não?* É uma oferta *bastante* sedutora.

– Não.

– Deixe-me explicar em termos que possa compreender, meu lorde. Imagine que tem chácaras arrendadas a criadores de ovelhas. Recebe a renda independentemente de as ovelhas sobreviverem até a época da tosquia ou não. – Ele fez um gesto amplo, para realçar o quanto aquilo era óbvio e como não devia ter de destacar esse fato. – O estado das finanças do país está em tal situação que a fundição pode não produzir muita lã no futuro, digamos assim. É melhor deixar que outros assumam o risco pela saúde das ovelhas. É a única escolha prudente a fazer.

– O senhor insinua que eu sou imprudente ou estúpido. Apenas tenho mais fé na indústria inglesa do que o senhor. Assim como os homens que lhe fizeram essa oferta estranhamente generosa.

Bertram puxou as rédeas e fez o cavalo girar com violência.

– O senhor não conhece nada sobre esse tipo de coisas. Estou condenado a ficar preso a um idiota por toda a vida.

– Posso muito bem ser um idiota, mas não vejo a vantagem de pagar quinze por cento para conseguir uma gestão adequada. Um bom homem custa substancialmente menos. O Sr. Travis e outros falaram muito bem de um jovem chamado Michael. O melhor seria trazê-lo de volta para auxiliar o Sr. Travis a realizar mais trabalhos especiais nas máquinas.

– Maldição, será que ninguém me escuta quando eu digo que ele foi embora definitivamente? Ele não vai voltar. Se insistir em manter alguma esperança nessa ideia, todos nós morreremos pobres.

Ele parecia muito certo disso. Hawkeswell ficou com a certeza de que Thompson sabia que o desaparecimento de Michael era permanente.

– Vou fazer com que os papéis sejam redigidos de qualquer jeito e enviados até você. Eu lhe peço que procure conselhos de homens mais familiarizados com esse tipo de assunto e torço para que eles lhe incutam algum bom senso.

Thompson se afastou a trote. Hawkeswell esperou alguns minutos e depois foi com o cavalo na mesma direção.

O primo de Verity podia encorajar o interesse daqueles homens pela fundição tanto quanto desejasse, mas nenhum contrato de arrendamento seria assinado. Verity merecia um tratamento melhor e Hawkeswell não suportaria ver a sua mágoa e desilusão se concordasse com aquilo.

Também não procuraria os conselhos de homens mais familiarizados com negócios. Ele já fora aconselhado sobre essa questão por um homem que ganhava quase sempre que jogava a dinheiro, alguém cuja riqueza se erguia como testemunho da capacidade infalível de sua família em acumular ganhos obscenos.

Não perca o controle daquela fundição. Um conselho deste tipo, dado quando Castleford estava pelo menos meio sóbrio, não podia ser desconsiderado.

— Compreendo, então, que já se passou algum tempo desde a última vez que você o visitou em particular – disse Summerhays enquanto seguia a cavalo ao lado de Hawkeswell.

– Sim. E me sinto estúpido por fazer uma visita de manhã. Não tenho dúvidas de que ele vai nos deixar com as orelhas ardendo por isso.

– Não temos escolha. Se não quisermos esperar até terça-feira, temos de ir cedo, antes de ele começar... a fazer o que quer que seja que ele faz.

– Visitar prostitutas, você quer dizer.

– É mais provável que tenha feito isso na noite passada. Ainda pode haver mulheres por lá.

– Ah, que alegria. Mal posso esperar.

– Você está indo pedir um favor, Hawkeswell. Não é de bom-tom ser exigente demais.

– Venho pedir para partilhar o seu conhecimento a respeito do lado mais obscuro da humanidade, não um favor. E se ele ainda não estiver acordado? Diabos, não são nem dez da manhã.

– Se ele não estiver acordado, esperamos.

Hawkeswell deteve o cavalo.

– *Você* pode esperar. *Eu* não espero. Ele pode ser um Castleford, mas eu sou um Hawkeswell. A minha família aconselhou reis quando a dele não passava de pequenos proprietários rurais com esperança de melhorar o seu *status*. Os Hawkeswell esperam pela realeza e por mais ninguém. E certamente não esperam por novos-ricos como os da casa de St. Ives.

– As minhas desculpas. O que eu queria dizer era, se ele ainda não estiver acordado, você pode ir embora e *voltar na terça-feira*.

Entregaram os cavalos a um dos três lacaios de peruca à frente da casa de Castleford. Hawkeswell ergueu o olhar para a fachada.

– Olhe esta monstruosidade. É maior do que a Somerset House e prussiana dos alicerces às cornijas. O avô dele não sabia o que era comedimento. Uma característica que corre no sangue da família.

– Muito similar ao endividamento na sua.

– Obrigado, Summerhays, pela lembrança de que todos nós temos as nossas imperfeições. Não pode imaginar como isso ajuda a melhorar o meu estado de espírito.

Um mordomo de peruca os conduziu a um átrio, aceitou os cartões de ambos e se retirou. Hawkeswell foi obrigado a esperar, certo de que Summerhays cometera um erro enorme ao sugerir que viessem até ali para ver se o cérebro embrutecido de Tristan descobria uma saída do impasse que se criara na tentativa de encontrar Michael Bowman.

Não que ele quisesse realmente encontrar Bowman, maldição. Se conseguisse, Verity provavelmente choraria de alegria e se atiraria nos braços do jovem; talvez até começasse um caso amoroso com ele logo em seguida. O pai dela abençoaria a união ilícita de sua sepultura.

– Por que está aí rosnando por entre os dentes? – perguntou Summerhays.

– Destino. Paixão. A estupidez da vida.

O mordomo regressou. O duque, foram informados, iria recebê-los em seus aposentos.

E lá seguiram eles escadaria palaciana acima. Entraram numa sala de estar colossal, atravessando então um quarto de vestir de tamanho ridículo que ostentava mais ouropel do que era decente para um homem. O mordomo os escoltou diretamente para o quarto e deixou-os de pé junto à cama gigantesca com dossel de seda.

Castleford estava recostado indolentemente, apoiado em pelo menos vinte travesseiros, bebendo café, ainda nu das devassidões da noite passada sob aqueles lençóis. Felizmente, naquele momento não estava acompanhado por nenhuma prostituta.

– Foi amável de sua parte concordar em nos receber – disse Summerhays.

– Quase não o fiz. Estou exausto. Sejam rápidos, por favor, para eu poder dormir um pouco.

Hawkeswell baixou o olhar para o peito nu e o cabelo em desordem.

– Acha que vamos ficar aqui de pé à frente do vosso extremo e insultuoso desalinho como criados, vendo-vos tomar o desjejum, *Vossa Graça*? Com mil diabos, vista alguma roupa, pelo menos!

Castleford olhou para cima indolentemente, voltando depois o olhar para Summerhays.

– O que é que se passa com ele para ter ficado tão inchado como se estivesse retendo flatos?

– Destino. Paixão. A estupidez da vida.

Castleford bebeu um pouco de café.

– Em outras palavras, está apaixonado.

– Summerhays, por favor, saia. Vou estrangular nosso velho amigo e não quero testemunhas.

– Deixe de ser imbecil, Hawkeswell. Acho adorável que esteja apaixonado pela sua mulherzinha errante. Está fora de moda, mas é muito comovente. – Ele colocou de lado a bandeja e apontou para algumas cadeiras. – Agora, por que vieram me incomodar? É bom que tenham uma razão interessante.

Forçando a irritação a se reduzir a um trovejar surdo e distante dentro dele, Hawkeswell pegou uma cadeira e colocou-a junto à maldita cama. Summerhays fez o mesmo.

– Estávamos nos perguntando se você poderia pôr sua mente para trabalhar em conjecturas perversas, um talento que você exibia ocasionalmente em nosso passado distante – disse Hawkeswell. – Vamos presumir que homens de alguma importância quisessem fazer alguém desaparecer. Fazer desaparecer e tornar impossível de seguir o seu rastro. Como o conseguiriam?

Castleford encolheu os ombros.

– A forma mais fácil de fazer isso é matá-lo, claro. O problema é o perigo de o corpo ser encontrado. Mais problemática ainda é a palavra que você usou: *homens*. Plural. Idealmente, o assassinato deve ser levado a cabo por uma única pessoa, para que não exista algum cúmplice que dê com a língua nos dentes depois e nos leve à forca ou nos chantageie.

– Já perdeu algum tempo refletindo sobre isso, não é? – perguntou Summerhays.

– Por alto, sim.

– E se, por essas mesmas razões, o assassinato não fosse o caminho escolhido? – perguntou Hawkeswell.

Castleford ponderou alguns momentos.

– Há dez anos, eu faria com que fosse recrutado à força e embarcado para as Índias Ocidentais. Isso não daria certo agora. Existem muitos braços disponíveis com o final da guerra e nenhuma necessidade de um capitão aceitar esse problema.

– Visto que estamos falando do pós-guerra, isso está provavelmente fora de questão.

– Nesse caso, eu o enfiaria num navio-prisão qualquer.

– Não houve qualquer detenção. Nenhum julgamento ou condenação.

– Essas embarcações estão repletas de corrupção do corpo, da alma e da lei. Os capitães e os carcereiros podem ser comprados. Imagine se certa noite você ou eu levássemos um barco para junto de uma, disséssemos ao carcereiro que tínhamos um recluso conosco e o passássemos para cima, junto com uma bolsa recheada. Acha que ele teria algum escrúpulo quanto à identidade do pobre sujeito ou ao motivo pelo qual um par do reino o estava levando para bordo sem nenhum papel?

– Se ele fosse minimamente escrupuloso, seria um desastre.

– Muito bem, seja um covarde. Nesse caso, troque o seu sujeito por um recluso verdadeiro. Se ele protestar que não é o verdadeiro Beltrano Bandido, quem é que vai lhe dar ouvidos?

Summerhays ficou imóvel. Hawkeswell olhou fixamente para Castleford, que o fitou maliciosamente de volta.

– Posso estrangulá-lo agora, Summerhays?

Summerhays suspirou.

– Tristan, você compreendeu mal. *Nós* não vamos fazer um homem desaparecer.

– Disseram homens de alguma importância. Parti do princípio...

– Nós estamos à procura de um homem que *outros* podem ter feito desaparecer.

– Compreendo. Isso é mais aborrecido, mas não completamente desprovido de interesse.

– Estou aliviado por não nos termos tornado totalmente aborrecidos por não sermos criminosos, só um pouquinho – disse Hawkeswell.

– Continuo dizendo que deviam procurar nos navios-prisão. Ninguém quer realmente saber o que acontece por lá.

– Ele tem razão – disse Summerhays. – Talvez valha a pena tentar. Posso pedir a um advogado para ir até o tribunal superior de Londres obter um mandado nos autorizando a fazer uma busca nos navios-prisão e...

– Mas que legalidades entediantes – disse Castleford com um grunhido de impaciência. – Hawkeswell e eu vamos *simplesmente fazê-lo*. Nenhum daqueles homens enfrentará um conde e um duque nos pedindo mandados. Você também pode vir, se prometer não agir como o membro da Câmara dos Comuns que é. – Ele exibiu um sorriso pleno de deleite a Hawkeswell. – Não podemos nos esquecer de levar nossas espadas.

Hawkeswell ficou atônito com a presunção de Castleford de que se juntaria a eles. Summerhays ficou igualmente atônito, mas só por um momento.

– Infelizmente, Castleford, isto não pode esperar pela próxima terça-feira – disse Summerhays.

– Ele tem razão – concordou Hawkeswell. – É necessário que eu vá daqui a dois dias, torcendo para que o seu conselho tenha sido acertado. Levarei a minha espada como você sugeriu e irei brandi-la em sua honra.

– Daqui a dois dias?

– De manhã cedo.

– Às oito da manhã – disse Summerhays. – Não, na verdade, às sete da manhã seria melhor. – Ele ficou de pé. – Você foi de grande ajuda. Vamos nos retirar agora para que possa voltar ao seu sono.

Quase efetuaram a fuga, mas a voz de Castleford os apanhou junto à porta.

– Sete da manhã é uma hora infernal, mas suponho que vão precisar do meu veleiro. Diabos me levem se vou fornecer o plano e o veleiro e perder a diversão toda. Encontramo-nos nas docas.

Capítulo 25

O estado de espírito de Hawkeswell continuou carrancudo durante o resto daquele dia e grande parte do próximo. Quase escreveu a Summerhays e Castleford para cancelar a aventura nos navios-prisão.

Enquanto sua mente fabricava desculpas relacionadas com aquelas legalidades entediantes que Castleford detestava, a sensação opressiva em seu peito, tão semelhante à que sentia quando estava à espera de más notícias, dizia-lhe a verdade das coisas. Independentemente daquilo que Verity afiançava, ele não acreditava que um reencontro entre ela e o amigo da sua infância seria um acontecimento menor.

À medida que o seu estado de espírito se tornava sombrio, sua imaginação fazia o mesmo. Analisou tudo aquilo que Verity já dissera sobre Oldbury, Katy, Bowman e até a respeito das suas razões para ter fugido.

Viu que estava predisposto a acreditar que ela fora tão audaz por causa da ira por ser ludibriada e concluiu que tinha sido um pateta otimista e imbecil. As suas suspeitas iniciais eram mais prováveis, de que ela fugira para ficar com outro homem. Lembrou-se da sua certeza de que Katy Bowman presumira o mesmo.

Bem, Verity já não podia fazê-lo agora. Esse caminho estava fechado. Mas as suas emoções nunca poderiam ser compelidas pela lei. Esse era o ponto central disso tudo, admitiu soturnamente, na tarde anterior à visita aos navios-prisão. No momento, podia tentar esquecer essa suspeita e desfrutar de um pouco de felicidade com ela. Mas se tivesse provas de que outro homem era dono do seu coração, não acreditava que pudesse continuar.

Estava admitindo essa ideia lastimável, completamente distraído por ela, quando quase passou por Summerhays no Brook's sem o ver. Só o som do seu próprio nome o fez sair do devaneio para descobrir o amigo já ao seu lado.

– Morreu alguém? Está com uma expressão desse tipo – disse Summerhays, empurrando uma cadeira na direção dele.

Ele se sentou e recusou a oferta do amigo para pedir um pouco de *brandy*.

– Estou pensando na manhã de amanhã.

– Não me parece que seja a preocupação com a vaga autoridade que vai exercer o que o distrai.

– E não é.

Summerhays o examinou longa e intensamente. Em seguida, exibiu um sorriso que submetia com frequência o mundo ao seu comando.

– No início do meu casamento você me deu alguns conselhos. Devo retribuir o favor?

– No início do seu casamento, eu era um ignorante no que diz respeito ao casamento. Essa é a minha única desculpa por não ter tido mais consideração pelo seu ciúme.

– E no entanto, para um casamento que não foi uma união de amor, foi um bom conselho, não? De que os casos amorosos são inevitáveis e eu seria um imbecil se esperasse algo diferente.

– Sim, foi um bom conselho. Sou tão horrivelmente sábio que mal me suporto.

Olhou fixamente para o nada enquanto encontrava um pequeno consolo nessa sabedoria. Atenuava sua inquietação descontente, mas aquela sensação opressiva permaneceu, entorpecida agora, preparando-se para o pior.

– Creio que não vou matá-lo se eu tiver razão – disse ele.

– Isso é generoso de sua parte. O passado dela com ele não tem mais importância e você não tem como saber o futuro.

Mas o passado tinha, de fato, importância e iria afetar o futuro. Ele estava certo disso. Aquilo que Verity escolhesse fazer com seu corpo era o menos importante no meio daquilo tudo.

O entorpecimento se entranhou nele durante o resto do dia. Naquela noite, tornou comovente o prazer que ele experienciou. Fez amor com ela de forma lenta, cuidadosa e exaustiva, desfrutando cada sabor, instando-a a alcançar explosão atrás de explosão de prazer numa longa série de êxtases. Só no final é que a fúria perante a própria impotência se juntou às emoções mais suaves.

Ele dobrou as pernas dela no alto, posicionou-se sobre ela e observou a forma como se unia a ela e como a paixão transformava o rosto dela. Com cada investida, sua cabeça, seu corpo e seu sangue entoavam raivosamente *minha*, como se o seu poder por si só pudesse gravar o coração e a alma de Verity.

Hawkeswell a espantava. Achava que ele já não podia fazer mais, mas conseguiu fazê-lo naquela noite. O prazer começou de forma doce, como se caísse em gotas no seu sangue e ao longo do seu corpo. O modo que ele a tocava, como se ela fosse um tesouro precioso, comoveu-a profundamente.

Ele a tentou e seduziu tão completamente que quando se tornou violento e exigente no final, quando seu corpo a reivindicou e seus olhos a compeliram e ele exigiu submissões que ela não compreendeu, ela já não tinha quaisquer defesas. Quando tudo acabou, deixou-se ficar deitada sob ele, sensível, dolorida e tão preenchida de tudo a respeito dele que mal conseguia respirar.

Ela sentiu a dor física do vazio que ele deixou quando rolou para longe dela.

– Eu já terei partido quando acordar – disse ele. – Tenho de fazer uma coisa amanhã bem cedo.

Ela achou aquele tipo de pormenores práticos algo estranho para dizer naquele momento. A noite pedia outro tipo de palavras. Palavras e promessas doces. Ela se lançara num precipício, ao encontro do mistério e deslumbramento, e a voz dele voltava a colocar seus pés em terra firme.

– Eu também terei partido quando regressar. Vou me encontrar com as minhas amigas fora da cidade. Daphne organizou uma excursão aos Kew, com o Sr. Banks, que inclui uma visita guiada dos seus jardins privados.

– Por que não fica alguns dias com as suas amigas? – perguntou ele enquanto se sentava e estendia a mão para pegar o robe. Ela não tinha percebido que ele iria abandonar sua cama tão depressa. Quando ele se referira ao fato de que já teria partido quando ela acordasse, achou que ele se referia ao seu lado na cama.

– Isso me daria muito prazer. Poderia levá-las a Cumberworth e depois enviar a carruagem de volta para cá.

– As Flores Mais Raras, todas juntas mais uma vez. Não tenho dúvidas de que irá desfrutar do tempo que passar com elas. Vejo-a daqui a alguns dias, caso não aconteça nada em contrário.

Ele a beijou e aquela doçura triste a comoveu de novo, atraindo-a, como o fizera aos primeiros toques dele naquela noite. Estava entranhada nele, Verity se deu conta, fluindo para ela através do beijo.

— Você se esqueceu da espada – observou Summerhays.

– Não preciso de uma espada para impressionar um carcereiro. Castleford pode precisar de uma, mas eu não. – Ele fitou o veleiro impressionante que estava sendo preparado por uma tripulação de dez homens. – Vamos apenas descer o rio, não velejar até a França.

– Não tenho dúvida de que vai impressionar os oficiais nos navios-prisão. A favor de Castleford, claro.

– Ele tem dois minutos para arrastar aquele traseiro ébrio até aqui ou parto naquele veleiro sem ele. – Não estava com disposição sequer para retardar a partida. Tendo resolvido permitir que emoções piegas o fizessem tomar a atitude correta em relação a Verity apesar do que era melhor para ele mesmo, não desejava se concentrar na própria insanidade por mais tempo.

– Ali vem ele. – Summerhays semicerrou os olhos na direção do molhe. – Maldição, ele não está sozinho.

Não, ele não estava sozinho. Aproximava-se alegremente, com uma mulher em cada braço e uma garrafa de vinho numa das mãos.

– Elas não podem vir – disse Hawkeswell assim que Castleford entrou na doca.

– É claro que podem. O veleiro é meu. Entrem, minhas belas pombinhas. – Ele as entregou para um membro da tripulação que içou cada uma a bordo num movimento floreado e indecoroso. – Elas descobriram que eu ia velejar esta manhã e quiseram vir, e eu aprecio demais a gratidão de uma mulher – explicou ele.

Parecia suficientemente sóbrio, mas Hawkeswell arrancou-lhe a garrafa de vinho das mãos de qualquer forma.

Castleford permitiu.

– Você se esqueceu da sua espada – disse ele, batendo de leve na própria arma.

– Parece que sim. Felizmente para ti.

– Cavalheiros, zarpemos – anunciou Castleford à tripulação. – Vamos nos fazer à vela rumo ao mistério e à aventura. Ponham o navio em marcha. Desfraldem a vela principal *et cetera, et cetera.*

As prostitutas acharam-no espirituoso e genial. Ele era da mesma opinião. Summerhays suspirou e saltou para bordo. Hawkeswell o seguiu com mais apreensões do que gostaria.

– Não vale a pena desfraldar a vela, meu lorde – disse um membro da tripulação. – O ar está parado demais, por isso teremos de usar os remos.

– Ainda bem que são dez, nesse caso. – Castleford retirou a espada, recostou-se indolentemente num divã colocado sob um toldo para protegê-lo do sol e fez sinal às mulheres para se juntarem a ele.

Summerhays se posicionou o mais longe possível daquele divã e dirigiu o olhar para o rio com uma expressão estranhamente firme.

Hawkeswell juntou-se a ele.

– Acha que ele vai se deitar com elas bem à nossa frente, não é?

– Acho que ele está aborrecido por não termos esperado até terça-feira para fazer isso e vai provar seu direito de se dedicar ao hedonismo puro no horário que bem lhe agradar, independentemente dos nossos planos. Pode contar com um convite para se juntar a ele.

– Espero que ele pelo menos espere até a volta. Não vamos querer encostar ao lado de um navio-prisão repleto de criminosos enquanto o espetáculo estiver se desenrolando. Pode haver um motim.

Summerhays olhou de relance sobre o ombro.

– Parece que qualquer esperança de discrição e bom senso é, como sempre, em vão no que lhe diz respeito.

Risinhos e gritinhos femininos enchiam o ar. Hawkeswell manteve o olhar fixo no rio e ponderou na legalidade inexistente em irromper numa série de navios-prisão repugnantes, exigindo o direito de procurar por Michael Bowman.

Capítulo 26

— Não sei por que ele precisa desta maldita comitiva. Ele é um ferreiro, provavelmente um radical, e nós o encontramos num maldito navio-prisão – disse Castleford. – Mais especificamente, não sei por que é que eu faço parte desta maldita comitiva.

– Porque você adormeceu assim que deixamos o Ministério do Interior. Não conseguimos acordá-lo, apesar de todas as nossas tentativas, por isso aqui estamos – disse Hawkeswell.

Castleford franziu o sobrolho e olhou pela janela de novo.

– Três carruagens, todas com brasão. Parecemos um maldito casamento real. Por que Summerhays trouxe a de Wittonbury?

– Ele vai buscar a mulher e se refugiar em Essex durante algum tempo.

– E por que razão está aqui comigo, em vez de na sua própria carruagem?

– Porque prefiro a sua companhia à do nosso novo amigo.

A explicação apaziguou Castleford. Fazia todo o sentido para ele que sua companhia fosse preferível à de praticamente todo mundo. Bocejou algumas vezes, cruzou os braços e ficou confortável.

– Nesse caso, por que Summerhays não está aqui também, desfrutando da minha companhia, em vez de estar na sua própria carruagem?

– Porque, Vossa Graça, quando dorme, se esparrama. Dá voltas. Agita-se. Ocupa o espaço de três homens. Summerhays mal podia esperar para mudar para a sua própria carruagem.

Hawkeswell partiu do princípio que Castleford regressaria à sua sesta e dormiria até o último capítulo lamentável do drama atual chegar ao fim. Em vez disso, ele abriu um sorriso.

– A expressão de Sidmouth foi divertida quando entramos arrastando Thompson pela gravata. – Ele imitou os olhos esbugalhados e a boca escancarada do Ministro do Interior à intrusão deles.

Summerhays queria ser mais decoroso. Hawkeswell só queria acabar com aquilo. Castleford decidiu que a indiferença de Hawkeswell pendia a decisão a favor da sua preferência em tomar de assalto o Ministério, muito similar à forma com que tinham abordado o navio-prisão.

Eles haviam aberto caminho entre escrivães e ministros-adjuntos e ignorado as objeções de diversos funcionários. Tinham irrompido no escritório de Sidmouth naquela manhã, empurrando um apavorado Bertram Thompson no meio deles.

Hawkeswell dissera a Sidmouth sem cerimônias para que sentasse e escutasse. Em seguida, acatando as ordens, Bertram, que por algum motivo passara a acreditar que suas únicas opções eram confessar ou morrer, despejara uma história de milícias justiceiras violenta o bastante para gelar a alma de qualquer inglês.

– Fiquei irritado quando Sidmouth mencionou que as suas suspeitas se tinham confirmado – disse Castleford. – Aquilo foi o orgulho e a presunção falando mais alto. Ele não queria admitir que tínhamos descoberto um conluio que lhe passara despercebido.

Na verdade, fora Verity quem descobrira o conluio. E se não fosse pela sua obstinação em relação ao desaparecido Michael Bowman, Cleobury e os outros podiam ter desaparecido com vários homens para sempre.

– Eu acredito que Sidmouth tivesse suspeitas. Creio que ele tinha um homem lá, tentando compreender o que se passava. Encontrei-me com ele. É nada mais nada menos do que Albrighton.

– Albrighton? Com mil diabos. Ele está de volta?

– Sim. Levando uma vida de fidalgo rural em Staffordshire.

– Que aborrecido. Ele deve estar pronto para apontar uma pistola à própria cabeça.

– Foi exatamente isso que pensei. Daí a minha suspeita que ele é o homem de Sidmouth por lá. Mas não era um agente provocador. Seu papel como magistrado tornaria isso impossível. Então, que outro papel poderia ter?

– Bom, ele não será mais necessário, graças a mim.

– Está colhendo todos os louros, pelo que vejo.

– E eu bem posso fazê-lo. Fui eu que tive a ideia de procurar nos navios-prisão, foi o meu veleiro que nos levou até lá, foi o meu criado pessoal que tornou Bowman apresentável, são os meus casacos que ele está usando agora e foi a minha persuasão que convenceu Thompson a falar.

Tudo isso era verdade, em particular o último ponto. Hawkeswell não estava presente quando tal persuasão fora exercida no dia anterior, mas ela tinha sido bastante eficaz.

– O que é que você disse a ele? Ou o que fez?

– Funcionou, não funcionou? O que quer que tenha sido?

Hawkeswell olhou para ele.

Castleford susteve o olhar.

– Melhor para ele que tenha sido eu em vez de Albrighton, imagino.

A carruagem fez uma curva. Hawkeswell reconheceu o caminho estreito que conduzia até a Flores Mais Raras. Ignorou a guinada que sentiu no coração com a consciência de que tinham chegado.

– Que lugar é este? – perguntou Castleford quando as três carruagens se detiveram. Encostou o rosto à janela e submeteu a casa e o jardim da frente a um exame minucioso.

Hawkeswell pegou a maçaneta da porta.

– As amigas da minha mulher vivem aqui. Lady Sebastian também está aqui.

– As amigas são tão belas como a sua mulher?

Hawkeswell fez uma pausa no meio do ato de abrir a porta da carruagem.

– Nem se atreva a pensar nisso. Estou certo de que também falo por Summerhays. Essas mulheres são todas como irmãs umas para as outras e ele e eu sem dúvida pagaríamos por qualquer mau comportamento da sua parte.

– Com mil diabos, eu só perguntei se elas eram bonitas!

– Durma mais um pouco.

Ele saiu da carruagem. Summerhays já se dirigira para a porta. Hawkeswell esperou perto da traseira da sua carruagem até Audrianna surgir à porta. Ela e Summerhays começaram a caminhar em sua direção.

– Céus, este deve ter sido um cortejo impressionante na estrada – disse ela, observando as três carruagens. – Verity está lá em cima no quarto, Lorde Hawkeswell. As outras estão na estufa.

Summerhays entregou a pequena mala de viagem da mulher ao cocheiro.

– Por que não vem conosco para Essex por alguns dias, Grayson? – sugeriu.

– Sim, faça isso. Acho que Verity gostou muito da costa e não se importaria de visitá-la de novo – acrescentou Audrianna.

Summerhays exibiu um sorriso triste e depois olhou significativamente para Hawkeswell.

– Seja lá, seja na cidade, eu o verei em breve.

O casal se despediu e caminhou na direção da sua carruagem.

– Aquele é o coche de Castleford? Por que ele está aqui? – perguntou Audrianna. Ela olhou em volta, franzindo a testa. – Quem é aquele dentro da de Lorde Hawkeswell?

Summerhays pegou no braço dela.

– Eu explico no caminho, querida. – Ajudou-a a subir para a carruagem, olhou para Hawkeswell de novo e depois entrou atrás da mulher.

Hawkeswell ficou observando a carruagem se afastar. Depois, voltou sua atenção para a casa. Inspirou profundamente, cerrou os dentes e caminhou até a porta de sua carruagem, olhando para o interior.

Um jovem de cabelo loiro e olhos verdes repletos de inteligência e bom humor fitaram-no de volta com curiosidade.

A ira quis invadir Hawkeswell. Ele não permitiria isso. Não podia permitir. Só Deus sabia o quanto precisava do seu escudo naquele momento, mas Verity merecia mais do que isso. Não queria que ela pensasse que ele agira movido pelo despeito e pelo ciúme. Não queria quaisquer mal-entendidos naquele dia.

Abriu a porta da carruagem.

– Venha comigo.

Era o melhor tipo de dia de outono, quando o sol brilhava e uma brisa tonificante e fria levava odores sazonais até à janela. Verity se sentou num banco junto à janela do seu antigo quarto, olhando para o jardim e para as folhas amareladas que esvoaçavam.

Na noite anterior tinham conversado até tarde, perdidas no tempo, numa partilha profunda e íntima como só as mulheres sabiam ter. Ela lhes contara finalmente tudo a respeito de Bertram, do medo e daquelas chibatadas e surras. Conseguira falar disso mantendo a compostura apenas porque já se libertara da maior parte da ira e da emoção quando contara o mesmo a Hawkeswell.

Audrianna tinha chorado, mas fora a única. Daphne sempre suspeitara, revelou. Celia também. E Katherine... bom, Katherine a compreendera melhor do que qualquer uma das outras, não é?

Falar daqueles anos de tristeza fora libertador, tal como tinha sido com Hawkeswell. E igualmente esgotante. Dormira tão profundamente que toda a casa havia dado início ao seu dia antes de ela acordar.

Precisava se vestir. Summerhays vinha buscar Audrianna e a carruagem de Hanover Square provavelmente também chegaria dali a pouco para buscá-la. Desfrutara bastante de seus três dias ali, mas chegara a hora de voltar para casa.

Uma pancada breve e gentil ressoou na porta. Do outro lado muito provavelmente estaria Katherine. Katherine mantivera-se próxima durante sua visita e elas tinham formado uma forte amizade. Verity disse-lhe para entrar.

A porta se abriu, mas não era Katherine que estava do outro lado. Era Hawkeswell.

Ela parecia lindíssima sentada junto à janela. A brisa apanhava madeixas finíssimas de cabelo, levantando-as numa coroa escura muito delicada. A luz emprestava à sua pele alva uma cintilação própria do orvalho. Ele preencheu a mente com a imagem dela ali, tão fresca e impoluta, o cabelo ainda solto e os olhos brilhantes de boas-vindas.

Ela sorriu, estendeu a mão e ele se aproximou. Beijou-lhe a mão e o amor o inundou até que ele mal pudesse contê-lo.

– Não vai me beijar da maneira apropriada? – perguntou ela. – Passei duas noites sonhando com você e os seus beijos.

– Claro que sim. – Ele encostou os lábios nos dela, sentindo a alma estremecer com o contato e o calor e com a alegria profunda que ela inspirava nele.

Tomou o rosto dela entre as mãos e beijou-a mais intensamente. Saboreou a forma como ela lhe incutia vida e o inflamava, assim como a reação dela.

Ela tocou na mão encostada em seu rosto.

– Vou me vestir rapidamente e depois podemos partir.

Ele reparou então que ela ainda estava de camisola, coberta apenas por um xale. Isso o fez hesitar e perguntou-se se devia de fato deixar que se vestisse primeiro.

Riu por dentro, mas sem nenhum humor. Não faria sentido, não é? Não faria qualquer diferença no final.

Olhou para os olhos azuis dela e permitiu que as partes mais profundas do seu coração a amassem durante um longo e comovente momento. Depois, dominou as emoções.

– Tenho uma surpresa para você, Verity. Um presente especial. Um que irá deixá-la em dívida comigo para sempre.

– Tem? – Ela sorriu como uma criança empolgada.

Ele deixou aquele sorriso arrebatá-lo enquanto se maravilhava com aquela mulher mais uma vez. Ela conseguia ser tão inocente num momento e tão perigosamente impressionante no seguinte.

Memorizou a alegria profunda com que ela o olhava. Gravou o momento na sua alma para que pudesse possuí-lo para sempre. Em seguida, dirigiu-se à porta, abriu-a e fez um sinal com a mão.

Um jovem magro e seco com cabelo loiro dourado e um sorriso enigmático entrou no quarto.

Os olhos de Verity se arregalaram. Sua boca se abriu desmesuradamente.

– Michael! – Ela ergueu-se com um salto do banco junto à janela.

Hawkeswell deu-lhes as costas, saiu do quarto e fechou a porta sem olhar para trás.

Desceu as escadas e saiu da casa. Passou por sua carruagem e dirigiu-se à de Castleford. Era melhor que Tristan estivesse dormindo. Não precisava que alguém o visse naquele momento. Não queria conversa.

Decidindo não arriscar, fez sinal ao cocheiro para que arranjasse lugar para ele e subiu para o seu lado. Sentia-se como se alguém tivesse socado seu peito até ele ficar enfraquecido, ferido e com falta de ar. Disse ao cocheiro para regressar a Londres.

O homem fez estalar as rédeas. Os cavalos avançaram em uníssono. Hawkeswell olhou fixa e cegamente para as crinas esvoaçantes e fez um grande esforço para não imaginar o reencontro que estava ocorrendo na Flores Mais Raras.

– Você é um idiota, Hawkeswell.

O insulto chegou através da janelinha entre o cocheiro e o interior da carruagem.

– Sim, eu sou. Obrigado por me lembrar. Agora volte a dormir.

– Eu sei qual é sua intenção e é uma loucura. É evidente o que você sente por ela.

Hawkeswell resmungou por entre os dentes. Não acreditava que teria de suportar aquilo.

– Exato. O que quer dizer que o seu conselho é inútil. Não se trata de uma das suas prostitutas.

– Mais uma razão para que não seja idiota.

– Não estou disposto a ouvir uma voz incorpórea lançando insultos ao meu traseiro por uma hora. Estou com vontade de matar alguém, por isso era sensato de sua parte afastar o nariz dessa abertura.

– Está querendo *me matar*? Maldição. Pare a carruagem!

É claro que o cocheiro obedeceu. Castleford saiu e fez um gesto silencioso. O cocheiro pousou as rédeas, desceu e embarcou na traseira da carruagem para seguir viagem ali. Castleford assumiu o lugar à frente, pegou as rédeas e pôs os cavalos em marcha.

Hawkeswell cruzou os braços e olhou fixamente em frente. Castleford teve o bom senso de oferecer somente a companhia de um velho amigo durante a viagem de regresso a Londres.

Verity abraçou Michael como o amigo perdido que ele tinha sido nos últimos anos. Hawkeswell tinha razão. Aquele era um presente especial. O melhor de todos.

Olhou para além de Michael para lhe dizer isso. Para lhe agradecer. Porém, ele desaparecera.

– Venha se sentar ao meu lado. Tenho vontade de olhar para você durante horas a fio. Onde é que ele o encontrou? – Ela puxou Michael para o banco junto à janela. Ele se deixou arrastar, rindo.

– Eles tinham me colocado num navio-prisão. Inacreditável, não é? Num dia estou na adega de Lorde Cleebury, depois numa carroça grande e, quando me dou conta, estou numa carroça diferente, lotada de reclusos a caminho do sul. Não parava de lhes dizer o meu nome, que não era o homem que pensavam, mas os miseráveis se limitavam a partir do princípio de que nunca acontecem erros.

– Um navio-prisão? Ouvi dizer que são lugares terríveis.

– Mais do que terríveis. Morrem homens constantemente. – O sorriso dele esmoreceu e os olhos ficaram sem expressão. Ele pareceu subitamente muito mais velho do que quando entrara naquele quarto.

– Ainda assim, você parece bem, Michael. Magro, mas, exceto isso, não muito prejudicado pelo ocorrido.

– Eles me deixaram apresentável para você. Aquele duque Castle teve de bancar minha ama-seca quando os outros dois andavam para outros cantos. – Ele apontou para o cabelo. – Isto se parece com algum cabelo que já tenha visto em Oldbury? Foi o criado pessoal dele que me fez isto. Estou transformado em um maldito janota, é o que estou. Nunca me vão deixar esquecer isto quando me virem assim lá em casa.

Ambos riram da vestimenta dele e ela admirou o casaco requintado que o duque o fizera vestir.

– Devia ver a casa dele, Veri. Um verdadeiro palácio. É o tipo de lugar onde se tem medo de respirar. E Deus nos livre precisar peidar.

Riram um pouco mais. Em seguida, o riso se extinguiu e limitaram-se a olhar um para o outro. Ela não conseguia parar de sorrir. Com ele. Consigo própria. Com a ideia absurda de que, há não muito tempo, estava convencida de que era seu dever se casar com este velho amigo.

– Está toda adulta agora, não é? – disse ele. – E também arranjou um belo marido.

– Ele é um bom marido. É excelente. É um bom homem.

– Se ele se deu ao trabalho de me encontrar, eu diria que é o melhor. Você devia ter visto os três, descendo àquele fosso como se a imundície fosse abrir caminho às suas ordens. O capitão tentou contrariá-los, mas aquele duque Castle limitou-se a tocar na espada que trazia e olhou-o fixamente até o capitão encolher à metade do seu tamanho normal. Depois, o seu conde rugiu meu nome. Diabos, fiquei de pé num segundo e, até onde sabia, eles tinham vindo para me enforcar.

Ela conseguia imaginar a cena e teve de rir de novo.

– Espero que já tenha avisado a sua mãe.

– Escrevi para ela logo naquela primeira noite. Enviei a carta para o Sr. Travis. Ele a lerá para ela.

Ela deixou o seu coração sentir o alívio absoluto que Katy iria experimentar e o seu próprio alívio por tudo aquilo ter terminado bem.

Michael torceu os lábios naquele seu sorriso enigmático.

– Então, este seu conde… Ele sabe?

– Ele sabe sobre o meu primeiro beijo. Admiti apenas isso, mas acho que ele se pergunta se existiu mais alguma coisa.

– É melhor deixá-lo se perguntando, então. Ele parece ser do tipo que pode matar um homem se meter isso na cabeça. Mas se ele me deixou falar com você a sós enquanto está vestida assim, não pode estar muito preocupado.

– Ele provavelmente acha isso recatado, depois da forma como tem me visto.

Michael abriu a boca num choque fingido e eles se desmancharam em risadinhas.

– Ele nunca mataria você, Michael, mas sim, talvez seja melhor deixá-lo na dúvida, se for preciso. Foi há muito tempo e éramos crianças, mas os homens não dão muita importância aos pormenores quando ficam ciumentos, creio eu.

– Não, não mesmo. – Ele se ergueu. – Devemos partir em breve, por isso, vou deixá-la para que se prepare. Temos uma carruagem muito requintada lá fora à espera para nos levar para casa em estilo. Nunca mais verei uma igual, por isso estou planejando parar em todas as estalagens de mala-posta pelo caminho e comer à vontade para compensar esses últimos dois anos. Não tem outra alternativa senão esperar enquanto faço isso.

– A carruagem é só para você, Michael. Não é para mim também.

– Não foi isso que o seu lorde disse. Ele até pôs a sua bagagem nela. Disse que você ia querer se certificar de que a fundição está em boas mãos. Ele disse...

Ela saiu em disparada pela porta antes de ele terminar. Desceu as escadas correndo e foi até lá fora. A carruagem de duas parelhas de Hawkeswell estava parada diante dos seus olhos, com os cavalos baios quase imóveis em seu porte digno. Procurou freneticamente ao longo do caminho estreito por qualquer sinal de Hawkeswell.

Divisou sua bagagem em cima da carruagem. Não um, mas três baús. Uma excitação desesperada tomou-a de assalto. Michael saiu da casa, exibiu fugazmente seu sorriso enigmático e caminhou até à carruagem.

Ela foi dominada por um misto de confusão e espanto. Não conseguia acreditar que Hawkeswell estivesse autorizando-a a visitar Oldbury de novo, tão cedo, sozinha, apenas com Michael como seu acompanhante.

Ouviu novamente a porta atrás de si. Voltou-se bruscamente e deu de cara com Katherine.

– Isto é para você – disse ela, estendendo-lhe uma carta. – Lorde Hawkeswell me encontrou na cozinha e pediu para que lhe entregasse.

Ela olhou fixamente para a carta e o nome escrito na frente a fez prender a respiração. *Srta. Verity Thompson*. Medo, expectativa, temor e uma dor profunda se misturaram enquanto ela desdobrava o papel.

Minha querida,

Como pode ver, encontramos o Sr. Bowman. Escreverei mais tarde com um relato mais pormenorizado da descoberta e igualmente de toda a extensão do conluio, mas no momento é suficiente o fato de o filho de Katy ter sido ressuscitado.

O seu primo Bertram sentiu-se impelido a admitir os maus-tratos que lhe infligiu e a coerção para o casamento, nada menos que por escrito, entre a confissão de seus muitos outros pecados e a indicação do nome dos seus cúmplices. Com essa prova e o meu assentimento, estou convencido de que obterá sua anulação rapidamente quando fizer uma petição. É o desfecho mais correto.

A sua criada me assegurou de que as suas roupas preferidas estão na bagagem, assim como as suas joias. O seu primo e a esposa dele não regressarão à casa de pedra da colina, portanto ela é sua de novo. Não duvido que as boas memórias vão regressar e as más vão partir assim que os aposentos fiquem repletos de sorrisos.

Não estou devolvendo sua vida porque me cansei de você, Verity. Não quero que pense isso. Muito pelo contrário. Descobri, todavia, que o meu amor por você implica o desejo de que tenha a vida que acredita que deveria ter tido, mesmo que disso resulte eu não ter a mulher que aprendi a apreciar.

O Sr. Bowman parece um jovem excelente. Gosto muito mais dele do que queria. Estou certo de que irá se assegurar de que chegue em segurança a Oldbury e, ao fazê-lo, me poupe uma despedida difícil.

O seu servo,

Hawkeswell

Capítulo 27

Hawkeswell entrou na biblioteca da sua casa em Londres, despiu o casaco e desenlaçou a gravata. O entretenimento da noite teria agradado a qualquer homem normal, mas ele tinha sido incapaz de se distrair. Felizmente, Summerhays e Audrianna, que tinham regressado de Essex, eram bons amigos e fingiram que o convidado de ambos não estava sendo entediante.

Foi ao armário onde eram guardadas as bebidas alcoólicas e serviu-se de *brandy*. Ao passar pela escrivaninha, olhou de relance para os livros de contabilidade pousados ali. Eles não podiam mais esperar, mas nada de bom aguardava por ele em seu interior. Agora, tinha acesso a uma fortuna que poderia solucionar tudo o que ia mal. Podia se servir dela. Porém, ela não lhe pertencia de verdade para que pudesse usá-la livremente.

Ainda não recebera notícia da petição de Verity, mas era só uma questão de tempo. Ela havia partido há dez dias e já tinha tido tempo de se instalar.

Chegara uma carta dela, colocada no correio enquanto estava a caminho do norte. Fora uma carta curta, grata e diabolicamente ambígua. Ele a memorizara e, em algumas noites, como aquela, durante as horas em que fingia escutar conversas em jantares ou acompanhar o que atores faziam num palco, ponderava suas palavras.

Estimado Lorde Hawkeswell,

(Será que a forma de tratamento pretendia reconhecer uma nova distância entre ambos ou seria simplesmente a doutrinação da etiqueta levando a melhor sobre ela?)

Partiu antes que pudesse lhe exprimir minha eterna gratidão pela sua descoberta do meu querido amigo de infância. E agora desfruto de novo de sua generosidade ao tornar possível a minha visita a Oldbury.

É bom demais para mim. Muito melhor do que sabe ou acredita. E eu o amo por isso.

Verity.

Eu o amo por isso. Fechou os olhos e viu-a no banco junto à janela naquele último dia.

Já era alguma coisa, aquela declaração de amor, independentemente do tipo de amor que pudesse ser. Também era corajosa e honesta. Ela podia ter escrito "e tem a minha afeição profunda por isso".

Ficava contente por ela ter escrito aquilo. Contente por ela tê-lo admitido. Não mudaria as coisas, mas era bom partilhar a verdade desse amor. Gostava de saber que não tinha sido um completo idiota, vendo e sentindo apenas o que queria, não algo que existia de verdade.

No entanto, contava plenamente que as ações dela seriam guiadas pelo dever e não por algum amor que ela sentisse por ele. Não podia censurá-la. A maior parte da sua própria vida fora ditada e delimitada pelo dever. Seria indelicado de sua parte partir do princípio que essas responsabilidades determinavam as suas escolhas, mas não fariam o mesmo no caso dela.

Deixou a contabilidade para o dia seguinte e passou para um sofá que ficava em frente às chamas baixas da lareira. A noite prometia ser gelada. Teria de se lembrar de ir até a estufa e acender os fogareiros antes de se retirar.

Uma das plantas havia morrido, apesar dos esforços desajeitados seus e do jardineiro. Talvez acontecesse o mesmo a todas antes de o inverno acabar. Tinha esperança que não. Gostava de ir até lá quando regressava das sessões parlamentares. O Parlamento estava se tornando um pandemônio e ele dava por si atraído para aquela casa de vidro com as suas plantas. O eco do espírito de Verity ainda habitava aquele lugar e ali podia se entregar a uma nostalgia tranquila.

Um folheto estava pousado no sofá e ele o apanhou. Era um mapa de bolso que ele usara para avaliar o trajeto dela rumo ao norte. Abriu-o na página que mostrava a região em torno de Oldbury.

Ouviu uma criada entrar na biblioteca pela porta atrás de si. Viera colocar mais lenha na lareira. Voltou a cabeça para lhe dizer para não se incomodar porque se retiraria em breve.

O coração lhe subiu à garganta. Quem estava à sua frente não era nenhuma criada.

Verity pousou a bolsinha e sombrinha e desatou as fitas do chapéu. Pousou-o também e começou a soltar os fechos do casaco curto.

Ele levantou-se e ficou a fitá-la, perguntando-se por que ela estava ali, esperançoso, mas ao mesmo tempo não se atrevendo a esperar.

Sorrindo, Verity caminhou até junto dele. Pôs-se nas pontas dos pés e deu-lhe um daqueles beijos de passarinho no rosto.

– A sua expressão se parece muito com a do Sr. Travis quando entrei na sala dele aquele dia na fundição – disse ela. – Sou eu mesma, Hawkeswell. Não sou um fantasma.

Não, não era.

Ela abriu o casaco curto e puxou-o para se despir. O ato revelou a pele da parte do pescoço e do colo e as muitas esferas acetinadas que a rodeavam em cordões resplandecentes. Ela estava usando as pérolas.

Ele puxou-a para um abraço e a beijou com violência. Com muita violência. Com muito desespero, mas todo o seu alívio e sua gratidão estavam presentes naquele beijo e ele não podia ter sido mais cuidadoso ainda que tivesse tentado.

Um alvoroço os interrompeu. Ouviram-se passos e vozes nas escadas. Verity olhou para trás, por cima do ombro.

– Devem ser os meus baús sendo levados lá para cima.

– Voltou para mim de vez, então? Voltou?

– Sim, Grayson. Voltei. Voltei para casa.

Verity embrulhou confortavelmente o xale ao seu redor. Aconchegou-se sob o braço de Hawkeswell que a envolvia enquanto estavam sentados no sofá na biblioteca.

– Não ficou muito tempo em Oldbury – disse ele. – Com as viagens de ida e volta, não pode ter sido mais do que quatro dias.

– Fiquei tempo suficiente para mandar que os pertences do meu primo fossem embalados e despachados. Tempo suficiente para banir as más recordações da casa de meu pai, como você me aconselhou. E tempo suficiente também para saber que o Sr. Albrighton prendeu quatro homens que foram coniventes com o meu primo. Cleobury, é claro, está fora do seu alcance. Presumo que a Câmara dos Lordes irá julgá-lo em breve.

Ela também ficara tempo suficiente para ter a certeza absoluta de que não queria ficar para sempre.

Precisara ver como seria aquela vida antes de rejeitá-la. Michael sequer tinha sido um fator a considerar. Assim que ele entrara no seu quarto na Flores Mais Raras, ela soube que jamais poderia haver um casamento entre eles, nem mesmo uma união por motivos práticos.

Ela podia ter aceitado todo o resto, porém. Sabia que poderia fazê-lo quando atravessou os cômodos daquela casa e se encontrou com o Sr. Travis. O problema era que, se voltasse a ser Verity Thompson, não poderia ser a esposa e amante de Hawkeswell.

Concluíra quase imediatamente que não podia viver sem ele. Se tentasse, não haveria alegria, contentamento ou paixão. Visto que o amaria para sempre e jamais a outro homem, também não poderia haver outro casamento, mesmo que ficasse livre.

– A Câmara dos Lordes se encarregará de Cleobury – disse Hawkeswell. – As provas são muito condenatórias.

– O Sr. Albrighton encontrou dois corpos. Aqueles que desapareceram nos navios-prisão foram os afortunados. Estes últimos não tiveram tanta sorte. – Ela ergueu o olhar para ele. – Michael me pediu para lhe agradecer por ter entrado naquele inferno para buscá-lo. Ficou muito sensibilizado por ter se dado a esse trabalho e achou muito nobre de sua parte.

– Não o fiz pela nobreza do ato.

Ela se esticou, beijou-lhe o rosto e depois passou de leve os dedos pelos lábios dele.

– Não, fez isso por mim, porque era importante para mim, embora se perguntasse sobre o motivo. Também sei por que nos deixou sozinhos, Grayson. Um homem precisa gostar bastante de uma mulher para voltar as costas e não ver, não saber, aquilo que pergunta a si mesmo.

– Gostar o suficiente para ser um maldito idiota, você quer dizer.

– Você não perdeu nada naquele dia a não ser a profunda alegria do reencontro de dois velhos amigos e uma mulher explicando que o seu marido é um excelente homem e que é muito feliz no casamento.

Ele moveu a cabeça para poder olhar para o seu rosto virado para cima.

– Disse realmente isso?

– Disse, oras. Também teria falado sobre o prazer que você me dá, mas achei pouco apropriado. Confesso que insinuei que me vê nua com frequência.

Ele riu.

– Você é uma mulher chocante.

– Não disse algumas coisas que queria, porém. Não naquela hora, nem durante nossa viagem para norte. Não porque não fossem para os ouvidos dele. Não disse, porque não queria falar delas a ninguém antes de dizê-las para você. Mas quero dizê-las a outras pessoas. Às minhas amigas e aos seus amigos. A Michael e a Katy. A quem quiser ouvi-las.

– E que coisas são essas?

Ela o beijou de novo.

– Quero dizer que estou apaixonada pelo meu conde, que ele me dá muito mais do que afeição e prazer. Que ele comove a minha alma, desperta o meu coração e me faz sorrir. Não acha que os nossos amigos vão achar engraçado, Hawkeswell? Fugi desse casamento e lutei para ficar livre e agora estou grata por você ter ficado preso a mim.

Ele não riu. Sequer sorriu. Virou o corpo para poder olhá-la diretamente e ela viu a sua surpresa nesse momento.

– Eu não sou bom com esse tipo de conversa, Verity. Não quando é sério.

– Suponho que não. Contudo, suas ações são bem eloquentes, Hawkeswell. Oferecer a Verity Thompson sua vida de volta foi o maior ato de amor que consigo imaginar. Quero que saiba que não é um maldito idiota. Você é tudo o que eu quero e tenho orgulho de ser a sua condessa.

Ele ergueu-lhe a mão, segurou-a para um longo beijo e depois deslocou o beijo para a boca de Verity.

– Eu já havia aceitado que a amaria em vão, Verity. Que embora você tivesse se resignado à ideia do casamento, seu coração seria sempre rebelde e sempre lamentaria que a sua vida não era como achava que deveria ter sido. Por isso, você fez de mim o homem mais feliz do mundo com as suas palavras.

Ele lhe deu um abraço apertado e eles partilharam um beijo especial, comovente e cheio de sentimento. Ela saboreou, sentindo uma brisa de liberdade soprar para longe o que restava das velhas mágoas, ressentimentos e questões em seu coração.

Aconchegou-se nos braços dele, apoiando a cabeça em seu peito, num silêncio doce. Era, decidiu ela, um momento eterno, do qual se recordaria para sempre.

Talvez tivessem ficado assim uma hora ou apenas alguns minutos. Ela não sabia. A intensidade da emoção não abrandou, mas Verity a aceitou para não temer que desaparecesse caso ela se mexesse.

– Suponho que teremos de encontrar alguém para substituir Bertram – disse ela.

– Imagino que sim.

– O Sr. Travis poderia se encarregar da maior parte das responsabilidades, estou certa disso. Firmar contratos para os trabalhos e coisas assim.

– Ele não teria tempo para trabalhar nos tornos, nesse caso. Não poderia criar aquelas pecinhas nas máquinas.

O assunto vagou para longe na noite. Ela o deixou ir. Podia retomá-lo em outro dia.

– Disseram-me que um jovem chamado Michael Bowman possui a perícia necessária para substituir o Sr. Travis na criação dessas peças nas máquinas, se decidirmos confiar-lhe o segredo – disse ele. – Talvez ele pudesse assumir algumas das incumbências do Sr. Travis e este poderia fazer o mesmo em relação à maior parte das de Bertram. Se surgirem decisões mais importantes, ele pode deixá-las para nós.

– É uma solução.

– Uma solução que tem a sua aprovação, creio eu.

– Implicaria visitar Oldbury várias vezes por ano, para ver como as coisas estariam correndo por lá.

– Não creio que seja assim tão inconveniente.

Ela o abraçou com mais força. O amor irrompeu dentro dela até o coração doer. Ele estava lhe devolvendo sua casa mais uma vez. Seria administradora do legado do pai, como fora destinado.

Ela não tinha se dado conta que o amor, assim que ganhava raízes, podia crescer e se propagar, mesmo depois de a pessoa achar que ele já a preenchia. Mas era isso que estava acontecendo, enquanto estavam sentados à frente da lareira. Sentia o seu amor se aprofundar e ramificar-se e isso a comoveu profundamente.

– Hawkeswell, acha que os criados estão bem longe, lá em cima e lá embaixo?

– Julgo que sim. Por que pergunta?

– Achei que seria melhor assim, caso eu tenha ideias perversas em mente.

Ele riu.

– Por favor, diga-me que você tem.

– Ah, sim, meu amor. Passei horas sonhando com todas as coisas perversas que já fizemos. Coisas que eu nunca poderia imaginar querer com nenhum outro homem. – Ajoelhou-se no sofá, beijou-o com força e deixou que as suas fantasias se libertassem.

Ele levantou-lhe a saia e ela subiu para o colo do marido, de frente para ele.

– Isso é perfeito – disse ela. – É exatamente como eu imaginei em um dos sonhos. Só que eu acordei antes... Bom, antes do que queria. – Ela abriu o xale e desabotoou o vestido de peliça. – Não é conveniente que este vestido abra na frente?

– É ainda mais conveniente o fato de não haver nada por baixo dele. Não é de admirar que eu ame você. Anda maquinando isso desde que acordou, não é?

– Tinha esperança de concretizar meu sonho. – Ela abriu o vestido o máximo que pôde para que os seios ficassem expostos ao seu olhar. – Toque-me. Toque-me do jeito que eu sonhei. Toque-me e diga que me ama e eu lhe direi o mesmo. Vamos dizer isso várias vezes, hoje e para sempre, porque o amor torna o prazer cheio de alegria e perfeito.

– Eu te amo, Verity. Você me enche de alegria porque é perfeita.

Disse-lhe novamente que a amava enquanto as palmas das mãos lhe acariciavam os seios e as coxas. E disse de novo entre beijos profundos repletos de desejo e fúria mal contida. Disse logo após tê-la penetrado, ao mesmo tempo que o alívio e o contentamento a inundaram e o desejo iniciou a sua subida maravilhosa rumo à liberdade e à loucura.

Ela rodeou o pescoço dele com os braços. Ele agarrou-a pelos quadris e se moveu dentro dela. As sensações se intensificaram e, no meio delas, arrepios minúsculos pressagiavam o êxtase que estava para vir.

– Isto é tão sublime – murmurou ela junto à curva do pescoço dele entre gemidos abafados. – Você me preenche de todas as formas possíveis. Preenche os meus sentidos, o meu coração e o meu corpo. Você me preenche completamente, Hawkeswell.

Ela soube, à medida que o prazer febril tomava conta de ambos, a alegria mútua se fundia e a compreensão mútua se aprofundava, ela soube que era assim que deveria ser.

Este livro foi composto
em Sabon MT para a Texto Editores Ltda.
em Junho de 2014.